पेंगुइन स्वदेश

बीवी का हत्यारा

सुरेन्द्र मोहन पाठक का जन्म 19 फरवरी, 1940 को पंजाब के खेमकरण में हुआ था। विज्ञान में स्नातकोत्तर उपाधि हासिल करने के बाद उन्होंने *भारतीय दूरभाष उद्योग* में नौकरी कर ली। युवावस्था तक कई राष्ट्रीय और अंतरराष्ट्रीय लेखकों को पढ़ने के साथ उन्होंने मारियो पूजो और जेम्स हेडली चेज़ के उपन्यासों का अनुवाद शुरू किया। इसके बाद मौलिक लेखन करने लगे।

सुरेन्द्र मोहन पाठक के प्रसिद्ध उपन्यास *असफल अभियान* और *खाली वार* थे, जिन्होंने पाठक जी को प्रसिद्धि के सबसे ऊंचे शिखर पर पहुंचा दिया। इसके पश्चात उन्होंने अभी तक पीछे मुड़ कर नहीं देखा। उनका *पैंसठ लाख की डकैती* नामक उपन्यास अंग्रेज़ी में भी छपा और उसकी लाखों प्रतियाँ बिकने की ख़बर चर्चा में रही। उनकी अब तक 305 पुस्तकें प्रकाशित हो चुकी हैं और उनका विमल सिरीज़ का नवीनतम उपन्यास 'मैं अपराधी जन्म का' प्रकाशन की राह पर है।

उन पर अन्य जानकारी के लिये www.smpathak.com पर लॉग ऑन करें। उनसे smpmysterywriter@gmail.com पर सम्पर्क किया जा सकता है। पत्राचार के लिये उनका पता है : पोस्ट बॉक्स नम्बर 9426 दिल्ली – 110051.

हिन्द पॉकेट बुक्स से प्रकाशित

लेखक की अन्य पुस्तकें

क़हर
जाके बैरी सन्मुख जीवै
काला नाग
एक करोड़ का जूता
खाली मकान
आठ दिन
एक ही रास्ता

बीवी का हत्यारा

सुरेन्द्र मोहन पाठक

पेंगुइन स्वदेश
पेंगुइन रैंडम हाउस इंप्रिंट

पेंगुइन स्वदेश

पेंगुइन स्वदेश, पेंगुइन रैंडम हाउस ग्रुप ऑफ़ कम्पनीज़ का हिस्सा है,
जिसका पता global.penguinrandomhouse.com पर मिलेगा

पेंगुइन रैंडम हाउस इंडिया प्रा. लि.,
चौथी मंजिल, कैपिटल टावर 1, एमजी रोड,
गुरुग्राम 122002, हरियाणा, भारत

पेंगुइन
रैंडम हाउस
इंडिया

प्रथम हिन्दी संस्करण हिन्द पॉकिट बुक्स में पेंगुइन रैंडम हाउस द्वारा 2021 में प्रकाशित
यह हिन्दी संस्करण पेंगुइन स्वदेश में पेंगुइन रैंडम हाउस द्वारा 2025 में प्रकाशित

10 9 8 7 6 5 4

ISBN 9789353497255

मुद्रक : गोपसंस पेपर्स प्रा.लि., नोएडा
यह पुस्तक रीसाइकल्ड कागज़ पर मुद्रित हुई है

www.penguin.co.in

MIX
Paper | Supporting responsible forestry
FSC www.fsc.org FSC® C191020

आस्था प्रमाणों पर आधारित
विश्वास नहीं है, अपितु अबाध
समर्पण का नाम ही आस्था है।

– मार्टेन हल्समान

कोठरी में एकदम सन्नाटा था। उसकी तारीक, सर्द, चारदीवारी मुझे घेरे हुए थी।

मैं शान्त था।

पहली बार मेरा अपने जेहन से, अपनी कांशस से, मुकम्मल अमन-चैन का रिश्ता कायम हुआ था।

मैंने सुना हुआ था कि उस माहौल का, उस घड़ी का, इनसान पर ऐसा मनोवैज्ञानिक दबाव पड़ता था कि वह पागल हो जाता था और बुरी तरह से चीखने-चिल्लाने लगता था।

लेकिन मैं शान्त था।

मेरे लिए वह माहौल मेरी मनमांगी मुराद जो था!

दूर कहीं घड़ियाल ने सात बजाए।

अब सिर्फ एक घण्टा बाकी था।

सिर्फ एक घण्टा।

अनायास मेरे जेहन पर उन हालात का अक्स उभरने लगा जिन्होंने मुझे वहां पहुंचाया था।

मेरे मानसपटल पर न्यूज रील-सी चलने लगी।

एक साल पहले।

सप्ताह का पहला दिन।

सर्दियों की रात . . .

रात के नौ बजने को थे।

मैं थाने में बैठा कॉफी की चुस्कियां ले रहा था। नाइट ड्यूटी अक्सर कॉफी पीते और मक्खियां मारते ही गुजरती थी।

सब-इन्सपेक्टर टोकस ने भीतर कदम रखा।

उसकी शक्ल पर एक निगाह पड़ते ही मुझे लगा कि आज की रात कॉफी पीते और मक्खियां मारते नहीं गुजरने वाली थी।

''क्या हुआ?'' – मैं बोला।

''कत्ल!'' – उसने उत्तर दिया।

''किसका?''

''एक लड़की का।''

''कहां?''

''सुन्दर नगर। इमारत नम्बर आठ। फ्लैट नम्बर सात। शॉपिंग सेण्टर के पीछे।''

मैं जल्दी से उठ खड़ा हुआ।

बाहर आकर हम दोनों मोटरसाइकल पर सवार हो गए।

हमारे निजामुद्दीन के थाने से सुन्दर नगर कोई ज्यादा दूर नहीं था लेकिन फिर भी मैंने मोटरसाइकल बहुत तेज दौड़ाई।

''धीरे चलाओ।'' – एकाएक टोकस बोला – ''मरने वाली तो मर गई! अब मोटरसाइकल को हवाई जहाज बनाने का क्या फायदा!''

''मैं मरने वाली की वजह से मोटरसाइकल तेज नहीं चला रहा।'' – मैं बोला।

''तो?''

''देखता नहीं, ठंड कितनी है! जरा जल्दी मौकायवारदात पर पहुंच जाएंगे।''

''मेरा बाप कहा करता था'' – टोकस बोला – ''कि जल्दी का काम शैतान का होता है।''

मैं हंसा।

सब-इन्सपेक्टर टोकस – रमेश टोकस – मेरा मातहत था लेकिन मेरा जिगरी दोस्त था। हम दोनों में बहुत बनती थी। आजकल हम खुश थे कि हमारी ड्यूटी एक ही थाने में थी।

''वैसे भी'' – टोकस ने बताया – ''फ्लाइंग स्क्वायड की गाड़ी वहां पहले ही पहुंच चुकी है। हम पैदल भी वहां जाएंगे तो कोई फर्क नहीं पड़ेगा। कहने का मतलब है कि अगर मोटरसाइकल की वजह से ठंड लग रही है तो चलो, पैदल चलते हैं।''

''पागल हुआ है! कहता है, पैदल चलते हैं।''

''तो फिर धीरे चलाओ।''

मैंने रफ्तार तनिक घटाई।

हम सुन्दर नगर पहुंचे।

एक हवलदार हमें इमारत के सामने खड़ा दिखाई दिया जो हमारे वहां पहुंचते ही फौरन हमारी तरफ लपका।

इमारत के आगे पड़ोसियों की काफी भीड़ जमा थी।

हम मोटरसाइकल से उतरे।

हवलदार ने हमें सैल्यूट मारा।

हवलदार मुझे पहचाना हुआ लगा लेकिन मैं उसका नाम याद न कर पाया।

''क्या हुआ?'' – मैंने पूछा – ''कौन मरा?''

''निशा नाम की एक कैब्रे डान्सर है, साहब'' – हवलदार बोला – ''जो कि इस इमारत की तीसरी मंजिल के इकलौते फ्लैट में रहती थी।''

''कैसे मरी?''

''पत्थर के फूलदान के वार से। फूलदान भी खील-खील हो गया और उसका खोपड़ा भी।''

''खबर किसने दी?''

''उसके एजेण्ट ने।''

''एजेण्ट ने?''

''जी हां। एस.पी. श्रीवास्तव नाम है उसका।''

''वह लड़की के साथ ही रहता है?''

''नहीं।''

''तो?''

''लड़की ने सात बजे डांस के लिए डिफेंस कॉलोनी में स्थित 'गोल्ड डस्ट' नामक रेस्टोरेण्ट में पहुंचना था। वह वहां पहुंची नहीं तो श्रीवास्तव उसकी तलाश में यहां पहुंच गया।''

''यहां फोन नहीं है?''

''है। लेकिन उसके फोन करने पर फोन किसी ने उठाया नहीं था। कौन उठाता? लड़की तो मरी पड़ी थी। लेकिन श्रीवास्तव ने समझा था कि शायद फोन खराब था इसलिए वह वहां पहुंच गया था। यहां उसने लड़की को अपने बैडरूम में मरी पड़ी पाया था।''

''ऊपर कौन है इस वक्त?''

''पुलिस का डॉक्टर और एक सब-इन्सपेक्टर।''

''चलो।''

हम तीसरी मंजिल पर पहुंचे।

फ्लैट में दाखिल होते ही मैं उसकी सज-धज से प्रभावित हुए बिना न रह सका।

हर तरफ समृद्धि और ऐश्वर्य का बोलबाला था।

''कमाल है!'' – मेरे मुंह से निकला – ''कैब्रे डांसरें क्या लाख-दो लाख रुपये महीना कमाती हैं?''

''वो नहीं कमातीं'' – टोकस बोला – ''लेकिन उनके कद्रदान-मेहरबान ऐसे भी होते हैं जो लाख-दो लाख रुपया रोजना कमाते हैं। मेरा बाप कहा करता था कि ऐश हमेशा उसी पैसे से होती है जो आपने खुद नहीं कमाया।''

''कालीन में तो टखने तक मेरा पैर धंसा जा रहा है।'' – मैं बोला।

''औरत भी तो ऐसी ही रही होगी। आदमी डूब जाए उसमें। गोते लगा ले।''

सारे फ्लैट में एक बड़ी रहस्यपूर्ण, बड़ी मदभरी खुशबू व्याप्त थी। सारा माहौल ही ऐसा था कि आदमी पर खुमारी तारी होने लगे और वह दीन-दुनिया भूलकर उस तिलस्मी माहौल – और शायद वैसी ही वहां की मालकिन – में गर्क हो जाने की सोचने लगे।

हमने बैडरूम में कदम रखा।

बैडरूम बहुत विशाल था और उसमें इतना बड़ा पलंग लगा हुआ था कि उस पर बड़े आराम से कम-से-कम छः आदमी सो सकते थे।

लेकिन उस वक्त उस पर सिर्फ एक खून से सराबोर लाश मौजूद थी।

दरवाजे के पास एक कुर्सी पर ढेर-सा हुआ एक मोटा-ताजा उम्रदराज आदमी

बैठा था। वह सिर से गंजा था और उसके भारी-भरकम, क्लीनशेव्ड चेहरे पर हवाइयां उड़ रही थीं।

''यह एस.पी. श्रीवास्तव है।'' – नीचे से साथ आया हवलदार मेरे कान में फुसफुसाया।

मैंने सहमति में सिर हिलाया।

तभी डॉक्टर लाश के पास से हटा।

''सिर पर बहुत भीषण प्रहार पड़ा है।'' – मेरे बिना पूछे ही वह बताने लगा – ''खोपड़ी तरबूज की तरह फट गई है और भेजा बाहर बिखरा पड़ा है। बचने की कोई सम्भावना ही नहीं थी।''

मैंने गम्भीरता से सिर हिलाया और पलंग की तरफ निगाह डाली। लड़की पर निगाह पड़ते ही खामखाह मुझे अपनी बीवी की याद आ गई।

लड़की पलंग पर अर्धनग्नावस्था में पड़ी थी। वह एक झीनी-सी नाइटी पहने थी जिसमें से उसके सांचे में ढले शरीर का हर अंग साफ नुमायां हो रहा था। लगता था, वह सोई पड़ी थी जबकि हत्यारे ने वहां कदम रखा था। उसकी आहट पाकर शायद उसकी नींद खुल गई थी और उसने तकिये पर से सिर उठाया ही था कि हत्यारे ने पत्थर का वजनी फूलदान उठाकर उसके सिर पर दे मारा था। फूलदान के टुकड़े आस-पास बिखरे पड़े थे। जाहिर था कि उसके एक ही वार ने लड़की की जान ले ली थी।

यह मेरी पुलिस की नौकरी की ही मेहरबानी थी कि उस वीभत्स नजारे ने मुझे विचलित नहीं किया था। अपनी पुलिस की नौकरी में मैं इनसानी बर्बरता और नृशंसता का शिकार हुई उससे कहीं ज्यादा हौलनाक लाशें देख चुका था। उस लड़की का तो केवल भेजा ही खोपड़ी से बाहर बिखरा हुआ था, मैंने एक बार एक नौजवान लड़की की ऐसी लाश हैंडल की थी जिसका चेहरा ब्लेड से काटा गया था, जिसकी दोनों छातियां काटी जा कर ढक्कनों की तरह उसके पहलुओं में लटकी हुई थीं और उसके गुप्तांग में टेनिस के रैकेट का पूरा दस्ता घुसा हुआ था।

लेकिन उस क्षण जिक्र के काबिल बात यह थी कि अपने सामने पड़ी निशा

नामक कैब्रे डांसर की लाश को देखकर मैं अपनी बीवी को याद कर रहा था। इत्तफाक से मेरी बीवी का भी नाम निशा था। उसके भी वैसे ही लम्बे, स्याह काले बाल थे जैसे मैं उस कैब्रे डांसर के देख रहा था। वैसा ही कद-काठ। वैसी ही पहाड़ की चोटियों की तरह उठी हुई, मुंहजोर छातियां। वैसी ही पतली कमर। वैसे ही भारी कूल्हे। वैसी ही लम्बी टांगें और सुडौल जांघें। कोई फर्क था तो यह कि वह कैब्रे डांसर मेरी सत्ताइस साला बीवी से उम्र में कुछ छोटी लगती थी और मेरी बीवी का रंग उसके गोरे रंग से भी ज्यादा गोरा था।

एक फर्क और था।

निशा नामक कैब्रे डांसर मेरे सामने मरी पड़ी थी लेकिन निशा नामक मेरी बीवी मेरे घर पर सही-सलामत मौजूद थी और मेरे लौटने का इन्तजार कर रही थी।

क्या गारण्टी थी? – मैंने अपने-आपसे सवाल किया।

मैंने अपने सिर को एक झटका देकर वह अप्रिय खयाल अपने जेहन से निकाला और डॉक्टर से सवाल किया – ''मरे हुए कितना वक्त हुआ?''

''सही टाइम तो पोस्टमार्टम के बाद ही बताया जा सकता है।'' – डॉक्टर बोला – ''अभी तो मैं अन्दाजा ही बता सकता हूं।''

''अन्दाजा ही बताइए।''

''मेरा अन्दाजा है कि इसकी मौत पांच और छः बजे के बीच किसी वक्त हुई होगी।''

''इस वक्त'' – मैंने अपनी कलाईघड़ी पर निगाह डाली – ''पौने दस बजने को हैं!''

''तुम्हारी घड़ी'' – टोकस धीरे से बोला – ''तेरह मिनट आगे है।''

आजकल मेरी घड़ी में कोई नुक्स आ गया था जिसकी वजह से वह कभी आगे तो कभी पीछे हो जाती थी। कई बार मुतवातर ठीक भी चलती रहती थी। घड़ी कीमती थी लेकिन पुरानी थी इसलिए आजकल घपला कर रही थी।

''यानी'' – मैं बोला – ''कत्ल हुए साढ़े तीन-चार घण्टे हो चुके हैं?''

''हां।'' – डॉक्टर बोला – ''एक ही वार हुआ है। तत्काल मृत्यु हो गई थी।''

''हूं।''

डॉक्टर के इशारे पर लाश को – उस सांचे में ढले जिस्म को, जो मुझे अपनी

बीवी की याद दिला रहा था – एक चादर से ढंक दिया गया।

''मैं फिलहाल चलता हूं'' – डॉक्टर बोला – ''फोटोग्राफर और फिंगरप्रिंट्स एक्सपर्ट अभी यहां नहीं पहुंचे लेकिन पहुंचने ही वाले होंगे। लाश यहां से उठवाई जाने के बाद मुझे खबर कर देना।''

मैंने सहमति में सिर हिलाया।

डॉक्टर वहां से विदा हो गया।

मैं श्रीवास्तव की तरफ आकर्षित हुआ।

मैंने उसे बाहर चलने का इशारा किया।

बड़ी मेहनत से उसने कुर्सी में फंसा अपना भारी-भरकम शरीर कुर्सी में से निकाला और उठकर बाहर ड्राइंगरूम में आ गया।

''आपका नाम श्रीवास्तव है?'' – मैं बोला।

''हां।'' – वह बदहवास भाव से बोला – ''शान्तिप्रसाद श्रीवास्तव।''

''पुलिस को फोन आपने किया था?''

''हां।'' – उसने एक बार असहाय भाव से गरदन हिलाई और फिर यूं बोला जैसे ख्वाब में बड़बड़ा रहा हो – ''वह मेरी बेटी के समान थी।''

''लेकिन बेटी थी नहीं!'' – टोकस बोला।

''हां। थी तो नहीं!''

वह ऐसे कातर भाव से बोला कि मुझे लगा कि अभी रो देगा। लड़की की मौत ने उसे काफी सदमा पहुंचाया था।

या शायद वह सिर्फ ऐसा जाहिर कर रहा था।

''आप जरा हौसला रखिए'' – मैं तनिक कड़े स्वर में बोला – ''और अपने-आपको काबू में रखने की कोशिश कीजिए। जो होना था, वो तो हो गया! अब कोई क्या कर सकता है इसमें?''

''अलबत्ता'' – टोकस बोला – ''आप लड़की के हत्यारे की तलाश में हमारी मदद कर सकते हैं।''

''आप पुराने वाकिफदार थे लड़की के?'' – मैंने पूछा।

‘‘हां।’’ – वह अवसादपूर्ण स्वर में बोला – ‘‘बहुत मुद्दत से जानता था मैं रमेश्वरी को।’’

‘‘रमेश्वरी! लड़की का नाम तो निशा बताया गया था?’’

‘‘निशा उसका प्रोफेशनल नाम था। कैब्रे डान्सर्स अपने असली नाम से अपना धंधा नहीं करतीं।’’

‘‘आई सी! तो रमेश्वरी उर्फ निशा को आप बहुत मुद्दत से जानते थे?’’

उत्तर देने से पहले उसने जोर से थूक निगली और एक सुबकी ली।

उस थियेट्रिकल इफेक्ट का मैं पुराना वाकिफ था। अपनी पुलिस की नौकरी में वैसी सुबकी भरते मैंने ऐसे आदमी को भी देखा था जिसका इकलौता बेटा ट्रक की चपेट में आकर मर गया था और ऐसे आदमी को भी देखा था जो अभी अपनी बीवी पर मिट्टी का तेल डालकर और उसे माचिस दिखाकर हटा था। वह सुबकी किसी की बेगुनाही का सबूत तो क्या, किसी की बेगुनाही की तरफ इशारा तक नहीं हो सकती थी।

‘‘रमेश्वरी’’ – सुबकी से घुटे स्वर में श्रीवास्तव बोला – ‘‘निशा इस वक्त पच्चीस साल की थी। मैं इसे इसकी पन्द्रह साल की उम्र से जानता था। तब यह स्कूल में पढ़ती थी। मेरा तब भी यही धन्धा था जो आज है।’’

‘‘क्या? कैब्रे डांसर्स सप्लाई करना?’’

‘‘कैब्रे डांसर्स। सिंगर्स। म्यूजीशियन्स। कमेडियन्स। मिमिकरी आर्टिस्ट्स। एण्टरटेनमेंट से ताल्लुक रखने वाले कैसे भी कलाकार।’’

‘‘लड़की की सारी बुकिंग्स आपके माध्यम से ही होती थीं?’’

‘‘हां।’’

‘‘आजकल ‘गोल्ड डस्ट’ में प्रोग्राम देती थी?’’

‘‘हां। आज सात बजे वह वहां पहुंचने वाली थी।’’

‘‘उसका प्रोग्राम सात बजे से होता था?’’

‘‘नहीं। प्रोग्राम तो आठ बजे से होता था लेकिन पहले वह मेरे साथ डिनर लेने वाली थी।’’

''आई सी!''

''वह पहुंची नहीं तो मुझे फिक्र हो गई। यूं खामखाह कभी लेट होती जो नहीं थी! मैंने फोन किया तो जवाब न मिला। फिर मैं खुद ही यहां पहुंच गया।''

''फ्लैट का मेन डोर आपको खुला मिला था?''

''नहीं।'' – वह तनिक हिचकिचाया – ''दरवाजा तो बन्द था!''

''तो आप भीतर कैसे दाखिल हुए?''

''मेरे पास'' – वह फिर हिचकिचाया – ''फ्लैट की चाबी है।''

''आपके पास?'' – मैं उसे घूरता हुआ बोला – ''इस फ्लैट के मुख्य द्वार की चाबी है?''

''हां।'' – वह बोला।

''ओह!'' – टोकस एकाएक बीच में बोल पड़ा – ''तो लड़की के आपके साथ ऐसे ताल्लुकात थे?''

''कैसे ताल्लुकात थे?''

''अब क्या खाका खींचकर समझाना होगा?''

''हां। खाका खींचकर समझाना होगा।''

''रखैल थी आपकी?''

श्रीवास्तव का चेहरा कानों तक लाल हो गया। मुझे यूं लगा जैसे वह एकाएक टोकस पर झपट पड़ने वाला हो। उसने बड़ी मुश्किल से अपने-आप पर जब्त किया।

''मैंने कहा है'' – वह दांत किटकिटाता बोला – ''वह मेरी बेटी के समान थी।''

''क्यों नहीं!'' – टोकस के स्वर में व्यंग्य का स्पष्ट पुट था – ''क्यों नहीं! जरूर होगी!''

श्रीवास्तव ने कहरभरी निगाहों से टोकस की तरफ देखा।

''मेरा बाप कहा करता था कि परायी बेटी से ऐसा रिश्ता वही उम्रदराज आदमी जोड़ता है जो इस रिश्तेदारी को अपनी बदनीयती पर पर्दे के तौर पर इस्तेमाल करना चाहता हो। बेटी होने में और बेटी के समान होने में स्याह और सफेद जैसा फर्क होता है।''

श्रीवास्तव ने बेचैनी से पहलू बदला।

तभी फिंगरप्रिंट्स एक्सपर्ट और फोटोग्राफर वहां पहुंचे।

इमारत में छः फ्लैट और थे लेकिन वहां से पूछताछ का कोई नतीजा हासिल न हुआ।

किसी को कुछ नहीं मालूम था।

फिर भी खानापूरी की खातिर मैंने हर किसी से सवाल किये।

एक इनवेस्टिगेटिंग ऑफिसर के तौर पर आस-पड़ोस से ऐसे सवाल करना मेरी नौकरी का हिस्सा था।

एक घण्टा मैंने लोगों से बेमानी माथा-पच्ची की।

बाद में मैं सिगरेट के कुछ कश मारने की नीयत से जब इमारत से बाहर सड़क के पास बिजली के खम्बे से टेक लगाए खड़ा था तो टोकस मेरे करीब पहुंचा।

''यह इमारत जिस आदमी की है, वह खुद यहां नहीं रहता।'' – आते ही वह बोला – ''यहां के सारे फ्लैट किरायेदारों के हवाले हैं। मालिक खुद चण्डीगढ़ में रहता है। यहां उसने बतौर केयरटेकर अपना एक आदमी छोड़ा हुआ है जो कि बेसमेण्ट में रहता है। उसका नाम बूटाराम है। किरायेदार उसी को किराया अदा करते हैं और उसी को बतौर किरायेदार अगर उन्हें कोई दुःख-तकलीफ हो तो बताते हैं। मैंने बूटाराम से बात की है।''

''तो?''

''वह कहता है कि सात-बीस के करीब उसने सीढ़ियों पर पड़ते भारी कदमों की आहट सुनी थी।''

''इस फिजूल की बात से क्या साबित होता है?'' – मैं तनिक झुंझलाया – ''इतने लोग इमारत में रहते हैं। आवाजाही तो यहां हर वक्त रहती होगी!''

''हर वक्त नहीं।''

''तो फिर उस वक्त श्रीवास्तव यहां पहुंचा होगा। उसके बयान के मुताबिक तकरीबन इसी वक्त उसके कदम यहां पड़े होंगे। हत्यारा तो तब यहां पहुंचा नहीं

होगा, क्योंकि डॉक्टर के कहने के मुताबिक हत्या पांच और छः बजे के बीच हुई थी।''

''तौबा!'' – टोकस ने शर्मिन्दगी का इजहार किया – ''यह तो मैं भूल ही गया था!''

मैंने बड़े बेसब्रेपन से सिगरेट का कश लगाया।

''तभी तो मेरा बाप कहा करता था कि पहले तोलो फिर बोलो।''

''आगे बढ़ो।'' – मैं बोला।

''केयरटेयर बूटाराम कहता है कि मरने वाली उसको हमेशा चैक देती थी किराये का।''

''तो क्या हुआ? चैक से किराया देने पर क्या कोई पाबन्दी है?''

''नहीं। लेकिन साथ ही वह यह भी कहता है कि आमतौर पर उस चैक पर लड़की के दस्तखत नहीं होते थे। मिसाल के तौर पर अभी कल ही किराये का जो चैक उसने बूटाराम को सौंपा था, उस पर किसी रामकुमार अग्रवाल के दस्तखत थे। चैक अभी भी बूटाराम के पास है और उसे मैंने अपनी आंखों से देखा है। चैक देना बैंक की नेहरू प्लेस ब्रांच का है। मैंने चैक पर से एकाउण्ट नम्बर वगैरह नोट कर लिया है।''

''वैरी गुड।''

''बूटाराम कहता है पिछले कई महीनों से वह ऐसे ही चैक रिसीव करता आ रहा है। देना बैंक की नेहरू प्लेस ब्रांच के। किसी रामकुमार अग्रवाल के दस्तखतशुदा।''

''रकम कितनी?''

''दो हजार रुपये।''

''छोकरी के फ्लैट का किराया दो हजार रुपये था?''

''जाहिर है।''

''और वह किराया कोई रामकुमार अग्रवाल भरता था?''

''यह भी जाहिर है।''

''खामखाह तो भरता नहीं होगा!''

''खामखाह भी'' – टोकस तनिक हंसा – ''कभी कुछ होता है। जब कोई आदमी किसी लड़की को बिना वजह कुछ देता है तो समझ लो, जरूर कोई वजह है।''

''यह भी तुम्हारे बाप ने कहा था?''

''हां।''

''सयाना आदमी था तुम्हारा बाप।''

''एक नम्बर का कम्बखत था लेकिन बातें बढ़िया करता था।''

मैं हंसा।

टोकस भी हंसा।

''तो'' – मैं बोला – ''लड़की के इतने शानदार फ्लैट में रहने की वही वजह थी जो हमने सोची थी? किसी की रखैल थी?''

''किसी एक की काहे को! हो सकता है, कइयों की हो! एक कैण्डीडेट तो अभी भी ऊपर उसके फ्लैट में बैठा है!''

''लेकिन वो तो उसे अपनी बेटी बताता है?''

''बेटी। हाह!''

''फ्लैट में कोई नौकर-चाकर भी तो होगा! इस बाबत कुछ पता लगा?''

''हां, लगा। केयरटेकर से ही लगा। पक्का नौकर-चाकर कोई नहीं है, सिर्फ एक नौकरानी है जो दिन में आती है और काम-काज करके चली जाती है। लेकिन वह आती कहां से है, यह यहां किसी को नहीं मालूम।''

''कल आयेगी तो सही?''

''जाहिर है।''

''उससे मालूम हो सकता है कि फ्लैट से कोई चीज चोरी गई है या नहीं।''

''जरूरी नहीं।''

''फिर भी पूछने में क्या हर्ज है?''

''कोई हर्ज नहीं। वैसे लगता तो नहीं कि फ्लैट से कोई चीज चोरी गई हो!''

''हूं।''

''एक बात तुमने देखी थी?''

''कौन-सी?''

''लड़की के बैडरूम की खिड़की खुली थी।''

''देखी थी।''

''उसके बाहर ही इमारत के फायर एस्केप की लोहे की गोल सीढ़ियां हैं जो कि इमारत के पहलू में उतरती हैं। उधर अंधेरा होता है और आवाजाही भी नहीं होती।''

''तुम यह कहना चाहते हो कि लड़की के फ्लैट में उधर से कोई चोर घुसा हो सकता है?''

''हां। बड़ी सहूलियत से। वह चोरी की नीयत से फायर एस्केप के रास्ते फ्लैट में घुसा होगा। उसने फ्लैट खाली समझा होगा लेकिन भीतर लड़की सोई पड़ी थी जो कि उसकी आहट सुनकर जाग गई होगी। उसने चिल्लाने की कोशिश की होगी तो चोर ने उसके सिर पर पत्थर का फूलदान दे मारा होगा।''

मैंने बड़ी गम्भीरता से सहमति में सिर हिलाया।

मुझे अनायास ही फिर मरने वाली की हमनाम अपनी बीवी का खयाल आ गया।

मेरी बीवी भी तो घर में अकेली होती थी। मेरी नाइट ड्यूटी तो आम बात थी। कोई यूं अगर कभी घर में घुसकर उसका खून कर जाता तो?

मुझे खामखाह की घबराहट महसूस होने लगी।

''मैं एक मिनट में आया।'' – एकाएक मैं बोला।

टोकस को बोलने का अवसर दिए बिना मैं लम्बे डग भरता वहां से विदा हो गया।

मार्केट में स्थित एक रेस्टोरेण्ट के टेलीफोन से मैंने अपने घर का नम्बर मिलाया।

तीन साल मेरी शादी को हो गए थे। उन तीन सालों में घर पर यूं खामखाह

टेलीफोन मैं पहली बार कर रहा था।

मुझे दूसरी ओर घण्टी बजने का सिगनल मिलने लगा।

लेकिन फोन किसी ने न उठाया।

मैंने अपनी कलाईघड़ी पर निगाह डाली।

ग्यारह बजे थे।

इस वक्त घर से कहां चली गई थी मेरी बीवी!

शायद अड़ोस-पड़ोस में कहीं वीडियो देखने चली गई हो!

लेकिन ग्यारह बजे तक तो उसे वहां से भी आ जाना चाहिये था!

मैंने लाइन काटकर दोबारा नम्बर मिलाया।

दोबारा भी वही हुआ जो पहली बार हुआ था।

घण्टी बजती रही। जवाब न मिला।

मैंने लाइन काटकर 199 डायल किया और वहां से अपने घर का नम्बर मांगा।

''रिंग जा रही है।'' – कुछ क्षण बाद ऑपरेटर बोली।

लेकिन जवाब फिर भी न मिला।

अब कम-से-कम इस बात की गारण्टी हो गई थी कि फोन खराब नहीं था।

फोन ठीक था, घण्टी बज रही थी लेकिन दूसरे सिरे पर उसे उठाने वाला कोई नहीं था।

मेरी नाइट ड्यूटी में रात के ग्यारह बजे मेरी बीवी मेरे घर पर नहीं थी।

होती तो फोन जरूर उठाती।

वह घर पर नहीं थी तो कहां थी?

झुंझलाकर मैंने रिसीवर क्रेडल पर पटका और वहां से बाहर निकल आया।

मैं वापिस लौटा।

''क्या बात थी?'' – टोकस तनिक उत्सुक स्वर में बोला।

''कुछ नहीं।'' – मेरा स्वर अनायास ही रूखा हो गया था।

वह तनिक सकपकाया और फिर बोला – ''एम्बुलेंस लाश ले गई है।''

''गुड।''

मुझे उस वक्त लाश नहीं, अपनी बीवी सूझ रही थी।

रात के ग्यारह बजे कहां गई थी मेरी बीवी?

''केयरटेकर का क्या नाम बताया था तुमने?'' – एकाएक मैं बोला।

''बूटाराम।'' – टोकस बोला।

''उसे बुलाओ।''

सबसे पहले मैंने चैक देखा।

''तुमने'' – मैंने बूटाराम से पूछा – ''लड़की से कभी इस बाबत सवाल नहीं किया कि चैक किसी और का साइन किया हुआ क्यों होता था?''

''माईबाप'' – बूटाराम विनयशील स्वर में बोला – ''मैं कौन होता हूं ऐसा कोई सवाल करने वाला! चैक कभी वापस तो आया नहीं! हमेशा कैश होता है। इस बाबत कोई सवाल करना भी होता तो मालिक करता, मैं क्यों करता?''

''मालिक कौन है तुम्हारा?''

''गुरदयाल सिंह नाम है उनका।''

''चण्डीगढ़ रहते हैं?''

''हां।''

''दिल्ली कभी नहीं आते?''

''आते हैं। अक्सर आते हैं।''

''दिल्ली आते हैं तो कहां ठहरते हैं? यहीं?''

''नहीं। यहां के तो सब फ्लैट किराये पर उठे हुए हैं।''

''तो?''

''सुजानसिंह पार्क में उनका एक फ्लैट है। दिल्ली आते हैं तो सरदार साहब वहीं ठहरते हैं।''

''हूं। इस चैक पर जिस शख्स के साइन हैं, वह यहां आता-जाता तो होगा?''

''साहब, यहां तों कई लोग आते-जाते हैं! मुझे क्या पता उनमें से कौन निशा

को यह चैक देता था!''

''कोई अन्दाजा?''

''हां'' – वह तनिक धीमे से बोला – ''अन्दाजा तो है।''

''अन्दाजा ही बताओ!''

''एक शख्स यहां महीने में तीन या चार बार ही आता है। उसके आने का कुछ पक्का नहीं होता। कभी वह लगातार दो-तीन दिन रोज आ जाता है तो कभी तीन-तीन, चार-चार हफ्ते के बाद आता है लेकिन जिस दिन मुझे निशा मेम साहब से किराये का चैक हासिल होता है, उससे पहले दिन वह जरूर आया होता है। इसी वजह से मेरा अन्दाजा है कि वही आदमी रामकुमार अग्रवाल है जो कि निशा मेम साहब के फ्लैट का किराया चुकाता है।''

''उसका हुलिया बयान कर सकते हो?''

''वह लगभग पचास साल का अधपके बालों वाला दुबला-पतला आदमी है जो हमेशा सफेद कपड़े पहनता है। गर्मियों में सफेद सफारी और सर्दियों में सफेद सूट। वह आंखों पर सोने के फ्रेम का चशमा लगाता है और बायें हाथ की बीच की उंगली में हीरे की अंगूठी पहनता है।''

''यहां पहुंचता कैसे है?''

''अपनी इम्पाला कार खुद ड्राइव करके।''

''कार का नम्बर?''

''नम्बर की तरफ तो मैंने कभी ध्यान नहीं दिया!''

''जब आता था तो निशा हमेशा घर पर होती थी?''

''जरूरी नहीं।''

''वह घर पर नहीं होती तो वह क्या करता था? वापस चला जाता था या कार में बैठकर इन्तजार करता था?''

''माई-बाप!'' – बूटाराम तनिक रहस्यपूर्ण स्वर में बोला – ''वह फ्लैट के भीतर बैठकर इन्तजार करता था।''

''भीतर बैठकर? यानी कि उसके पास फ्लैट की चाबी है?''

‘‘हां।’’

‘‘और किस-किसके पास है लड़की के फ्लैट की चाबी?’’

‘‘एक मोटा-ताजा, भारी-भरकम, सिर से गंजा आदमी भी यहां आता है। वह भी निशा मेम साहब न हों तो फ्लैट के भीतर ही जाकर बैठता है।’’

वह निश्चय ही निशा के एजेण्ट एस.पी. श्रीवास्तव का जिक्र कर रहा था।

‘‘और किसके पास है चाबी?’’

‘‘उस नौकरानी के पास है जो दिन में सफाई वगैरह करने आती है।’’

‘‘और?’’

‘‘और’’ – वह हिचकिचाता हुआ बोला – ‘‘मेरे पास है।’’

‘‘तुम्हारे पास किसलिए?’’

‘‘यहां के केयरटेकर की अपनी हैसियत में मेरे पास यहां के हर फ्लैट की चाबी है।’’

‘‘किसी को ऐतराज नहीं होता इस बात से?’’

‘‘जिसको ऐतराज हो वो अपना ताला बदलवा सकता है।’’

‘‘किसी ने बदलवाया है?’’

‘‘नहीं।’’

‘‘तुम्हें कैसे मालूम?’’ – मैंने उसे घूरा – ‘‘तुम क्या लोगों के ताले खोल-खोलकर देखते रहते हो?’’

‘‘नहीं, साहब! नहीं!’’ – वह बौखलाकर बोला – ‘‘हरगिज भी नहीं!’’

‘‘तो फिर तुम्हें कैसे मालूम है कि किसी ने ताला नहीं बदलवाया हुआ?’’

‘‘यूं ही अन्दाजन।’’

‘‘तुम्हारे पास चाबी होने का मतलब?’’

‘‘मतलब मुझे नहीं पता। शुरू से ही हर फ्लैट की डुप्लीकेट चाबी मेरे पास है। जब मैं केयरटेकर मुकर्रर हुआ था तो वो चाबियां सरदार साहब ने ही मुझे सौंपी थीं।’’

‘‘कभी किसी चाबी के इस्तेमाल की नौबत आई?’’

‘‘एक बार आई थी। कोई भीतर किचन में गैस खुली छोड़ गया था। पड़ोसी

फ्लैट वाले ने शिकायत की थी कि बन्द फ्लैट में से गैस की गन्ध आ रही है। तब मैंने फ्लैट का ताला खोला था और किचन में जाकर गैस बन्द की थी। तब मेरे पास चाबी न होती तो यहां बहुत बड़ा हादसा हो सकता था। सारी इमारत को आग लग सकती थी।''

''हूं। और किसके पास थी चाबी?''

''साहब, निशा मेम साहब से यहां मिलने आने वाले लोगों में से किसी के भी पास चाबी हो सकती थी।''

''सबके पास भी?''

''हां, जी। क्या बड़ी बात है!''

''इस लिहाज से कैरेक्टर की ठीक लड़की तो न हुई वह?''

''आपने मेरे मुंह की बात छीनी है, साहब!'' – वह एक क्षण ठिठका और फिर बोला – ''यह निशा नाम में ही कोई खासियत है, साहब!''

''क्या मतलब?'' – मैं उसे घूरता हुआ बोला।

''मैंने तो इस नाम की कोई लड़की आज तक देखी नहीं जो कि शरीफ हो। निशा नाम, तो लड़की बद्कार . . .''

मेरा हाथ उसके गिरहबान पर पड़ा। उसकी कमीज को मुट्ठी में भरकर मैंने यूं मरोड़ा कि उसकी आंखें उबल पड़ीं।

''साहब! साहब!'' – वह तड़पता हुआ बोला – ''मैंने क्या किया है?''

''स्साले!'' – मैंने उसे गिरहबान से झिंझोड़ा – ''मां-बाप को नाम रखते वक्त मालूम होता है कि औलाद आगे चलकर कैसी निकलेगी? लड़की का नाम निशा न होने से ही उसकी शराफत की गारण्टी हो जाती है?''

''लेकिन . . .''

''क्या लेकिन? हरामजादे! उल्टा-सीधा बोलेगा तो बत्तीसी बाहर निकाल दूंगा।''

''मैंने क्या उल्टा-सीधा बोला है, साहब?'' – उसने फरियाद की।

''तुझे नहीं मालूम?''

''मैंने यही तो कहा है, साहब, कि निशा नाम की लड़कियां आम तौर पर

चरित्र की खराब पाई जाती हैं। अगर मैंने ऐसा कह भी दिया तो आपको क्या?''

''साले!'' – मैंने उसे फिर झिंझोड़ा – ''जुबान लड़ाता है!''

टोकस ने जबरन मेरी गिरफ्त से उसका गिरहबान छुड़वाया।

''जुबान को लगाम दे, अक्ल के अन्धे!'' – टोकस उसे मेरे से परे हटाता हुआ बोला – ''साहब की बीवी का नाम निशा है।''

फिर बूटाराम के मुंह से बोल न फूटा। तुरन्त उसके चेहरे पर हवाइयां उड़ने लगीं।

''यूं ही बढ़-बढ़के बोलेगा तो जूते खाएगा किसी से।''

''स–साहब!'' – वह हकलाया – ''मैं माफी चाहता हूं, साहब!''

''साहब का बच्चा!'' – मैं नफरतभरे स्वर में बोला।

उस वक्त कोई मेरे दिल में झांक सकता होता तो यही कहता कि सच बहुत कड़वा होता है, झेला नहीं जाता। तभी तो मैं यूं आनन-फानन लावे की तरह उबल पड़ा था।

टोकस ने मेरी कोहनी पकड़ी और मुझे बाहर को चलाने लगा।

हम बेसमेंट से निकलकर ऊपर पहुंचे।

''अब'' – टोकस शिकायतभरे स्वर में बोला – ''उसे क्या पता था कि तुम्हारी बीवी का नाम निशा था?''

''मेरा दिमाग भिन्नाया हुआ है, यार!'' – मैं झुंझलाया – ''सिर दुख रहा है मेरा।''

''तो घर चले जाओ।''

''ऐसे कैसे चला जाऊं? ड्यूटी तो चार बजे तक है! अभी तो बारह भी नहीं बजे!''

''मैं संभाल लूंगा।''

''लेकिन . . .''

''कोई गड़बड़ होगी तो फोन कर दूंगा। दौड़े चले आना।''

''तुम मरवाओगे, यार!''

''कुछ नहीं होता।''

मैं हिचकिचाया।

''अरे, कहा न, कुछ नहीं होता।'' – टोकस आश्वासनपूर्ण स्वर में बोला।

''देख लो।'' – मैं बोला!

''देख लिया।''

''अच्छी बात है।''

आधी रात के बाद मैं घर पहुंचा।

मेरा घर अशोक विहार की एक शानदार कोठी था – ऐसी शानदार कोठी जो कम-से-कम किसी पुलिस इन्सपेक्टर की नहीं हो सकती थी। वास्तव में वह कोठी मेरे एक ऐसे दूर के रिश्तेदार की थी जिसकी मौत से पहले मुझे उसके अस्तित्व की भी खबर नहीं थी और जो बेऔलाद मर गया था। यह संयोग ही था कि मैं ही उसका इकलौता जीता-जागता कानूनी वारिस निकला था। उसकी सम्पत्ति हथियाने के लिये उसके कई नकली वारिस निकल आए थे। उन नकली वारिसों में से एक को जब लगा था कि उसके अपने हाथ तो कुछ नहीं आने वाला था लेकिन दूसरे नकली वारिसों में से कोई सब कुछ हड़प जाने बाला था तो महज ईर्ष्या की भावना से प्रेरित होकर उसने मुझे खोज निकाला और मुझे हालात की खबर की। एक लम्बी मुकदमेबाजी के बाद कोर्ट द्वारा मैं अपने उस रिश्तेदार का वारिस करार दिया गया और एस्टेट ड्यूटी के तौर पर एक मोटी रकम पल्ले से भरकर टेलीफोन और कार से सुसज्जित उस कोठी का और काफी सारे नकद रुपये का मैं वारिस बना। मेरे यूं साहबेजायदाद बन जाने की वजह से महकमे के लोगों पर मेरी बहुत तड़ी बनी हुई थी। अलबत्ता मेरे कुछ आला अफसरान मेरे ठाठ-बाट की वजह से मुझसे जलते भी थे।

कोठी में कहीं रोशनी नहीं थी।

पिछवाड़े में गैराज था जिसमें से होकर किचन में रास्ता जाता था। मैं जब इतनी-इतनी रात गए यूं घर लौटता था तो उसी रास्ते से कोठी में दाखिल होता था। इस तरह निशा को उठकर दरवाजा खोलने की जहमत नहीं उठानी पड़ती थी। आखिर मेरी बीवी कोई नई ब्याही दुल्हन तो थी नहीं जो किताबी तरीके से

पलकें बिछाए अपने पतिदेव के घर लौटने का इन्तजार कर रही होती।

जैसे वह मुझे फोन पर नहीं मिली थी, उस लिहाज से मुझे पहले सीधे ऊपर बैडरूम में जाना चाहिए था और जाकर देखना चाहिए था कि वह अभी भी वहां थी या नहीं।

मैंने ऐसा न किया।

उस वक्त मेरी दिमागी हालत कुछ-कुछ उस शख्स जैसी थी जो अपने सौ के नोट की तलाश में अपने परिधान की आखिरी जेब में इसीलिए हाथ नहीं डालता था कि अगर नोट वहां भी न हुआ तो क्या होगा? मेरे अवचेतन मन में यह बात हौले-हौले दस्तक दे रही थी कि अगर मेरी बीवी ऊपर बैडरूम में न हुई तो?

वैसे इस बात को मैं आज सोचता हूं तो यह मुझे अपनी स्वार्थपरता की इन्तहा मालूम होती है कि मुझे यह तो सूझा कि मेरी नाइट ड्यूटी का कोई नाजायज फायदा उठाने की नीयत से मेरी बीवी घर पर नहीं होगी लेकिन मैंने एक क्षण को भी यह न सोचा कि शायद उसे कुछ हो गया हो, शायद वह अस्पताल में हो, शायद वह कहीं मरी पड़ी हो और कोई लाश की शिनाख्त करनेवाला न हो। या घर पर ही उसे कोई दौरा-वौरा पड़ गया हो। या उस तनहा कोठी में कोई चोर घुसा हो और वैसे ही उसका कत्ल कर गया हो जैसे सुन्दर नगर में हुए उस कैब्रे डांसर के कत्ल की तफतीश करके मैं लौट रहा था।

आगे बढ़ने के स्थान पर मैं किचन में ही एक स्टूल पर बैठ गया। मैंने अपनी जेब से वह लिफाफा निकाला जो उस रोज सुबह मुझे अपने थाने के पते पर डाक से प्राप्त हुआ था। उस लिफाफे में जो चिट्ठी थी, वह मुम्बई पुलिस की नौकरी में लगे मेरे एक दोस्त ने लिखी थी और मैं सुबह से उसे कोई दस बार पढ़ चुका था।

मैंने चिट्ठी फिर निकाली।

चिट्ठी काफी लम्बी थी लेकिन मैंने उसका एक ही पैरा फिर पढ़ा।

लिखा था :

> निशा गोस्वामी का कोई रिकॉर्ड यहां ट्रेस नहीं हो सका। न ही यहां सेंट फ्रांसिस कान्वेन्ट नाम की कोई जगह है। उंगलियों के जो निशान तुमने मुझे भेजे हैं,

वे शीला अत्रे नाम की एक लड़की के हैं। लड़की की मौजूदा उम्र छब्बीस है साल और जन्मस्थान पूना है। पूना में उसका रिकॉर्ड इसलिए है क्योंकि वहां वह डकैती के इल्ज़ाम में ढाई साल की जेल की सजा काट चुकी है। चार साल पहले वह जेल से छूटी थी और फिर वहां से हमेशा के लिए गायब हो गई थी। तब से यहां हमें उसकी कोई खोज-खबर नहीं है –

उंगलियों के जो निशान मैंने अपने उस पत्र-लेखक मित्र को भेजे थे, वे मेरी बीवी के थे। मेरी उस बीवी के, तीन साल पहले जब मैंने इश्क में अन्धा होकर और दिल के हाथों मजबूर होकर कोर्ट में शादी की थी, तो जिसने अपना नाम निशा गोस्वामी बताया था।

मैंने एक गहरी सांस ली और चिट्ठी को वापस लिफाफे में डालकर अपनी जेब के हवाले किया। मैंने किचन की बत्ती बुझाई और वहां से बाहर निकला। बिना कोई और बत्ती जलाए मैं पहली मंजिल पर पहुंचा।

मैंने बैडरूम में कदम रखा।

बैडरूम की विशाल खिड़की खुली थी और बाहर आसमान पर खिले पूरे चांद की रोशनी भीतर प्रतिबिम्बित हो रही थी। उस रोशनी में मैंने देखा कि निशा के कपड़े पलंग के पायताने के पास फर्श पर एक ढेर की सूरत में पड़े थे। लगता था कि वह वहां आते ही बिस्तर के हवाले हो गई थी।

वह – निशा, मेरी खूबसूरत बीवी – पलंग पर दीन-दुनिया से बेखबर सोई पड़ी थी। उसने एक झीनी-सी नाइटी पहनी हुई थी जो नींद में उसकी जांघों के ऊपर तक सरक गई थी। उसकी सांसों के साथ-साथ उसका उन्नत वक्ष धीर-धीरे उठ-गिर रहा था। उसके लम्बे, काले, रेशमी बाल उजले गिलाफ वाले तकिये पर बिखरे हुए थे। उसके अर्धनिमीलित होंठ नींद में भी मुस्कुराते मालूम हो रहे थे। उसके चेहरे पर एक अबोध बच्ची जैसी निश्छलता थी। उस वक्त वह मुझे स्वर्ग की अप्सरा जैसी खूबसूरत और दिलफरेब लग रही थी।

मुझे विश्वास नहीं हो रहा था कि मुम्बई से आई चिट्ठी उसी औरत की बाबत थी।

मैंने खामोशी से अपनी वर्दी उतारी और उसके स्थान पर कुर्ता-पाजामा पहन

लिया। फिर मैं पलंग पर चढ़ गया और उसके पहलू में जा लेटा। वह पलंग के ऐन बीचोबीच लेटी हुई थी इसलिए अपने लिए और जगह बनाने की खातिर मैंने उसे हौले से थोड़ा परे सरकाया।

वह तनिक कुनमुनाई और फिर उसने करवट बदल ली।

कितनी ही देर मैं अंधेरे में आंखें खोले चुपचाप लेटा रहा और निशा के साथ गुजरे अपने तीन साल के विवाहित जीवन के बारे में सोचता रहा।

एक बार मैंने बेचैनी से पहलू बदला तो नींद में ही निशा के शरीर में भी हरकत हुई। पहले वह पीठ के बल लेटी फिर उसने मेरी तरफ करवट बदल ली। नींद में ही उसकी एक कोमल सुडौल बांह मेरी छाती पर आकर गिरी। उसकी एक टांग मेरे बदन से लिपट गई और उसकी गर्म सांसें मेरे चेहरे से टकराने लगीं। उसका जिस्म एकदम फिट होकर मेरे जिस्म से जुड़ गया। खम की जगह खम। मोड़ की जगह मोड़। उभार की जगह उभार।

मेरे एक पहलू से चिपके उसके उरोजों में तनिक हरकत हुई तो मैं समझा कि वह जाग गई थी लेकिन वास्तव में ऐसा नहीं था। वह बदस्तूर गहरी नींद में थी और नींद में ही वह मेरे साथ यूं लिपट गई थी।

मेरी सांस भारी होने लगी। हौले-हौले मेरे जिस्म में तृष्णा का ज्वार परवान चढ़ने लगा। मैंने हौले से उसके अधखुले होंठों पर अपने होंठ रख दिए। मेरा एक हाथ उसकी नाइटी के भीतर सरक गया और उसके उरोजों को सहलाने लगा।

उसके शरीर ने एक झुरझुरी ली और वह कसकर मुझसे लिपट गई।

उसकी नींद में तब भी खलल न पड़ा। उसकी खुमारभरी सांस पूर्ववत् सुनियोजित ढंग से चलती रही।

मैंने उसके जिस्म पर से नाइटी को मुकम्मल तौर से हटा दिया और करवट बदलकर उसके ऊपर आ गया।

वह तब भी न जागी।

अनोखी औरत थी निशा।

नींद में भी वह अभिसाररत हो सकती थी।

ऐसा कोई पहली बार नहीं हो रहा था जबकि मैं अपनी जिस्मानी भूख मिटाने के लिए अपना काम करता रहा था और वह सोई रही थी।

जब मैं चरम सीमा के करीब पहुंचा तो मुझे लगा कि उसके होंठ हिल रहे थे और वह कुछ कह रही थी।

उसके उरोजों की घाटियों में से मैंने अपना सिर उठाया।

वह कुछ बोल रही थी।

जागी वह तब भी नहीं थी लेकिन नींद में ही वह कुछ बोल रही थी।

या यूं कहिए कि बड़बड़ा रही थी।

जो कुछ वह बोल रही थी, वह मुझे साफ सुनाई दे रहा था।

वह सिर्फ बार-बार एक नाम दोहरा रही थी।

वह कह रही थी – ''राजेश! राजेश! ओह राजेश! बस करो, राजेश!''

मैं सन्न रह गया।

तुरन्त काम-वासना का ज्वार मुझ पर से यूं उतरा जैसे कभी चढ़ा ही नहीं था।

अब तक आग का गोला बना मेरा जिस्म जैसे एकाएक मुर्दा हो गया।

वह वो नाजुक घड़ी थी जब मैंने अपनी जिन्दगी का एक बहुत बड़ा फैसला कर लिया।

मैंने।

रवि शर्मा ने।

यौन-आनन्द के अतिरेक में मेरी बीवी अपने पति का नहीं, किसी गैर-मर्द का नाम भज रही थी।

मैंने उसकी जान ले लेने का फैसला कर लिया।

□□□

टेलीफोन की निरन्तर बजती घण्टी की आवाज से मेरी नींद खुली।

पहले मैंने इसी उम्मीद में फोन की तरफ हाथ न बढ़ाया कि फोन निशा उठा

लेगी। जब ऐसा न हुआ तो मैंने फोन उठाया।

''हल्लो!'' – मैं उनींदे स्वर में बोला।

''रवि?'' – पूछा गया।

''हां। कौन?''

''मैं टोकस बोल रहा हूं। अभी तक सो रहे हो?''

''हां।''

''भाई मेरे, दोपहर होने को आ रही है!''

''अच्छा!''

मैंने मिचमिचाकर आंखें खोलीं और खिड़की से बाहर झांका। बाहर चमकीली धूप निकली हुई थी। सूरज सिर पर चढ़ आया था।

''क्या बात है?'' – मैं बोला – ''कैसे फोन किया?''

''ए.सी.पी. खाट खड़ी करने पर उतारू है।''

''क्या?'' – मैं घबराया – ''उसे पता चल गया कि मैं रात को घर चला आया था?''

''अरे, नहीं। वह बात नहीं।''

''तो?''

''कुछ अखबार वाले उसकी खाट खड़ी करने पर उतारू हैं इसलिए वह अपना नजला हम पर उतार रहा है। अखबार वालों को तो बहाना चाहिए इस बात की दुहाई देने का कि दिल्ली शहर में क्राइम बेतहाशा बढ़ रहा है। अभी परसों डिफेंस कॉलोनी में डबल मर्डर होकर हटा है कि कल यह घटना हो गई।''

''इसमें हम क्या कर सकते हैं?''

''कुछ नहीं लेकिन हमें हुक्म हुआ है कि हम मौकायवारदात पर पहुंचकर और बारीकी से छानबीन करें।''

''हम करें?''

''हां।''

''लेकिन हमारी ड्यूटी तो . . .''

''खत्म हो चुकी है। मुझे मालूम है। भाई मेरे, तुम तो घर में सोए पड़े हो, यहां

तो पलक भी नहीं झपकी।''

''लेकिन . . .''

''जो हुक्म हुआ है, मैंने तुम्हें सुना दिया है। ऑर्डर इज ऑर्डर।''

''लानत!''

''फौरन सुन्दर नगर हत्प्राण के फ्लैट पर पहुंच जाना। मैं तुम्हें वहीं मिलूंगा! ठीक है?''

''ठीक है।''

लाइन कट गई।

मैंने रिसीवर वापस क्रेडल पर रख दिया।

उस वक्त मेरी तवज्जो उस निशा की तरफ कतई नहीं थी जो कि मर चुकी थी बल्कि उस निशा की तरफ थी जो कि अभी जिन्दा थी। उस निशा की तरफ थी जो कि मेरी बीवी थी और जो मेरे आगोश में आकर भी पराये मर्द का नाम भजती थी।

और जिस औरत की जान ले लेने का मैं पक्का इरादा कर चुका था।

डायनिंग टेबल पर मुझे एक चिट मिली जिस पर निशा के हस्तलेख में लिखा था – ''हनुमान मन्दिर जा रही हूं। तुम बहुत गहरी नींद में थे इसलिए जगाया नहीं।''

तब मुझे खयाल आया कि उस रोज मंगलवार था।

मंगलवार को निशा बाबा खड़गसिंह मार्ग पर स्थित हनुमान मन्दिर जरूर जाती थी।

मैं बाथरूम में दाखिल हुआ।

शेव करते समय मैंने कोई पांच जगह अपना गाल काटा।

मेरा सारा ध्यान शेव की जगह निशा की तरफ जो था!

कौन थी मेरी बीवी?

खुद मुझे अपना वह सवाल बहुत अजीब लगा।

लेकिन वह सवाल अजीब होते हुए भी जायज था। अभी मुझे यह अहसास होना शुरू हुआ था कि अपनी बीवी के भूत के बारे में मैं खास कुछ भी तो नहीं जानता था। मैं सिर्फ इतना जानता था कि मैं उससे मुहब्बत करता था, पहले दिन

से उससे बेपनाह मुहब्बत करता था और दिलोजान से उसे चाहता था। शादी से ठीक चार महीने पहले जब पहली बार मेरी उस पर निगाह पड़ी थी, मैं तभी दिलोजान से उस पर निसार हो गया था। उसको देखते ही जैसे मैंने उस पर अपनी मिल्कियत की मोहर लगा दी थी।

ऐसा फिदा मैं कभी किसी औरत पर नहीं हुआ था।

आज मैं उन दिनों की निशा के लिए अपनी धुआंधार आशनाई का खयाल करता हूं तो मुझे हैरानी होती है कि मैंने कभी दीवानगी की इस हद तक भी इश्क में गोते खाए थे।

मैंने – उस शख्स ने जो औरतजात को हमेशा शक और अविश्वास की निगाह से देखता था और उसूलन उसे नफरत करने के काबिल शै समझता था।

कैसी अनोखी बात थी?

लेकिन वही क्या, मेरी जिन्दगी की तो हर बात अनोखी थी।

लोग कहते हैं कि इनसानी जिन्दगी में मां से बड़ी कोई चीज नहीं होती लेकिन नफरत क्या होती है, यह सीखने के बाद अपनी जिन्दगी में जिस पहली औरत से मैंने नफरत की थी, वह मेरी मां ही थी। मां होते हुए भी मेरा बचपन मां के प्यार से महरूम रहा था। मैं तब शायद आठ साल का था जबकि किसी और की जुबानी मुझे मालूम हुआ था कि मेरे पैदा होने के छः महीने बाद मेरी मां मुझे घर के पालने में तनहा पड़ा छोड़कर अपने किसी यार के साथ भाग गई थी। जाहिर है कि उस वक्त मेरा बाप घर पर नहीं था। पता नहीं कब तक मैं भूखा-प्यासा, टट्टी-पेशाब से सना, पालने में पड़ा रोता-बिलखता रहा था कि टोकस की मां, जो कि हमारे पड़ोस में रहती थी, की तवज्जो मेरी तरफ गई थी और उसने मुझे आकर उठाया था।

बाद में जब मेरा बाप भी मर गया था तो मुझ यतीम को टोकस की मां ने और मुहल्ले के कुछ अन्य दयावान परिवारों ने ही पाल-पोसकर बड़ा किया था।

आज मुझे यह भी मालूम नहीं कि मेरी मां जिन्दा है कि मर गई लेकिन औरतजात से नफरत का पहला सबक मुझे उसी से हासिल हुआ था।

मैं दस साल का था जब मेरे सिर से मेरे बाप का साया उठा था। मेरा बाप पुलिस में हवलदार था। एक बार जहां उसकी ड्यूटी थी, वहीं एक बैंक में डाका पड़ गया था। मेरे बाप ने बैंक से माल लेकर भागते तीन डाकुओं को ललकारा था और दो को मार भी गिराया था लेकिन तीसरे की गोली का खुद शिकार हो गया था और जान से हाथ धो बैठा था। तीसरा डाकू भाग नहीं सका था और बाद में उसे फांसी की सजा हुई थी। मेरे बाप को मरणोपरान्त शूरवीरता पदक मिला था जो उसकी तरफ से मैंने – उसके दस साल के बेटे ने – प्राप्त किया था।

इस प्रकार दस साल तक मैं अपनी जिन्दगी के ये दो बहुत अहम सबक सीख चुका था।

अपराधी और औरत दोनों नफरत और हिकारत की निगाह से देखने के काबिल होते थे।

इसी वजह से मैं पुलिस में भर्ती हुआ।

इसी वजह से अपनी दस साल की पुलिस की नौकरी में हमेशा मेरा मूलमन्त्र यही रहा कि हर आदमी को तब तक गुनहगार समझो जब तक वह अपने-आपको बेगुनाह साबित न कर दे। मुझे कायदे-कानून के इस उसूल से इत्तफाक नहीं कि हर आदमी तब तक बेगुनाह है जब तक वह गुनहगार साबित न कर दिया जाए। मैं कहता हूं कि अगर कोई आदमी बेगुनाह है तो क्यों वह अपनी बेगुनाही साबित नहीं कर सकता? मेरे महकमे के लोग मेरी उल्टी थ्योरी से वाकिफ हैं और मुझे पागल भी करार देते हैं लेकिन यह हकीकत फिर भी अपनी जगह कायम है कि मैंने जिस केस की भी तफतीश की, उसमें अपराधी को सजा होकर रही। इस मामले में मेरा शत-प्रतिशत रिकॉर्ड है।

और इसी वजह से मेरी जिन्दगी में कभी कोई औरत न आई।

सिवाय निशा के।

उस दिन मैं वर्दी में नहीं था जबकि वह पटेल नगर में विवेक सिनेमा के सामने के सड़क पार करने के पुल पर मेरे आगे-पीछे सीढ़ियां उतर रही थी। वह एक नुमायशी पुल था, सड़क पार करने के लिए जिसे स्कूली बच्चों के अलावा

शायद ही कभी कोई इस्तेमाल करता था। उस वक्त भी पुल पर हम दोनों के अलावा कोई नहीं था लेकिन एकाएक मेरे पीछे से एक लड़का वहां प्रकट हुआ था, उसने निशा के गले में पड़ी सोने की चेन पर हाथ डाला था और चेन झटकने की नीयत के साथ ही उसे धक्का दे दिया था।

फिर लड़का वहां से बगूले की तरह भागा था।

तब निशा की तरफ ध्यान देने का वक्त नहीं था।

मैं चेन स्नैचर के पीछे लपका था।

पुल से अभी वह कुछ ही कदम दूर पहुंच पाया था कि मैंने उसे धर दबोचा था।

मैंने उससे चेन बरामद की थी, उसे इत्तफाक से तभी वहां पहुंच गए बीट के सिपाही के हवाले किया था और फिर चेन के साथ पुल की सीढ़ियों की तरफ वापस लौटा था।

चेन स्नैचर के धक्के से निशा कई सीढ़ियां नीचे तक लुढ़कने के बाद आखिरी सीढ़ी पर जाकर गिरी थी। उसके जिस्म पर कई जगह खरोंचें आई थीं और उसका एक टखना उतर गया था।

एक टैक्सी पर मैं खुद उसे नजदीक ही स्थित गंगाराम अस्पताल लेकर गया था।

टैक्सी में उसके जिस्म को सहारे की जरूरत थी।

मैंने उसे तब सहारा क्या दिया कि हमेशा के लिए उसका होकर रह गया।

पता नहीं क्या करतब था उस औरत में, क्या जादू था उसके रूप में कि मैं अपने खून में घुट्टी के साथ मिली हुई अपनी औरतजात से नफरत की अपनी मान्यता को एकदम भूल गया था। तब तो मुझे यह लगने लगा था कि उस औरत के आगे दुनिया खत्म थी और उसके मुझे हासिल न होने की सूरत में मेरी जिन्दगी खत्म थी।

अस्पताल से उसकी टांग पर पलस्तर चढ़वाकर और उसकी बाकी मलहम-पट्टी करवाकर मैं उसे राजेन्द्र नगर के एक छोटे-से फ्लैट में छोड़ने गया जहां कि वह अपने ऑफिस की अपने जैसी ही एक अकेली लड़की के साथ रहती थी।

निशा राजेन्द्र प्लेस में स्थित एक प्राइवेट कम्पनी में रिसैप्शनिस्ट-कम-टेलीफोन ऑपरेटर की नौकरी करती थी।

भगवान जाने शुरूआत में मैंने उससे क्या बातें की थीं या किस विषय पर बातें की थीं लेकिन एक बार बातें शुरू होने की देर थी कि उन्होंने खत्म होने का नाम ही नहीं लिया था।

और मेरा तो मन ही नहीं भरता था उससे बातें कर-करके।

एक बात जो हम दोनों को करीब लाने में बहुत सहायक सिद्ध हुई थी वह यह थी कि वह भी मेरी ही तरह अनाथ थी। बकौल उसके उसका सारा परिवार कोयना के भूचाल में मारा गया था और वह मुम्बई के सेंट फ्रांसिस कान्वेंट द्वारा संचालित ईसाइयों के एक यतीमखाने में पली थी।

मैंने फौरन, निसंकोच, उसकी बात पर विश्वास कर लिया था।

पटेल नगर के उस पुल पर इत्तफाकिया हुई पहली मुलाकात के ठीक चार महीने के बाद हमने शादी कर ली थी। उन्हीं दिनों मैं अपने रईस रिश्तेदार का वारिस बना था और अशोक विहार की मौजूदा कोठी और बाकी ठाट-बाट का मालिक बना था। निशा की नौकरी मैंने विवाह होते ही छुड़वा दी थी। क्या जरूरत थी उसे शादी के बाद नौकरी करने की!

दो साल सिलसिला बहुत लाजवाब चला। चला क्या, दौड़ा। दो साल जैसे पलक झपकते गुजर गये।

फिर धीरे-धीरे उन तब्दीलियों की शुरुआत हुई जो अपनी बीवी की जान ले लेने के मेरे मौजूदा इरादे की बुनियाद बनीं।

पहले बात मामूली थी और आसानी से नोटिस में आने वाली भी नहीं थी। निशा बस जरा खिंची-खिंची सी, उखड़ी-उखड़ी सी रहने लगी थी। मुझे ऐसा भी लगता था जैसे वह मुझसे कुछ छुपाव रखने लगी थी। बाद में एक-दो बार मैंने उसका एकाध छोटा-मोटा झूठ भी पकड़ा। मसलन वह मुझे बताती थी कि वह घर बैठी बोर हो गई थी इसलिए सिनेमा देखने चली गई थी लेकिन पूछे जाने पर न तो वह फिल्म के बारे में कुछ बता पाती थी और न उस सिनेमा-हाल के बारे

में जिसमें कि वह फिल्म देखकर आई होती बताती थी।

तब अभी मैंने उस पर शक करना शुरू नहीं किया था। तब मैं उसके उस अजीब व्यवहार की वजह से उसके लिये फिक्रमन्द रहा करता था।

लेकिन बात ने अपने निश्चित अंजाम तक तो पहुंचना ही था।

पहुंची।

कोई दो हफ्ते पहले।

लेकिन सिर्फ मेरे जेहन में।

निशा से उस बाबत मैंने कोई बात न की।

उस दिन मैं दोपहर को बहुत अनपेक्षित ढंग से घर वापस लौटा था तो एकाएक टेलीफोन की घण्टी बज उठी थी। मैं रिसीवर उठाकर अभी मुश्किल से कान के पास तक पहुंचा पाया था कि कोई दूसरी तरफ से बोलने लगा था।

आवाज मर्दाना थी।

''फौरन यहां पहुंचना है, मुनिया।'' – कोई बोला लेकिन जवाब में जब उसे मेरी तरफ से कुछ सुनाई न दिया तो वह तनिक संदिग्ध, तनिक व्यग्र भाव से बोला – ''अरे, निशा, लाइन पर तुम ही हो न?''

फिर शायद उसे पक्का विश्वास हो गया कि लाइन पर निशा नहीं थी क्योंकि तभी फौरन उसने लाइन काट दी।

मुझे डायल टोन सुनाई देने लगी।

मैंने एक गहरी सांस ली और रिसीवर वापस क्रेडल पर टिका दिया।

उस रोज शाम तक किसी बहाने से मैंने निशा की उंगलियों के निशान हासिल कर लिए। अगले रोज मैंने वे निशान मुम्बई पुलिस के अपने एक दोस्त को डाक से भेज दिए।

आखिर निशा अपने-आपको मुम्बई की रहने वाली बताती थी।

अब कोई मुझसे यह पूछे कि आखिर मैंने किस आधार पर सोच लिया था कि निशा का कोई पुलिस रिकॉर्ड हो सकता था तो इसका मेरे पास कोई जवाब नहीं। यह शायद मेरी पुलिस की नौकरी का असर था कि मैंने ऐसा सोचा और ऐसा

किया। मैं तो बहुत खुश होता अगरचे कि मेरा वह तीर तुक्का निकलता लेकिन अंधेरे में चलाया गया मेरा तीर तो ऐन निशाने पर जाकर लगा था।

मैं तैयार होकर घर से रवाना होने ही वाला था कि फोन की घंटी बज उठी।

निशा का फोन था।

''रवि?'' – उसने पूछा।

''और कौन होगा?'' – मैं बोला।

वह हंसी।

नौजवान, खनकती हुई हंसी।

''मैं कनाट प्लेस से बोल रही हूं।'' – वह बोली।

''मन्दिर गई होगी?''

''हां। रवि, अभी-अभी मुझे यहां अपनी एक बड़ी पुरानी सहेली मिल गई है।''

''सहेली?''

''हां। सुषमा सोनी नाम है उसका। पहले कभी मेरे साथ क्लर्की किया करती थी लेकिन अब बहुत बड़ी पॉप सिंगर बन गई है। कहती है, आजकल यहां 'मौर्य' में उसका कन्ट्रैक्ट चल रहा है। जिद कर रही है कि आज लंच मैं उसके साथ लूं। रवि, अगर तुम्हें ऐतराज न हो तो मैं रुक जाऊं?''

''शौक से रुक जाओ। मुझे क्या ऐतराज होगा? मैं तो वैसे भी घर से जा ही रहा था।''

''वह किसलिए?''

''ए.सी.पी. साहब का बुलावा आ गया है।''

''ओह!''

''शाम तक तो लौट आओगी न?''

''उससे बहुत पहले। बड़ी हद दो-ढाई बजे तक।''

''ठीक है।''

सम्बन्धविच्छेद हो गया।

सुषमा सोनी! – मैंने मन-ही-मन नाम दोहराया।

अपनी तीन साला शादीशुदा जिन्दगी में वह नाम मैंने पहली बार सुना था। वह पहला मौका था जबकि निशा ने कभी अपने भूतकाल से सम्बन्धित किसी शख्स का नाम लिया था।

मुझे खामखाह खुन्दक आने लगी।

पता नहीं, उस नाम की उसकी कोई सहेली थी भी या नहीं। लड़की शादीशुदा हो या कुंआरी, 'सहेली मिल गई थी' उसके लिए हमेशा ही बड़ा सहूलियत का बहाना होता था।

मैं सुन्दर नगर पहुंचा।

टोकस मुझे निशा के फ्लैट में मिला।

''क्या खबर है?'' – मैंने पूछा।

''यह चोरी का मामला भी हो सकता है।'' – टोकस बड़ी संजीदगी से बोला – ''हमने लड़की की नौकरानी को खोज निकाला था और उसकी सहायता से चैक किया था कि फ्लैट में से कोई कीमती सामान तो गायब नहीं था। बतौर नौकरानी कुछ जेवरात गायब हैं।''

''मसलन?''

''मसलन एक हीरे की अंगूठी और टॉप्स। सोने का एक कड़ा जिसमें एक कीमती घड़ी भी जड़ी हुई थी। सच्चे मोतियों की एक माला।''

''आई सी।''

''नौकरानी कहती है कि हमेशा सफेद पोशाक पहनने वाले साहब उसे जेवरात जैसे बहुत प्रेजेण्ट दिया करते थे।''

''सफेद पोशाक वाले साहब! यानी कि रामकुमार अग्रवाल?''

''हां।''

''वे जेवरात हत्प्राण को रामकुमार अग्रवाल ने दिए थे?''

''जरूरी नहीं। नौकरानी ने अपनी आंखों से कुछ नहीं देखा। उसने तो अपना

अन्दाजा बताया है कि वे जेवरात निशा मेम साहब को सफेद पोशाक वाले साहब ने ही दिए होंगे।''

''यह अन्दाजा बेबुनियाद है, बेमानी है।''

''जरूर। मेरा बाप कहा करता था कि अन्दाजे लगाना और सपने देखना एक ही जैसी बातें हैं।''

''इस रामकुमार अग्रवाल के बारे में तुमने कुछ पता किया?''

''किया। बड़ा उद्योगपति है और रसूख वाला आदमी है। फरीदाबाद में रहता है। नेहरू प्लेस में उसका ऑफिस है और वहीं उसकी कम्पनी का एक गेस्ट हाउस भी है। वह फरीदाबाद में या दिल्ली में जहां भी, जब उपलब्ध होगा, उससे बातचीत करने की कोशिश की जाएगी।''

''मेडिकल रिपोर्ट आई?''

''आई। लेकिन उसमें नई बात कुछ नहीं। रिपोर्ट ने उन्हीं बातों की तसदीक की है जो डॉक्टर पहले ही बता गया था। सिर पर पत्थर के फूलदान का एक ही वार। तत्काल मृत्यु। मौत का वक्त शाम पांच और छः के बीच।''

''फिंगरप्रिंट्स एक्सपर्ट की रिपोर्ट?''

''वह भी आई है। फ्लैट में से बेशुमार लोगों की उंगलियों के निशान बरामद हुए हैं। उनमें से जिनकी शिनाख्त हो चुकी है, वे लड़की की नौकरानी के हैं, उसके एजेण्ट श्रीवास्तव के हैं, केयरटेकर बूटाराम के हैं और कृष्ण भार्गव नामक एक व्यक्ति के हैं।''

''यह कृष्ण भार्गव कौन हुआ?''

''एक तीसेक साल का अभी तक कुंआरा नौजवान है जो कि आसिफ अली रोड पर स्थित एक एडवरटाइजिंग एजेन्सी में पार्टनर है। रंगीले मिजाज का पैसे वाला आदमी है। इसी इमारत में निचली मंजिल के एक फ्लैट में रहता है, लेकिन उसके बारे में सन्देहजनक बात कोई नहीं। उसने खुद कबूल किया था कि मरने वाली से उसकी मामूली मेल-मुलाकात थी, वह उसके फ्लैट में भी एकाध बार गया था लेकिन पिछले एक हफ्ते से उसने वहां कदम नहीं रखा था। इस वक्त वह

अपने फ्लैट में ही है। कहो तो बुलाऊं?''

''अभी नहीं। रामकुमार अग्रवाल की उंगलियों के निशान भी तो होंगे फ्लैट से उठाए गए निशानों में?''

''जरूर होंगे लेकिन जब तक वह शख्स मिलता नहीं, तब तक उनकी शिनाख्त कैसे की जा सकती है?''

''श्रीवास्तव कहां है?''

''मैंने तो उसे रात को ही घर भेज दिया था। बहुत खस्ताहाल लग रहा था।''

''घर कहां है उसका?''

''पहाड़गंज के एक होटल में रहता है। होटल का नाम 'डायमण्ड होटल' है।''

''गुड! और?''

टोकस ने अपनी वर्दी में से तस्वीरों का एक पुलन्दा निकाला।

''यह पुलन्दा मैं रिकॉर्ड-रूम से लाया हूं।'' – वह बोला – ''ये तमाम तस्वीरें उन अपराधियों की हैं जो चुपचाप घरों में घुसकर चोरियां करने में स्पैशलिस्ट हैं। हो सकता है, इस इमारत में रहने वालों में से कोई इन तस्वीरों में से किसी को पहचान ले। लड़की का कत्ल अगर किसी चोर का काम है तो फ्लैट में दाखिल होने से पहले टोह लेने के लिस वह इसके इर्द-गिर्द आसपास मंडराता जरूर रहा होगा।''

''जरूरी तो नहीं यह किसी चोर का काम हो!''

''कतई जरूरी नहीं लेकिन हर्ज क्या है इस लाइन पर भी काम कर देखने में?''

''हर्ज तो कोई नहीं!''

''मेरा बाप कहा करता था कि जो काम कतई नामुमकिन लगे, उसके मुमकिन होने की सम्भावना की तरफ तो खास तौर से तवज्जो देनी चाहिए।''

तभी फ्लैट के फोन की घण्टी बज उठी।

''काल हमारे लिए हो सकती है।'' – टोकस फोन की तरफ बढ़ता हुआ बोला – ''मैं थाने में यहां का नम्बर देकर आया था।''

उसने फोन उठाया।

मैंने एक सिगरेट सुलगा लिया।

कुछ क्षण बाद वह रिसीवर रखकर वापस लौटा।

''थाने से ही फ़ोन था।'' – उसने बताया – ''रामकुमार अग्रवाल वापस लौट आया है।''

''उसे यहां तलब किया गया है?''

''नहीं। वह बड़ा आदमी है, उसे यूं यहां तलब नहीं किया जा सकता। ए.सी.पी. साहब का कहना है कि हमें ही उसके पीछे फरीदाबाद जाना होगा।''

''हूं। अब?''

''अब फ्लैट के लोगों को ये तस्वीरें दिखाते हैं।''

पुलिस के जाने-माने चोरों की उन तस्वीरों में से एक तस्वीर केयरटेकर बूटाराम ने पहचानी।

वह शक्ल-सूरत के लिहाज से एक बहुत सजते हुए युवक की तस्वीर थी। तस्वीर के पीछे लिखी इबारत के मुताबिक वह विपिन कुमार नामक एक बाइस वर्षीय युवक की थी जो कि चोरी के इल्ज़ाम में एक बार जेल काट चुका था। तस्वीर पर कोई सात साल पहले की तारीख थी, इस लिहाज से विपिन कुमार अब तीस के पेटे में था।

''तुम कैसे पहचानते हो इसे?'' – मैंने उत्सुक भाव से पूछा।

''यह लड़का इस फ्लैट में और इस इलाके के बाकी फ्लैटों में दिल्ली मिल्क स्कीम की दूध की बोतलें सप्लाई करने आता है।''

''कब से आ रहा है?''

''तीन-चार महीने से। लेकिन माई-बाप, यह कभी यहां के किसी फ्लैट में नहीं घुसता।''

''मतलब?''

''सारे फ्लैटों की दूध की बोतलें यह नीचे सीढ़ियों के पास छोड़ जाता है। फिर लोग वहीं से अपनी-अपनी बोतलें उठा लेते हैं।''

''निशा भी ऐसा ही करती थी?''

''हां। कभी वह नीचे नहीं आती थी तो जब उसकी नौकरानी यहां पहुंचती थी तो वह बोतलें उठा ले आती थी। वह भी नहीं आती थी तो मैं बोतलें छोड़ आता था।''

''यानी कि विपिन कुमार – यह दूध वाला लड़का – कभी निशा के फ्लैट में नहीं गया?''

''जी हां।''

''शायद गया हो?''

''मेरी जानकारी में तो नहीं गया!''

''तुम्हारी जानकारी के बिना गया हो?''

''उम्मीद तो नहीं। मैंने तो दूध की बोतलें हमेशा यहीं पड़ी देखी हैं।''

''दूध के पैसे लेने तो जाता होगा?''

''नहीं जाता। सबके बिल वह मुझे दे जाता है। फिर मैं सबके पैसे इकट्ठे करके रकम उसे सौंप देता हूं।''

''हूं। यहां जो लोग निशा से मिलने आते थे, उनमें से कोई ऐसा भी था जो रात को भी यहीं ठहरता हो?''

''हो सकता है, साहब! इस बारे में कोई गारण्टीशुदा बात मैं नहीं कह सकता।''

''आई सी। टोकस!''

''हां।''

''विपिन कुमार की तस्वीर के पीछे यह नहीं लिखा हुआ कि चोरी के इल्ज़ाम में इसे कितने साल की सजा हुई थी! मालूम करो, यह कब छूटा और आजकल इसका चालचलन कैसा है।''

टोकस ने फोन करके मालूम किया।

मालूम हुआ कि विपिन कुमार चार महीने पहले तिहाड़ जेल से रिहा हुआ था। पिछले चार महीनों में उसने कोई सन्देहजनक काम नहीं किया था। लगता था कि जेल की हवा ने उसके होश ठिकाने लगा दिए थे। वह दूध की सप्लाई का काम करता था, यह बात भी हमारे विभाग की जानकारी में थी।

''उसको पकड़ मंगवाओ।'' – मैंने आदेश दिया।

''बेहतर।'' – टोकस बोला।

''और अब तुम छुट्टी करो और घर जाकर आराम करो। यहां से और कुछ हासिल होने वाला नहीं है। इस वक्त'' – मैंने अपनी कलाई घड़ी अपनी आंखों के सामने की – ''एक बीस हुए हैं।''

''डेढ़।'' – टोकस बोला – ''तुम्हारी घड़ी दस मिनट पीछे है।''

''तुम्हारी घड़ी आगे नहीं हो सकती?'' – मैं झुंझलाकर बोला।

''नहीं हो सकती। जिस दिन इसके टाइम में एक सैकेण्ड का भी फर्क आ गया, उस दिन मैं इसे रेल की पटरी पर रख आऊंगा।''

''छोड़ो, छोड़ो। ज्यादा शेखी मत बघारो। शाम को मुझे थाने में मिल जाना।''

''तुम क्या करोगे?''

''सबसे पहले तो मैं लड़की के एजेण्ट श्रीवास्तव को दोबारा टटोलूंगा।''

''विपिन कुमार को कहां बुलाया जाए?''

''थाने में। रात को ही।''

''रात को किसलिए?''

''ताकि तुम्हें आराम का मौका मिल सके।''

''ओह! ठीक है।''

डायमंड होटल पहाड़गंज के इलाके में स्थित आराकशां रोड नामक उस सड़क पर निकाला जिस पर आगे-पीछे दायें-बायें होटल ही होटल थे।

रिसैप्शन पर तपेदिक के मरीज जैसा जो क्लर्क बैठा था, उसने मुझे यूं देखा जैसे वहां पुलिस का आगमन रोजमर्रा की बात थी।

''श्रीवास्तव!'' – मैं अपने व्यवसाय सुलभ रूखे और अधिकारपूर्ण स्वर में बोला – ''शान्ति प्रसाद श्रीवास्तव! कौन से कमरे में है?''

''चौदह नम्बर।'' – वह बोला – ''पहली मंजिल। छोड़ के आऊं, माई बाप?''

''जरूरत नहीं।''

मैं पहली मंजिल पर पहुंचा।

मैंने चौदह नम्बर कमरे के दरवाजे पर दस्तक दी।

श्रीवास्तव ने दरवाजा खोला।

उस वक्त उसकी सूरत खंडहर जैसी लग रही थी। उसकी शेव बढ़ी हुई थी और आंखों में लाल डोरे खिंचे हुऐ थे। उसकी कनपटियों पर मौजूद उसके अधपके बाल उसके गंजे सिर के दायें-बायें सींगों की तरह खड़े थे। वह एक लुंगी और बनियाइन पहने था और उसके पांव नंगे थे।

मुझे देखकर वह सकपकाया।

''क्या है?'' – वह बोला।

''रास्ते से हटो।'' – मैं बोला।

''लेकिन . . .''

''अरे, रास्ते से तो हटो! मुझे भीतर तो आने दो! फिर लेकिन-वेकिन भी कर लेना।''

बड़े अनिच्छापूर्ण ढंग से वह दरवाजे से हटा।

मैं भीतर दाखिल हुआ। अपने पीछे मैंने दरवाजा बन्द कर दिया।

उस मामूली होटल का वह एक मामूली कमरा था लेकिन उसका आकार मेरी उम्मीद से बड़ा था।

''क्या बात है?'' – मैं बोला – ''बारह क्यों बज रहे हैं शक्ल पर? नींद नहीं आई रात को?''

उसने उत्तर न दिया। वह पलंग पर बैठ गया, अपनी दोनों कोहनियां अपने घुटनों पर टिकाकर हथेलियों में उसने अपना चेहरा थाम लिया।

मैं उसके सामने कुर्सी पर बैठ गया।

''हां।'' – वह धीरे से बोला – ''नींद नहीं आई रात को।''

''लड़की के साथ सोने की आदत रही होगी न!'' – मैं सहज स्वर में बोला।

''लड़की! कौन लड़की?''

''वही जो मर गई। और कौन लड़की!''

''इंस्पेक्टर साहब'' – वह बड़े दयनीय स्वर में बोला – ''मैं पहले ही अर्ज कर चुका हूं कि वह मेरी बेटी के समान थी।''

''और दस साल से तुम अपनी उस कथित बेटी का बाजा बजा रहे थे। तब से जब वह पन्द्रह साल की थी। नाबालिग लड़की से ऐसी रिश्तेदारी जोड़ने की सजा जानते हो?''

''यह तो खामखाह गले पड़ने वाली बात हुई!'' – वह ताव में आ गया – ''मैं कहता हूं . . .''

''मैं जानता हूं तुम क्या कहते हो!'' – मैं कर्कश स्वर में बोला – ''तुम्हारे जैसे बूढ़े बैलों की नीयत और मिजाज दोनों को समझता हूं मैं।''

''लेकिन . . .''

''कभी जेल गए हो?''

वह खामोश हो गया।

''जवाब दो?''

जवाब देने की जगह उसने इनकार में सिर हिलाया।

''कभी कोई केस भी नहीं बना?''

वह फिर खामोश हो गया।

''श्रीवास्तव! ऐसी बातों के बारे में खामोश रहने का क्या फायदा जो छुप न सकती हों! यह मत भूलो कि यह सवाल तुमसे एक पुलिस अधिकारी कर रहा है। मैं चुटकियों में तुम्हारी लाइफ-हिस्ट्री मालूम कर सकता हूं।''

''मैंने कहा न, मैं कभी जेल नहीं गया।''

''लेकिन गिरफ्तार हुए हो?'' – उसके गोल-मोल जवाब से ही मैंने वह अन्दाजा लगाया था।

''हां।'' – वह कठिन स्वर में बोला।

''किस अपराध में?''

''बलात्कार के अपराध में।'' – वह यूं बोला जैसे वह बात कबूल करते उसका कलेजा फटा जा रहा हो।

''नाबालिग लड़की के साथ?''

''हां। लेकिन मैं गुनहगार नहीं था। अदालत से मैं बरी हुआ था।''

''बाइज्जत?''

वह निगाहें चुराने लगा।

''सन्देह-लाभ पाकर।'' – मैं उसे घूरता हुआ बोला – ''है न?''

उसने जोर से थूक निगली और सहमति में सिर हिलाया।

''लड़की के मां-बाप को पटा लिया होगा! लड़की को कोई अपना पसन्दीदा बयान देने के लिए बरगला लिया होगा!''

वह खामोश रहा।

''नाबालिग लड़कियों के साथ मुंह काला करने का तुम्हें शौक मालूम होता है।''

''इन सवालों का'' – वह तनिक दिलेरी से बोला – ''निशा की मौत से क्या रिश्ता है?''

''है रिश्ता। जो लड़की दस साल से, तब से जबकि वह नाबालिग थी, तुम्हारे साथ लेटती आ रही हो, वह अगर एकाएक तुम्हारी ऐसी कोई खिदमत करने से इनकार कर दे तो बेबसी, क्रोध, झुंझलाहट और तौहीन के मिले-जुले आलम में तुम उसका कत्ल कर सकते हो।''

''हे भगवान!'' – वह असहाय भाव से बोला – ''तुम विश्वास क्यों नहीं करते हो कि निशा से मेरा कोई ऐसा-वैसा रिश्ता नहीं था!''

''भगवान ही विश्वास कर सकता है इस बात पर। उसी से करते रहो अपनी फरियाद।''

''इंस्पेक्टर साहब, मैं सच कहता हूं, वह मेरी बेटी के समान थी!''

''अपनी बेटियों से तुम होटलों में नंगा नाच करवाते हो? अपनी बेटियों के दलाल हो तुम? उनकी कमाई पर अपनी कमीशन बटोरते हो? जब इतना कुछ तुम अपनी कथित बेटी के साथ कर सकते हो तो उसके साथ मुंह काला क्यों नहीं कर सकते?''

''अब मैं तुम्हें कैसे समझाऊं!''

''सुषमा सोनी को कब से जानते हो?'' – मैंने अप्रत्याशित सवाल किया।

''सुषमा सोनी!'' – वह सकपकाया – ''कौन सुषमा सोनी?''

''तुम किसी सुषमा सोनी को नहीं जानते?''

''अपने ट्रेड में एक सुषमा सोनी के नाम से तो मैं वाकिफ हूं।''

''कौन है वो? क्या करती है?''

''पॉप सिंगर है। हाल ही में काफी मशहूर हो गई है।''

''और क्या जानते हो तुम उसके बारे में?''

''कुछ नहीं। बस सिर्फ नाम से ही वाकिफ हूं। कभी मिला नहीं हूं। मेरी क्लायण्ट नहीं है वो। उसका निशा की मौत से क्या रिश्ता?''

''सवाल मैं कर रहा हूं। समझे?''

''समझा।''

''वह तुम्हारे ट्रेड से ताल्लुक रखती है इसलिए तुम चाहो तो उसके बारे में कुछ भी मालूम कर सकते हो। ठीक?''

उसने सहमति में सिर हिलाया।

''करो।''

वह हड़बड़ाया। उसने हैरानी से मेरी तरफ देखा।

''श्रीवास्तव, इस मामले में मुझे सहयोग दोगे तो तुम्हारा ही फायदा होगा।''

''मेरा क्या फायदा होगा?''

''निशा के कत्ल के मामले में मैं तुम्हारी बेगुनाही पर विश्वास कर लूंगा। मैं यह भी मान लूंगा कि वह तुम्हारी बेटी के समान थी। समान क्या थी, कहोगे तो बेटी ही मान लूंगा।''

''मुझे क्या करना होगा?''

''अपना हुलिया सुधारो, यहां से बाहर निकलो और सुषमा सोनी नामक पॉप सिंगर की बाबत जितनी जानकारी हासिल कर सकते हो, करो। मसलन वो क्या करती है, कहां रहती है, किसके साथ रहती है, किसके साथ उठती-बैठती है, कहां की रहने वाली है वगैरह। समझे?''

''हां।''

''एक बात याद रखना।''

''क्या?''

''किसी को मालूम नहीं होना चाहिए कि तुम क्यों उसके बारे में पूछताछ कर रहे हो। जो कुछ करना है, चुपचाप करना है, बड़े खुफिया तरीके से करना है।''

''लेकिन इस लड़की का निशा के कत्ल से क्या रिश्ता है?''

''सवाल मत करो। जो कहा जाए, करो। और एक बात और।''

''वह क्या?''

''सुषमा सोनी के बारे में जो भी जानकारी हासिल हो, वह तुमने मुझे, सिर्फ मुझे, बतानी है। किसी और से उसका जिक्र तक नहीं करना है।''

''ठीक है।''

''शाबाश!''

अगले दस मिनट मैंने उससे यह पूछने में लगाए कि सोमवार वह कहां गया था और क्या करता रहा था।

अन्त में मैं तंग आकर उठ खड़ा हुआ।

''यहां टेलीफोन है?'' – मैंने पूछा।

''नीचे रिसैप्शन पर है।'' – उसने बताया।

मैंने उससे विदा ली और नीचे रिसैप्शन पर पहुंचा।

मैंने अपने घर का नम्बर डायल किया।

जवाब नदारद।

□□□

शाम को मैं थाने पहुंचा।

मुझे मालूम हुआ कि टोकस ए.सी.पी. के कमरे में था।

हमारा ए.सी.पी. चन्द्रप्रकाश अवस्थी एक लगभग पचास साल का लाल भभूका चेहरे वाला हट्टा-कट्टा आदमी था और घुटा हुआ पुलसिया था।

मैं उसके कमरे में दाखिल हुआ तो उसने हाथ के इशारे से मुझे बैठ जाने को कहा और अपने सामने बैठे टोकस को उस क्षण जो कह रहा था, कहता रहा।

"... यह किसी चोर का काम नहीं।" – अवस्थी की भारी आवाज सारे कमरे में गूंजी – "हत्यारा शर्तिया लड़की के एजेण्ट शान्तिप्रसाद श्रीवास्तव, उसके शुगर डैडी रामकुमार अग्रवाल और उसके पड़ोसी नौजवान कृष्ण भार्गव, इन तीन जनों में से ही कोई एक है। अगर हत्यारा इनमें से कोई नहीं है तो उसके किसी ब्वायफ्रेंड को तलाश करो, उसके प्यार में खता खाए उसके किसी पुराने यार की खबर लो, ईर्ष्या की मारी किसी औरत का भी काम हो सकता है यह।" – अवस्थी एक क्षण ठिठका और फिर बोला – "लड़की जितनी खूबसूरत बताई जाती है, अगर वह वाकई उतनी ही खूबसूरत थी तो मैं नहीं मान सकता कि उसके बैडरूम में कोई चोर घुसा हो तो उसने पहले लड़की को धर न दबोचा हो। आखिर लड़की वहां अकेली थी। जैसे लड़की के सिर पर वार हुआ है, वह जाहिर करता है कि हत्यारे पर लड़की की खूबसूरती का कोई रौब गालिब नहीं हुआ था। मेरी राय पूछो तो यह कत्ल किसी ऐसे शख्स का काम है जो कत्ल के इरादे से ही वहां पहुंचा था। मुझे तुम्हारी थ्योरी से इत्तफाक नहीं कि कोई चोर वहां घुसा था, हत्प्राण को उसकी खबर लग गई थी और पकड़े जाने से बचने की खातिर उसने लड़की के सिर पर वह पत्थर का फूलदान दे मारा था।"

टोकस कुछ न बोला।

ए.सी.पी. मेरी तरफ घूमा।

"मैं तुम्हारे जोड़ीदार को बता रहा था" – वह बोला – "कि मैंने राजकुमार अग्रवाल की कत्ल से पहले की मूवमेन्टस ट्रेस करवाई हैं। हमें मालूम हुआ है कि रविवार को वह दिल्ली में था। नेहरू प्लेस में उसकी कम्पनी का जो गेस्ट हाउस है उसमें उसके लिये एक सूइट रिजर्व है। रविवार को दिन में वह वहां था। रात उसने हत्प्राण के साथ गुजारी थी। सोमवार सुबह तक भी वह जरूर निशा के फ्लैट में ही था क्योंकि इस बात की तसदीक हो चुकी है कि सोमवार सुबह न वह अपने गेस्ट हाउस में था और न फरीदाबाद अपने घर वापस लौटा था। कल

दोपहर और शाम को वह कहां था, इसका पता हमें अभी तक नहीं लग सका है लेकिन कोशिश जारी है। वैसे अब वह फरीदाबाद वापिस पहुंच चुका है।''

''उससे कोई पूछताछ नहीं की गई?'' – मैंने बड़े अदब से पूछा।

''अभी नहीं। अभी मैं जानबूझकर इस काम को मुल्तवी कर रहा हूं।''

''वजह?''

''मैं चाहता हूं पहले हमें अच्छी तरह से मालूम हो जाए कि कल और परसों वह क्या करता रहा था! बड़ा आदमी है। उसे सावधानी से हैंडल किया जाना जरूरी है।''

''ओह!''

''टोकस कहता है तुम श्रीवास्तव की फिराक में गए थे?''

''मैं अभी सीधा उसी के पास से आ रहा हूं।''

''क्या कहता है वो? हत्या के समय की कोई एलीबाई है उसके पास?''

''कहता है कि कल शाम को 'चाणक्य' में बैठा फिल्म देख रहा था। यानी कि हत्या के समय वह घटनास्थल से बहुत दूर था।''

''इस बात को साबित कर सकता है?''

''फिल्म की कहानी सुना सकता है।''

''यह तो कोई सबूत न हुआ।''

''जी हां। उसकी सिनेमा वाली बात सच भी हो सकती है और झूठ भी, क्योंकि उसके पास ऐसा कोई गवाह तो है नहीं जिसने कि उसे 'चाणक्य' में देखा हो!''

''खैर, फिर?''

''पौने सात बजे वह डिफेंस कॉलोनी में 'गोल्ड डस्ट' में था। बकौल उसके 'चाणक्य' में फिल्म खत्म होने के बाद वह सीधा वहीं पहुंचा था जहां कि सात बजे निशा उर्फ रमेश्वरी से मिलने वाला था। वहां इस बात की तसदीक करने वाले बहुत लोग हैं कि वह पौने सात बजे वहां पहुंचा था।''

''वहां पहुंचा तो वह कहीं से भी हो सकता है। मुमकिन है लड़की का कत्ल करने के बाद वह सुन्दर नगर से वहां पुहंचा हो!''

''सरासर मुममिन है।''

''यानी कि अगर वह साबित करके नहीं दिखा सकता कि कल 'चाणक्य' में मैटिनी शो देख रहा था तो वह हत्यारा हो सकता है।''

''सर, मुझे तो वह बेगुनाह लगता है।''

''किस बिना पर?''

''हत्प्राण के साथ उसकी निष्ठा की बिना पर। वह उसे अपनी बेटी मानता है और उसके खिलाफ कोई बात कही जाने पर मरने-मारने पर उतारू हो जाता है। अग्रवाल जैसे सम्पन्न आदमी और कृष्ण भार्गव जैसे खूबसूरत नौजवान से उसके ताल्लुकात की तरफ अगर आप तवज्जो दें तो ये बात विश्वास में नहीं आती कि श्रीवास्तव जैसे मोटे, भद्दे, बद्सूरत आदमी से लड़की का अफेयर रहा हो। हो सकता है श्रीवास्तव सच बोल रहा हो कि वह लड़की के लिए पितातुल्य था।''

''आई सी! आई सी! लेकिन शर्मा!''

''सर!''

''फिर भी अभी उसे टटोलना बन्द नहीं करना है।''

''राइट, सर।''

''अब आप लोग जा सकते हैं।''

मैं और टोकस उनका अभिवादन करके वहां से बाहर निकल आए।

''विपिन कुमार का क्या हुआ?'' – बाहर आकर मैंने पूछा।

''अभी उसे तलब करने की नौबत नहीं आई।'' – टोकस बोला – ''मैं अभी यहां पहुंचा ही था कि ए.सी.पी. ने बुला लिया था।''

''पाया कहां जाता है?''

''सुन्दर नगर में ही एक बेकरी है। वही बेकरी वाला डी.एम.एस. का दूध सुन्दर नगर में घर-घर वितरित करवाता है। विपिन कुमार उसी के पास नौकरी करता है।''

''इस वक्त वह वहां होगा?''

''हो सकता है। चलकर देख लेते हैं।''

''ठीक है।''

विपिन कुमार उम्र में तीस से कम था लेकिन देखने में चालीस से ज्यादा मालूम होता था। उसकी सूरत में एक अजीब-सा पिचकापन था जिसकी वजह से वह ज्यादा उम्र का लगता था। उसके चेहरे की सख्त लकीरें बताती थीं कि जेल की जिन्दगी उस पर काफी भारी गुजरी थी और उसने उसके काफी कस-बल निकाल दिये थे।

''अब क्या कर दिया है मैंने?'' – हमें देखते ही वह बोला।

मैंने उसे घूरकर देखा।

''हमसे पूछ रहा है?'' – टोकस कहरभरे स्वर में बोला – ''तू बता, तूने क्या किया है?''

''मैंने कुछ नहीं किया।''

''क्या कुछ नहीं किया?''

''मेरा उस लड़की के कत्ल से कोई वास्ता नहीं।''

''किस लड़की के कत्ल से कोई वास्ता नहीं?''

''वही जो साठ नम्बर इमारत में मरी पाई गई है।''

''किसने कहा कि तेरा उसके कत्ल से कोई वास्ता है?''

''किसी ने नहीं कहा।''

''तो फिर?''

''और किसलिए आए हैं आप लोग मुझे यहां तलाश करते हुए?''

''क्यों? और किसी वजह से नहीं आ सकते?''

''मैं पागल नहीं हूं, दरोगाजी! आज सुबह अखबार में मैंने उस लड़की के कत्ल की खबर पढ़ी थी और उसके मकान का नम्बर पढ़ा था तो मैं तभी से आप लोगों का इन्तजार करने लगा था। मुझे पता था पुलिस मेरी खबर जरूर लेगी।''

''किसलिए?''

''सजायाफ्ता मुजरिम जो ठहरा मैं! यह बात छुपी रहने वाली तो थी नहीं कि

मैं उस इमारत में दूध सप्लाई करता था! एक बार मेरे पर अपराधी होने का ठप्पा जो लग गया है! अब तो मेरे आसपास जो भी अपराध होंगे, उसका जिम्मेदार मैं ही ठहराया जाऊंगा।''

''ज्यादा बड़-बड़ मत कर।'' – मैं बोला।

''मेरा बाप कहा करता था'' – टोकस बोला – ''कि वन्स ए क्रिमिनल ऑलवेज ए क्रिमिनल।''

''माई बाप, मेरा उस लड़की से कोई वास्ता नहीं। मैं बेगुनाह हूं।''

''अगर तू बेगुनाह है'' – मैं घुड़ककर बोला – ''तो इतना डर क्यों रहा है?''

''मेरे कहने-भर से ही आपको विश्वास थोड़े ही आ जाएगा कि मैं बेगुनाह हूं!''

''यहां तेरे मालिक को मालूम है कि तू जेल का पंछी रह चुका है?''

''हां।''

''उसे इस बात से कोई ऐतराज नहीं?''

''मैं यहां पूरी मेहनत और ईमानदारी से काम करता हूं।''

''मेहनत और ईमानदारी का यही जज्बा पहले भी रखा होता तो जेल क्यों जाना पड़ता?''

''अपनी बद्अक्ली का खामियाजा मैं भुगत चुका हूं। अपने गुनाह की सजा मैं काट चुका हूं।''

''यानी कि अब अक्ल आ गई है तुझे?''

''हां।''

''लार तो टपक आती होगी तेरी उस लड़की को देख कर।''

''किस लड़की को देख कर? वो जो मरी है?''

''हां।''

''मैंने आज तक उसकी शक्ल नहीं देखी। आज के अखबार में छपी उसकी तस्वीर से ही मुझे मालूम हुआ है कि वह देखने में कैसी लगती थी!''

''क्या कहने!'' – मैं व्यंग्यपूर्ण स्वर में बोला।

‘‘यानी कि’’ – टोकस बोला – ‘‘उसका कत्ल करते समय भी तूने उसकी सूरत पर निगाह नहीं डाली थी?’’

‘‘माई-बाप, क्यों मुझ गरीब पर इतना जुल्म ढाते हो? मैं सच कहता हूं, मैंने कभी उसकी सूरत नहीं देखी। मैंने कभी उस इमारत की सीढ़ियों में भी कदम नहीं रखा।’’

‘‘तू चोर है?’’

‘‘था।’’

‘‘सजायाफ्ता?’’

‘‘लड़की के फ्लैट से’’ – मैं बोला – ‘‘कीमती जेवरात भी चोरी गए हैं।’’

‘‘मैं अपना पुराना धन्धा छोड़ चुका हूं। किसी चोरी या कत्ल से मेरा कोई वास्ता नहीं।’’

‘‘यह ऐसे नहीं मानेगा।’’ – मैं टोकस से बोला।

टोकस ने बड़ी संजीदगी से सहमति में सिर हिलाया।

‘‘इसे थाने लेकर चलना होगा।’’

‘‘दुरुस्त।’’ – टोकस बोला – ‘‘मेरा बाप कहा करता था कि मार के आगे भूत भी भागते हैं।’’

विपिन कुमार के चेहरे पर घबराहट के बड़े गहरे भाव उभरे।

‘‘चल।’’ – मैं बोला।

‘‘लेकिन, साहब . . .’’

टोकस ने उसे गर्दन से पकड़कर बाहर को धकेला। डरता-घबराता वह हम दोनों के साथ वहां से बाहर निकला। मैं जीप की ड्राइविंग सीट पर बैठा। टोकस ने विपिन को मेरी बगल में बिठाया लेकिन जब वह खुद जीप में सवार होने लगा तो मैं एकाएक बोल पड़ा – ‘‘टोकस!’’

‘‘हां!’’ – टोकस ठिठका।

‘‘तुम एक काम करो।’’

‘‘क्या?’’

‘‘तुम घटनास्थल पर वापस जाओ और जाकर उस कृष्ण भार्गव को टटोलो।’’

"उसे?"

"हां। ए.सी.पी. साहब को उसमें ज्यादा गुंजायश जो दिखाई दे रही है।"

"लेकिन यह . . ."

"इसे मैं संभाल लूंगा।"

"ठीक है। बाद में मैं तुम्हें कहां मिलूं?"

"थाने।"

"बेहतर।"

वह जीप से परे हट गया।

मैंने जीप आगे बढ़ा दी।

"साहब" – रास्ते में विपिन बड़े दयनीय स्वर में बोला – "आप खामखाह मेरे पीछे पड़ रहे हैं। मैं कहता हूं, उस लड़की के कत्ल से मेरा कोई वास्ता नहीं।"

"चल, मान लिया।" – मैं बड़ी दयानतदारी से बोला – "तू भी क्या याद करेगा! अब यह बता, कल शाम को तू था कहां?"

"शाम को किस वक्त?"

"शाम चार से सात बजे के बीच?"

"उस वक्त मैं 'रिवोली' में बैठा सिनेमा देख रहा था।"

मैं हंसा।

"मैं सच कह रहा हूं।"

"साला हर कोई सिनेमा देख रहा था कत्ल के वक्त।"

"लेकिन मैं तो . . ."

"खामोश!"

वह सहमकर चुप हो गया।

थाने में मैं उसे एक ऐसे तनहा कमरे में ले गया जो मुजरिमों से जवाबतलबी के लिए ही इस्तेमाल किया जाता था।

मैंने कमरे का दरवाजा भीतर से बन्द कर लिया।

उस कमरे का माहौल ही कुछ ऐसा था कि विपिन का चेहरा पीला पड़ गया।

फिर बिना किसी पूर्वाभास के मैंने उसके मुंह पर एक झांपड़ रसीद किया।

''साले! कुत्ते! होशियारी दिखाता है! समझता है जो तू कहेगा, मान लिया जाएगा। तू कहेगा तू सिनेमा में था और हम कबूल कर लेंगे तेरी बात!'' – मैंने उसके पेट में एक घूंसा रसीद किया – ''अब बोल, असल में तू कहां था?''

पेट में पड़े घूंसे ने उसे दोहरा कर दिया।

मैंने उसे बालों से पकड़कर सीधा किया। मैंने देखा, पीड़ा से उसकी आंखें डबडबा आई थीं और वह अपने पैरों पर अपना सन्तुलन कायम रखे रहने में दिक्कत महसूस कर रहा था।

''एक सैकेण्ड में बक के दे'' – मैंने उसके बालों को एक झटका देकर छोड़ दिया – ''कि असल में तू कहां था! बोल!''

मैंने फिर उसकी तरफ घूंसा ताना।

''नहीं।'' – वह बड़े दयनीय स्वर में बोला – ''मारना नहीं, माई-बाप! मैं बताता हूं।''

''बता।''

''मालिक, आपके इस सवाल का जवाब मुझे वापस जेल पहुंचा देगा।''

''भूमिका बाद में। पहले मतलब की बात बक।''

''मैं एक औरत के साथ था।''

''बस? इतनी-सी बात पर तू फिर जेल पहुंच जाएगा?''

''मैं एक शादीशुदा औरत के साथ था।''

''तो भी क्या हुआ? साले!'' – मैंने उसकी नाक के आगे घूंसा लहराया – ''यह बात भी वापस जेल-यात्रा के लिए काफी नहीं।''

''साहब, जिस औरत के मैं साथ था, वह केदारे की बीवी है।''

''कौन केदारा? केदारनाथ कनकटा?''

''वही। जेल में मैं और केदार एक ही कोठरी में थे।''

केदारनाथ कनकटे के नाम से मैं वाकिफ था। मुझे यह भी मालूम था कि एक सशस्त्र डकैती के इल्ज़ाम में वह तिहाड़ में पांच साल की कैद काट रहा था।

''हूं।'' – प्रत्यक्षत: मैं बोला।

''साहब, मैं जेल से अपनी सजा का पूरा वक्फा काटने से पहले प्रोबेशन पर छूटा हूं। मुझे खास हिदायत है कि मैंने अपराधियों के साथ या सन्दिग्ध चरित्र के व्यक्तियों के साथ नहीं उठना-बैठना। केदारे की बीवी उसी प्रकार की औरत है जिस प्रकार के लोगों की सोहबत में पाए जाने पर मैं वापस जेल में बन्द किया जा सकता हूं और मुझे अपनी बाकी की सजा काटनी पड़ सकती है। मैं जेल में वापस पहुंच गया तो केदारे से मेरी वापसी की वजह छुपी नहीं रहेगी। फिर वह मुझे जिन्दा नहीं छोड़ने का।''

''जेल में?''

''माई-बाप'' – वह गिड़गिड़ाया – ''आपसे क्या छुपा है कि वो कितना खतरनाक दादा है और क्या कुछ कर सकता है!''

''केदारे की बीवी – नाम क्या है उसका?''

''संतरा।''

''क्या?''

''संतरा।'' – उसने दोहराया।

''यह नाम है उसकी बीवी का?''

''हां।''

''तुम्हारी पुरानी यारी है उससे?''

''नहीं। जेल से छूटने के बाद ही हुई थी।''

''कैसे?''

''जेल में केदारा मुझे उसकी बातें सुनाया करता था कि वह कितनी खूबसूरत थी, कितनी सैक्सी थी, कितनी कड़क जवान थी और कितनी रसीली थी। मैं जेल से छूटा था तो उसी ने मुझे कहा था कि मैं कभी-कभार जाकर उसका हाल-चाल मालूम कर लिया करूं।''

''उसका हाल-चाल मालूम करते-करते ही तुम्हारी आशनाई हो गई उससे? साले, बीवीकतरे! अपने दोस्त की अंटी मार ली? उसकी बीवी कतर ली?''

उसने सिर झुका लिया।

‘‘केदारे से तो तेरी पुरानी यारी होगी?’’

‘‘हां।’’

‘‘साले! फिर तू उसकी बीवी को पहले से कैसे नहीं ज़ानता था?’’

‘‘जानता था, माई-बाप! मैंने कब कहा कि नहीं जानता था?’’

‘‘तूने कहा नहीं कि संतरा से तेरी यारी जेल से छूटने के बाद हुई थी, और जेल से तो तू सिर्फ चार महीने पहले छूटा है? तूने कहा नहीं था कि तेरी उससे पुरानी यारी नहीं है?’’

‘‘मैंने ठीक कहा था, मालिक!’’ – वह गिड़गिड़ाया – ‘‘केदारे की बीवी से वाकिफ मैं बहुत पहले से था लेकिन उससे यारी’’ – उसने अपने दोनों हाथों से एक कुत्सित इशारा किया – ‘‘यारी तो मेरी हाल में ही हुई थी।’’

‘‘ओह! यानी कि उसका बाजा बजाना तूने हाल ही में शुरू किया था! पहले तू उसे सिर्फ जानता था, उसके हाथ लेटता नहीं था!’’

उसने हौले से हामी भरी।

‘‘रहती कहां है?’’

‘‘मिन्टो रोड पर।’’

‘‘अकेली रहती है?’’

‘‘हां।’’

‘‘मिन्टो रोड पर कहां?’’

उसने मुझे वहां के एक फ्लैट का नम्बर बताया।

‘‘और तुम कहां रहते हो?’’

उसने मुझे काका नगर का एक पता बताया।

‘‘तो तुम संतरा के साथ मिन्टो रोड पर उसके फ्लैट में थे?’’

‘‘हां।’’

‘‘कब से कब तक?’’

‘‘दोपहर से लेकर रात के ग्यारह बजे तक।’’

‘‘अगर संतरा ने तुम्हारी अपने साथ मौजूदगी से इनकार किया तो?’’

''वह ऐसा नहीं करेगी।''

''अगर किया तो?''

''तो यह उसका बहुत भारी जुल्म होगा मेरे साथ। मैं बेमौत मारा जाऊंगा, माई-बाप।''

मुझे वह सिचुएशन बहुत पसन्द आई। ऐसी ही किसी सिचुएशन का मैं तलबगार था। जाहिर था कि उसकी लगाम संतरा के हाथ में थी और अगर मैं संतरा को अपने काबू में कर पाता तो फिर उसकी लगाम संतरा की जगह मेरे हाथ में होती। अपनी बीवी के कत्ल के लिए ऐसी ही कोई सिचुएशन मुझे दरकार थी।

फिर मैंने संतरा से उसकी मोहब्बत की बाबत खोद-खोदकर उससे सैकड़ों सवाल किए और हर सवाल का जवाब कई-कई बार सुना।

''सुन, बेटा।'' – अन्त में मैं बोला – ''वैसे है तो फांसी पर चढ़ा दिए जाने के ही काबिल लेकिन मैं तुझ पर तरस खाकर तुझे छोड़ रहा हूं।''

''शुक्रिया, माई-बाप।'' – वह हर्षित स्वर में बोला – ''हुंजूर के बच्चे जिएं...''

''बक मत। और जो मैं कहता हूं, चुपचाप सुन।''

''जो हुक्म, मालिक।''

''आज से, इसी सैकेंड के बाद से, जब तक मैं इजाजत न दूं, तब तक तूने केदारे की बीवी से नहीं मिलना है। तूने उसके पास भी नहीं फटकना है। समझ गया?''

''जो मैंने करना है, वो समझ गया साहब, लेकिन वजह नहीं समझा।''

मैंने एक झांपड़ उसके चेहरे पर रसीद किया और बड़े हिंसक स्वर में बोला – ''वजह समझना चाहता है?''

''नहीं, मालिक।'' – वह गिड़गिड़ाया।

''तूने संतरा से नहीं मिलना है।'' – मैं खा जाने वाली नज़रों से उसे घूरते हुए बोला – ''अभी यहां जो कुछ हुआ या जो कुछ तूने मुझे बताया, उस बाबत तूने किसी के सामने जुबान नहीं खोलनी है। समझ गया?''

''समझ गया, माई-बाप।''

''नहीं समझा हो तो बता दे।''

''बराबर समझ गया, साहब, बराबर समझ गया।''

''मेरे साथ तूने जरा भी होशियारी दिखाने की कोशिश की तो समझ ले कि पलक झपकते ही तू तिहाड़ जेल में केदारे के साथ उसकी कोठरी में बन्द होगा और केदारे को मैं खुद जाकर बताकर आऊंगा कि तू जब से जेल से छूटा है, तभी से उसकी बीवी का बाजा बजा रहा है।''

उसके शरीर ने जोर से झुरझुरी ली।

मैंने आखिरी बार उसे घूरकर देखा और फिर आगे बढ़कर कमरे का दरवाजा खोल दिया।

''दफा हो जा।'' – मैं बोला।

वह वहां से यूं भागा जैसे भूत देख लिया हो।

मैं फरीदाबाद पहुंचा।

ए.सी.पी. के निर्देश पर मैं वहां रामकुमार अग्रवाल से मुलाकात करने पहुंचा था।

मेरी उससे मुलाकात तो हुई लेकिन निशा के कत्ल की मुझसे कोई भी बात करने से उसने साफ इन्कार कर दिया। उसने कहा कि वह अपने वकील की मौजूदगी के बिना पुलिस से कोई बात करने को तैयार नहीं था।

''आप बुला लीजिए अपने वकील साहब को।'' – मैं बोला।

''वह आज उपलब्ध नहीं।'' – वह रुखाई से बोला।

''मैं बहुत दूर से आया हूं।''

''दिल्ली बहुत दूर नहीं। कल फिर आ जाना।''

''लेकिन . . .''

''कल दोपहरबाद यहां आ जाना'' – वह पटाक्षेप-सा करता हुआ बोला – ''जो सवाल करोगे, उसका जवाब मिल जाएगा।''

मैं अपना-सा मुंह लेकर वापस दिल्ली लौट आया।

दस बजे रात को मैं थाने आकर लगा।

वहां से मैंने अपने ए.सी.पी. के घर फोन किया और उसे रिपोर्ट दी।

''कोई बात नहीं।'' – वह बोला – ''कल फिर चले जाना। लेकिन अगर कल भी उसने सीधे मुंह बात न की तो देखेंगे साले को।''

''ठीक है, साहब।''

''वैसे मैं वहां के पुलिस विभाग के किसी जिम्मेदार व्यक्ति से सम्पर्क स्थापित करूंगा और उससे सहयोग की मांग करूंगा।''

''यह ठीक रहेगा, साहब।''

ए.सी.पी. ने सम्बन्धविच्छेद कर दिया।

मैंने अपने घर का नम्बर डायल किया।

पहली ही घण्टी पर मेरी बीवी ने फोन उठा लिया।

''रवि बोल रहा हूं।'' – मैं बोला।

''मालूम है।'' – वह मिश्री घुले स्वर में बोली – ''कहां से बोल रहे हो?''

''थाने से।''

''घर आ रहे हो?''

''अभी नहीं। तुम क्या कर रही हो?''

''अभी तुम्हारा खाना बनाकर हटी हूं और आकर लेटी हूं।''

''सहेली से मुलाक़ात कैसी रही?''

''बहुत बढ़िया। इतनी बातें हुईं कि वक्त का अन्दाजा ही न रहा। चार बजे घर लौटी।''

साली, झूठी – मैं मन-ही-मन बोला – पांच बजे मैंने फोन किया था तो घर पर थी नहीं।

''आई सी।'' – प्रत्यक्षतः मैं बोला।

''तुमने फोन कैसे किया?''

''यूं ही। तुम्हारी मीठी आवाज सुनने के लिए।''

''झूठे!''

''सच।''

''बातें बनाना तो कोई तुमसे सीखे!''

कुछ क्षण और मैंने बीवी से हल्की-फुल्की बातें कीं, फिर फोन बन्द कर दिया।

अब मैं खाली था लेकिन अपनी झूठी और बेवफा बीवी के पास घर जाने का मेरा मूड नहीं बन रहा था। शक और ईर्ष्या से मेरा खून खौल रहा था। शाम को चार बजे तो क्या, वह उसी क्षण घर लौटी हो सकती थी। कल रात भी तो उस वक्त वह घर पर नहीं थी। मेरी नाइट ड्यूटी के दौरान घर से मेरी गैरमौजूदगी का पता नहीं ऐसी कितनी रातों को वह पहले ही फायदा उठा चुकी थी।

कहां जाती थी?

जरूर अपने राजेश नाम के उस हरामजादे यार से ही मिलने जाती होगी जिसका कल रात मेरे से अभिसाररत होते हुए भी नाम भज रही थी।

कौन था यह राजेश का बच्चा?

और ऐसे कितने राजेशों से थी उसकी आशनाई?

गुस्से में मैं दांत किटकिटाने लगा।

अपने घर जाने के स्थान पर मैं टोकस के घर पंहुचा।

वह सोने की तैयारी कर रहा था।

मैंने उसे बताया कि मैं फरीदाबाद से कैसे पिटा-सा मुंह लेकर लौटा था।

उसने भी अपनी भागदौड़ के बारे में बताया।

''विपिन कुमार का क्या हुआ?'' –एकाएक वह उत्सुक भाव से बोला – ''उसे तुम थाने ले गए थे। क्या मालूम हुआ उससे?''

मैं उस सवाल को जान-बूझकर टाल रहा था लेकिन अब उसका जवाब देना लाजमी था। तब जिन्दगी में पहली बार मैंने टोकस से झूठ बोला।

''कुछ भी नहीं।'' – मैं बोला – ''उसके साथ मैंने बेकार सिर खपाई की। उसका केस से कतई कोई ताल्लुक नहीं मालूम होता। वाकई बेगुनाह है बेचारा। छोड़ दिया मैंने उसे।''

''ओह!''

फिर आखिरकार मैंने अपने घर का रुख किया।

□□□

मैं सुबह डायनिंग टेबल पर बैठा ब्रेकफास्ट कर रहा था।

रात को मेरी अपनी बीवी से कोई बात नहीं हुई थी। मैं चोरों की तरह घर में घुसा था और बिना खाना खाए चुपचाप सो रहा था। वह इतनी गहरी नींद में थी कि उसे मेरे आगमन की खबर नहीं लगी थी।

क्यों थी इतनी गहरी नींद में वो?

कौन-सी कुश्ती लड़ के आई थी हरामजादी?

मेरी सद्य:स्नाता बीवी उस वक्त समय मेरे सामने बैठी थी और यूं मुस्कराती हुई मेरी तरफ देख रही थी जैसे मुझसे ज्यादा अजीज उसे दुनिया में कोई नहीं था।

था क्यों नहीं?

राजेश जो था!

साली धोखेबाज! हर्राफा!

उस वक्त मेरे मन में अपनी खूबसूरत बीवी के लिए नफरत का लावा उबल रहा था।

अगर कोई शख्स एक ही क्षण में किसी से मुहब्बत भी कर सकता था और नफरत भी कर सकता था तो वह शख्स मैं था।

मैं उसके ताजा गुलाब से खिले चेहरे को देखता था, उसके ढीले-ढाले सूती गाउन के नीचे छुपकर भी न छुपे उसके सांचे में ढले जिस्म का कयास करता था तो मेरा मन अनुराग से भर उठता था लेकिन जब मैं उसके द्वारा बोले गए झूठों का खयाल करता था, मुम्बई के पुलिस विभाग से उसकी बाबत आई चिट्ठी का खयाल करता था तो मेरा जी चाहता था कि अपने खाली हाथों से उसकी बोटी-बोटी झिंझोड़कर रख दूं।

एकाएक आवेश में मेरे हाथ कांपने लगे और हाथ में थमे कप में से चाय बाहर छलकने लगी।

''क्या बात है?'' – वह बड़े मीठे स्वर में बोली – ''किधर ध्यान है तुम्हारा?''

मैंने चाय का कप नीचे मेज पर पड़ी प्लेट पर टिका दिया।

''एक बात पूछूं?'' – मैं अपने स्वर को भरसक सन्तुलित रखता बोला।

''दो पूछो।'' – वह बोली।

''कल शाम तुम चार बजे घर पहुंची थीं?''

''हां। बताया तो था फोन पर! वह मेरी सहेली . . .''

''उसके बाद दोबारा कहीं गई थीं?''

''नहीं तो!''

''लेकिन मैंने पांच बजे फोन किया था तो मुझे जवाब नहीं मिला था। फिर नौ बजे फोन किया था तो भी मुझे जवाब नहीं मिला था। ऐसा क्योंकर हुआ?''

वह अपलक मुझे देखती रही।

''जवाब दो।'' – मैं कठोर स्वर में बोला।

वह मुस्कराई। उसके गुलाबी होंठों के पीछे से उसके मोतियों जैसे दांत चमके। उसकी आंखों में अभिसार जैसी मस्ती तैर गई।

हे भगवान! यह औरत मुझे दीवाना बनाकर छोड़ेगी।

''रवि।'' – फिर वह शहद घुले स्वर में बोली।

''हां।''

''इस वक्त तुम थाने में नहीं, अपने घर में हो। इस वक्त तुम पुलिसिए नहीं, पति हो और इस वक्त रूबरू तुम किसी मुजरिम के नहीं, अपनी बीवी के हो।''

''देखो, तुम . . .''

''तुम तो ऐसे तेवर दिखा रहे हो जैसे अगर तुम्हें अपना मनमाफिक जवाब न मिला तो तुम अभी मुझे मारना-पीटना शुरू कर दोगे।''

''निशा, मैं . . .''

''कैसे मारोगे?'' – वह इठलाई – ''डण्डे से? कौन से डण्डे से?''

''मैंने तुमसे एक सवाल पूछा है।''

''और मैंने तुमसे एक सवाल पूछा है। बोलो। कैसे मारोगे . . .''

''निशा, मैं मजाक के मूड में नहीं हूं।''

''ओहो!'' – वह एकाएक अपने स्थान से उठ खड़ी हुई – ''क्या बात का बतंगड़ बना रहे हो?'' – वह मेरे करीब आई – ''मैंने तो फोन की घण्टी सुनी नहीं थी। उस वक्त मैं कहीं इधर-उधर हो गई होऊंगी। तुम जानते ही हो कि बाथरूम में नलका चल रहा हो तो फोन की आवाज वहां सुनाई नहीं देती। या शायद थोड़ी देर के लिए मेरी आंख लग गई होगी।''

मेरे जुबान खोल पाने से पहले वह मेरी गोद में ढेर हो गई और उसने अपनी बाहें मेरे गले में डाल दीं।

अपने सूती गाउन के नीचे वह कुछ भी नहीं पहने थी। उसके उरोज मुझे अपने वक्ष पर दो दहकते हुए अंगारों की तरह टिके मालूम हुए। उसके जिस्म में से ऐसी सोंधी-सोंधी खुशबू आ रही थी कि मुझ पर मदहोशी तारी होने लगी। उसके अधखुले होंठ मेरे चेहरे से मुश्किल से दो इंच दूर थे और उसकी भारी, गर्म सांसों से मेरा चेहरा झुलसा जा रहा था।

''अपनी बीवी पर शक करते हो?'' – वह मादक स्वर में बोली – ''गन्दे बच्चे!''

फिर उसने अपने अधखुले होंठ मेरे होंठों पर रख दिए।

उसने जोर से मेरा चुम्बन लिया।

मेरे तन-बदन में आग लग गई।

मैंने कसकर उसे अपनी बांहों में जकड़ लिया।

क्या मुम्बई वाली चिट्ठी, क्या उसके झूठ, क्या उसका यार राजेश, क्या और कुछ, सब भूल गया मुझे। उस वक्त मुझे एक ही बात याद रही कि दुनिया की सबसे खूबसूरत औरत मेरी बांहों में थी और उसका सब कुछ मेरा था।

मैंने उसे गोद में उठा लिया और उठ खड़ा हुआ। उसे चूमता-सहलाता मैं उसे बैडरूम में ले आया। मैंने हौले से उसे पलंग पर लिटा दिया और उसका गाउन उसके जिस्म से अलग कर दिया।

एक क्षण को मैंने अपलक उसे देखा।

क्या यही वो औरत थी जिसके लिए नफरत से अभी मेरा रोम-रोम जल रहा था?

नहीं – यह वो औरत नहीं थी – इसे तो मैं दिलोजान से चाहता था।

फिर मैं उसके अप्सराओं जैसे खूबसूरत जिस्म पर आंधी में टूटे पेड़ की तरह गिरा और गिरकर मर गया।

थाने मैं दोपहरबाद पहुंच पाया।

निशा को मैं बैडरूम में ही सम्पूर्ण नग्नावस्था में पड़ी छोड़कर आया था। मैं अभी घर में ही था कि वह सो गई थी।

अभिसार के बाद की परम सन्तुष्टि की नींद।

मैंने उसे जगाना उचित नहीं समझा था।

टोकस मेरा ही इन्तजार कर रहा था।

मालूम हुआ कि फरीदाबाद जाने के लिए जीप हासिल हो गई थी।

हम फरीदाबाद पहुंचे।

निर्धारित समय पर हमारी रामकुमार अग्रवाल से मुलाकात हुई। उसके साथ उसका एक सूरत से ही निहायत काइयां लगने वाला वकील मौजूद था।

और साथ में मौजूद था हरियाणा पुलिस का एक वर्दीधारी इन्सपेक्टर।

मालूम हुआ कि उसका नाम कृपालसिंह था और वह स्थानीय थाने से वहां आया था।

उसने बताया कि दिल्ली पुलिस के अनुरोध पर केस की तफ्तीश में हम लोगों की सहायता के लिए उसे नियुक्त किया गया था और वह हमारी वजह से ही वहां मौजूद था।

मुझे उसका पहले से ही अग्रवाल और उसके वकील के पास मौजूद होना पसन्द न आया।

मेरे अग्रवाल से सवाल पूछना शुरू करते ही उसके वकील की टोकाटोकी शुरू हो गई। अग्रवाल जवाब देने के लिए मुंह खोलता था तो वकील पहले बोल पड़ता था। वह बोला कि इन्सपेक्टर कृपालसिंह पहले ही चैक कर चुका था कि सोमवार सुबह से लड़की की हत्या तक अग्रवाल कहां था और पूरी तरह से सन्तुष्ट हो चुका था कि अग्रवाल का लड़की की मौत से दूर-दराज का भी कोई रिश्ता नहीं था।

‘‘मैं तुम्हें सब कुछ समझाता हूं।’’ – इन्सपेक्टर जल्दी से बोला।

‘‘समझाइए।’’ – मैं भन्नाए स्वर में बोला।

‘‘यहां से चलो, चलकर थाने में बैठते हैं। यहां इन्हें डिस्टर्ब करने का क्या फायदा?’’

मैं खुद पुलिसिया था इसलिए पुलिसियों के ऐसे लिफाफेबाजी के तरीकों से नावाकिफ नहीं था। मेरे सामने बैठा वह इन्सपेक्टर एक पैसे वाले आदमी के हाथों मुकम्मल तौर से बिक चुका मालूम होता था।

मैं समझ गया कि वहां मेरी कोई दाल नहीं गलने वाली थी।

मुझे सिर्फ वो बयान सुनने को मिलने वाला था – और वह भी अग्रवाल की जुबानी नहीं – जो कि उसने, उसके वकील ने और उस इन्सपेक्टर ने मिल-बैठकर गढ़ा था।

‘‘ठीक है।’’ – मैं बोला।

अग्रवाल ने चैन की लम्बी सांस ली।

उसके वकील और इन्सपेक्टर के चेहरों पर भी राहत के भाव आये।

इन्सपेक्टर उठ खड़ा हुआ। टोकस उसके साथ उठ खड़ा हुआ।

मैंने उठने का उपक्रम न किया।

‘‘एक सवाल’’ – मैं ढिठाईभरे स्वर में बोला – ‘‘सिर्फ एक सवाल मैं फिर भी अग्रवाल साहब से पूछना चाहता हूं।’’

‘‘क्या?’’ – इन्सपेक्टर बोला।

‘‘अग्रवाल साहब’’ – मैं उद्योगपति की आंखों में झांकता बोला – ‘‘क्या यह हकीकत नहीं है कि मरने वाली आपको ब्लैकमेल कर रही थी?’’

वह सवाल मैंने खामखाह, खुन्दक में किया था लेकिन मुझे साफ दिखाई दिया कि अंधेरे में छोड़ा गया मेरा वह तीर निशाने पर बैठा था।

मैंने अग्रवाल के चेहरे का रंग उड़ता साफ देखा।

वह बगलें झांकने लगा और जवाब देने की जगह कभी इन्सपेक्टर और कभी अपने वकील की तरफ देखने लगा।

‘‘नहीं’’ – जवाब वकील ने दिया – ‘‘यह हकीकत नहीं है।’’

इण्टरव्यू वहीं समाप्त हो गया।

तब मैं उठा।

अग्रवाल के जुबान न खोलने के बावजूद मुझे अपने सवाल का जवाब मिल चुका था।

निशा उर्फ रमेश्वरी शर्तिया उस शख्स का खून चूसती रही थी।

यही उसके कत्ल का उद्देश्य हो सकता था।

इन्सपेक्टर ने हमें दो घण्टे थाने में बिठाया, हमारी खातिर-तवज्जो की और अग्रवाल के हक में हमारा खूब ब्रेनवाश किया।

हम वापस दिल्ली लौटे।

हमारा मिशन कामयाब नहीं था लेकिन फिर भी हमारी फरीदाबाद यात्रा सौ फीसदी बेकार नहीं गई थी।

''कल तुम'' – रास्ते में एकाएक मैं यूं बोला जैसे कोई भूली बात याद आ गई हो – ''कृष्ण भार्गव को टटोलने गए थे। क्या बात बनी?''

''कुछ बात नहीं बनी।'' – टोकस बोला – ''कल वह मुझे मिला ही नहीं था।''

''अच्छा!''

''हां। घर पर नहीं था वो। मैंने इन्तजार भी किया था उसका और उसे दो-तीन जगह तलाश करने भी गया था लेकिन कल मेरी उससे मुलाकात नहीं हो सकी थी। मैं केयरटेकर को मैसेज देकर आया हूं कि आज शाम को भार्गव मुझे अपने फ्लैट पर जरूर मिले वरना मैं उसे थाने पकड़ मंगवाऊंगा। आज वह जरूर मेरा इन्तजार कर रहा होगा।''

''गुड।''

दिल्ली में मैं टोकस से अलग हो गया। मैंने जीप उसके हवाले की और उसे कृष्ण भार्गव की खबर लेने के लिए सुन्दर नगर छोड़कर स्वयं एक बस पर सवार होकर पहाड़गंज पहुंचा।

श्रीवास्तव अपने होटल के कमरे में मौजूद था।

उस वक्त उसने शेव वगैरह की हुई थी और वह सूट पहने था। उसके चेहरे पर

देवदास जैसे भाव थे और वह देवदास की तरह व्हिस्की की नई बोतल खोले बैठा ड्रिंक कर रहा था।

पता नहीं वह अपनी कथित बेटी निशा की मौत का गम गलत करने की कोशिश कर रहा था या कोई और बात थी।

मुझे देखते ही उसकी सूरत पर ऐसे भाव आए जैसे उस वक्त मेरा आगमन उसे कतई पसन्द न आया हो।

''आओ।'' – वह धीरे से बोला – ''बैठो।''

मैं उसके समीप एक कुर्सी पर बैठ गया।

''व्हिस्की पियोगे?'' – वह बोला।

''नहीं।''

उसने इसरार न किया।

''कैसे आए?'' – वह बोला।

''मैंने तुम्हें एक काम बताया था!''

''काम! कैसा काम?''

मैंने व्हिस्की की बोतल पर निगाह डाली।

उसमें से बहुत कम व्हिस्की गायब थी, इतनी कम व्हिस्की गायब थी जितनी से कोई टुन्न नहीं हो सकता था।

''श्रीवास्तव!'' – मैं उसे घूरता हुआ बोला – ''मैंने तुम्हें सुषमा सोनी नामक पॉप सिंगर की बाबत कोई जानकारी हासिल करने के लिए कहा था।''

''ओह! वह!'' – वह तत्काल बोला – ''सॉरी! मेरा ध्यान कहीं और था। मैं तुम्हारी बात नहीं समझा था।''

''अब समझ गए हो?''

''हां।''

''तो बोलो, क्या जाना?''

''वह साउथ एक्सटेंशन में स्थित 'जैक एण्ड जिल' नामक एक डिस्को में पाई जाती है।''

''वहां क्या करती है?''

''गाती है। नाचती है। वही करती है जो उसका पेशा है।''

''लेकिन मैंने तो सुना था कि उसका कॉन्ट्रैक्ट 'मौर्य' से था?''

'''मौर्य' में उसका कॉन्ट्रैक्ट नहीं था, ट्रायल था। वहां की ऊंची पैट्रनेज में वह फेल हो गई थी। मुश्किल से तीन या चार दिन उसका सिलसिला चला था वहां। जाहिर है कि अभी वह इतनी बड़ी पॉप सिंगर नहीं बनी कि 'मौर्य' जैसे फाइव स्टार होटल में उसे मकबूलियत हासिल हो सकती।''

''हूं। तो अब वह 'जैक एण्ड जिल' नामक डिस्को में है?''

''हां। पहले भी वहीं थी।''

''कब पाई जाती है वहां?''

''शाम को छः बजे के बाद से।''

''कब तक?''

''तक की कोई पाबन्दी नहीं। कभी नौ बजे चली जाती है तो कभी रात के एक बजे तक भी वहीं होती है।''

''रहती कहां है?''

''ग्रीन पार्क।''

''पता?''

उसने बताया।

''देखने में कैसी है?''

''बहुत खूबसूरत है। बहुत मॉडर्न है। बढ़िया बनी हुई है। उम्र होगी कोई पच्चीस-छब्बीस साल।''

''दिल्ली की ही रहने वाली है?''

''नहीं। कहीं बाहर से आई है। कोई तीन साल से दिल्ली में है।''

''अकेली रहती है?''

''हां।''

''अविवाहित है?''

''नहीं। तलाकशुदा है। सोनी शायद उसके पति का नाम था।''

''कोई ब्वायफ्रेंड?''

''है तो मुझे उसकी खबर नहीं लग सकी। वैसे उसके अड़ोस-पड़ोस से तो यही मालूम हुआ है कि वह बड़ी तनहा जिन्दगी गुजारती है। कोई ब्वायफ्रेंड होगा भी तो स्टेडी नहीं होगा।''

''तुम मिले हो उससे?''

''नहीं। मैंने उसकी शक्ल भी नहीं देखी है। यह सारी जानकारी मैंने ट्रेड के लोगों से पूछताछ करके हासिल की है।''

''पैसे कितने कमाती है?''

''मुझे मालूम नहीं लेकिन जैसी वह आर्टिस्ट है, उससे मेरा अन्दाजा है कि उसे कम-से-कम तीन हजार रुपये महीना तो जरूर मिलता होता?''

''और ज्यादा-से-ज्यादा?''

''चार। पांच।''

''इससे ज्यादा नहीं?''

''नहीं।''

''जैक एण्ड जिल'' कौन चलाता है?

''मनसुखानी नाम का एक सिंधी है। क्यों?''

''तुम्हारा उससे कभी कारोबारी वास्ता नहीं पड़ा?''

''पड़ा है। कई बार पड़ा है। मैंने कई बार उसे म्यूजीशियन और कैब्रे आर्टिस्ट्स सप्लाई किए हैं।''

''गुड।''

मैंने अपनी कलाईघड़ी पर निगाह डाली।

छ: बज चुके थे।

''उठो।'' – मैं बोला।

''क्या!'' – वह हड़बड़ाया।

''उठो और यहां से बाहर निकलो। तुमने अभी साउथ एक्सटेंशन पहुंचना है

और वहां 'जैक एण्ड जिल' में इस सुषमा सोनी से सम्पर्क स्थापित करना है।''

''वो किसलिए?''

''तुमने उसे अपना परिचय देना है और उसे बताना है कि तुम उसे ऐसा कॉन्ट्रैक्ट दिलवा सकते हो जिससे उसे कम-से-कम सात हजार रुपया महीना हासिल होगा।''

''कौन देगा उसे ऐसा कॉन्ट्रैक्ट?''

''मैं दूंगा।''

''क्या!''

''तुम उसे बताओगे कि लखनऊ में मैंने एक बहुत बड़ा रेस्टोरेण्ट खोला है जिसमें मनोरंजन के प्रोग्राम के लिए मुझे एक उम्दा पॉप सिंगर की जरूरत है।''

''मैं यह झूठ बोलूं?''

''क्यों?'' – मैंने कहरभरी निगाह से उसे देखा – ''क्या जिन्दगी में पहले कभी झूठ नहीं बोला तुमने? धर्मराज युधिष्ठिर हो तुम?''

वह कसमसाया।

''फिर आज ही रात'' – मैं आगे बढ़ा – ''तुमने मेरी उससे मुलाकात करानी है लेकिन उसे भनक नहीं पड़ने देनी है कि मैं पुलिसवाला हूं। ऐसा उसे हिण्ट भी मिला तो तुम्हारी खैर नहीं।''

उसने बेचैनी से पहलू बदला।

''उसे मेरा नाम तुमने रविकुमार बताना है। रविकुमार लखनवी। समझ गए?''

उसने बड़े अनिच्छापूर्ण ढंग से सहमति में सिर हिलाया।

''सात बजे तक तुम साउथ एक्सटेंशन पहुंच जाओगे। तुम उससे मेरे लिए दस बजे की अपॉइण्टमेंट फिक्स कर लेना और फिर यह कहकर वहां से निकल पड़ना कि तुम मुझे लेने जा रहे हो।''

''अच्छा।''

''मैं तुम्हें कहां मिलूं?''

''तुम बताओ।''

"मैं यहीं वापस आ जाऊंगा। साढ़े नौ बजे के करीब तुम यहां वापस लौट आना। मैं तुम्हें यहीं मिलूंगा। फिर यहां से हम दोनों इकट्ठे साउथ एक्सटेंशन चले चलेंगे।"

"यह ठीक रहेगा।" "पर एक बात तो बताओ, इन्सपेक्टर साहब!"

"क्या?"

"यह जो कुछ तुम मुझसे करवा रहे हो, इससे रमेश्वरी की मौत का क्या रिश्ता है?"

"है। रिश्ता है। यह रिश्ता है कि इसी वजह से तुम आजाद हो। श्रीवास्तव, अगर तुमने मुझे वो सहयोग न दिया जिसकी मैं तुमसे उम्मीद कर रहा हूं या अगर तुमने मेरे से कोई होशियारी दिखाने की कोशिश की तो भगवान कसम, जमानत नहीं होने दूंगा, जेल में ऐसा सड़ाऊंगा कि मरकर ही बाहर निकलोगे।"

"मैं बेगुनाह हूं।"

"होगे। जरूर होगे। लेकिन जो दर्जन भर केस मैं तुम्हारे खिलाफ बनाऊंगा, उनमें से एक में भी तुम अपने-आपको बेगुनाह साबित नहीं कर सकोगे।"

"दर्जन भर केस?" – वह आतंकित स्वर में बोला।

"इससे भी ज्यादा। पुलिस के पास सैकड़ों अनसुलझे केस होते हैं जिनमें से दर्जन भर या उनसे भी ज्यादा तुम्हारे सिर थोप देना मेरे लिए कोई मुश्किल काम नहीं होगा। होगा भी तो करूंगा। तुम्हारी खाट खड़ी करने के लिए करूंगा।"

"मैंने तुम्हारा क्या बिगाड़ा है?"

"कुछ भी नहीं। इसीलिए तो बचे हुए हो। यह बात आगे भी याद रखना और मेरा कुछ बिगाड़कर मुझे अपना दुश्मन बनाने की जहालत मत दिखाना।"

वह फिर न बोला।

पांच मिनट बाद मैंने उसे होटल से निकलते देखा।

मैं तब सड़क के पार स्थित एक चाय की दुकान में बैठा था।

वह एक थ्री-व्हीलर पर सवार हुआ और वहां से रवाना हो गया।

जब उसका थ्री-व्हीलर दृष्टि से ओझल हो गया तो मैं दुकान से बाहर निकला।

सड़क पार करके मैंने वापस होटल में कदम रखा।

''श्रीवास्तव साहब तो'' – रिसैप्शन के पीछे मौजूद वही पहले वाला तपेदिक का मरीज क्लर्क बोला – ''अभी-अभी चले गए।''

''मुझे मालूम है।'' – मैं बड़े इत्मीनान से बोला – ''इसीलिए तो वापस आया हूं।''

उसने उलझनपूर्ण भाव से मेरी तरफ देखा।

''मेरे साथ चलो।''

''कहां?''

''ऊपर। श्रीवास्तव के कमरे तक।''

''किसलिए?''

''उसके कमरे का ताला खोलने के लिए।''

''जी!''

''जी।''

''यह कैसे हो सकता है?''

''हो सकता है। अगर उस कमरे का ताला नहीं खोलोगे तो तुम्हारे होटल को ताला लग जाएगा।''

''ऐसा कैसे हो सकता है?''

मैंने अपनी जेब से एक पुड़िया निकालकर उसे दिखाई।

''यह चरस है'' – मैं बड़े हिंसक स्वर में बोला – ''यह मैंने यहां से बरामद की है।''

वह बौखलाया।

''और मुझे उन तमाम रंडियों की भी खबर है जो अभी और एक घण्टे बाद एक-एक करके धन्धा करने यहां पहुंचने लगेंगी। यहां रेड होगी तो होटल को ताला लगेगा या नहीं लगेगा?''

उसके छक्के छूट गए।

''मालिक'' – वह बद्हवास स्वर में बोला – ''मैं अभी चलकर ताला खोलता हूं।''

''शाबाश!''

वह मास्टर-की लेकर मेरे साथ चला।

उसने श्रीवास्तव के कमरे का ताला खोल दिया।

''अब तुम फूटो।'' – मैं बोला।

''माई-बाप'' – वह गिड़गिड़ाया – ''कोई घोटाला तो नहीं होगा?''

''जरूर होगा।''

''जी!''

''अगर तुम कोई घोटाला करोगे तो उसके बदले में घोटाला शर्तिया होगा।''

''मैं कोई घोटाला नहीं करूंगा।''

''तो फिर क्यों होगा कोई घोटाला?''

उसने अपने सूखे होंठों पर जुबान फेरी।

''नीचे जाकर अपनी जगह पर बैठो। जब तक मैं यहां हूं तब तक यहां कोई न आने पाए।''

''अगर श्रीवास्तव साहब ही आ गए तो?''

''वे नहीं आने वाले।''

वह भारी कदमों से चलता वहां से विदा हो गया।

मैं श्रीवास्तव के कमरे में दाखिल हुआ। मैंने अपने पीछे दरवाजा बन्द कर लिया।

फिर मैंने ऐसी बारीकी से कमरे की तलाशी लेनी आरम्भ की जैसे सूई तलाश की जाती है।

मुझे निराश न होना पड़ा।

मैंने वहां से कई दिलचस्प चीजें बरामद कीं।

जैसे एक छोटी-सी लाल जिल्द वाली डायरी जिसके दो पन्नों पर पिछले एक साल की कुछ तारीखें और कुछ रकमें दर्ज थीं। उन प्रविष्टियों पर हैडिंग के तौर पर रमेश्वरी (निशा) का नाम लिखा था। मैंने उन रकमों का मोटा-मोटा, अन्दाजन, टोटल किया तो टोटल डेढ़ लाख के पेटे में जा पहुंचा।

डायरी मैंने वापस यथास्थान रख दी।

यानी अग्रवाल ही इकलौता मुर्गा नहीं था जिसका खून हत्प्राण अपनी जिन्दगी में चूसती रही थी।

मरने वाली की 'माल' गाड़ी का एक पैसेन्जर श्रीवास्तव भी था।

जैसे बड़ी सावधानी से वाटरप्रूफ पेपर में पैक किया हुआ और कई रबड़ बैंडों में बांधा हुआ एक छोटा-सा पैकेट।

मैंने सावधानी से एक-एक रबड़ बैंड हटाकर पैकेट खोला।

पैकेट में पैंतीस एम. एम. की नेगेटिव फिल्मों की कोई बीस के करीब स्ट्रिप थीं।

मैंने एक स्ट्रिप को रोशनी की तरफ करके देखा।

तुरन्त मेरी समझ में आ गया कि वह पैकेट क्या बला था।

वे सम्भोगरत युवक-युवती की नंगी तस्वीरों के नेगेटिव थे।

तस्वीरें बेहद गन्दी थीं। उनसे ज्यादा गन्दगी किसी ब्लू फिल्म में भी सम्भव नहीं थी।

हर नेगेटिव में मुझे एक ही औरत और एक ही आदमी दिखाई दिया। लेकिन नेगेटिव में उनमें से किसी की सूरत पहचानना मुहाल था।

मैंने एक स्ट्रिप बाकी नेगेटिवों से अलग कर ली। उसे मैंने बीच में से दो तहान करके अपने बटुवे में संभालकर रख लिया। बाकी के नेगेटिव मैंने पूर्ववत् लपेटे और उन पर रबड़ बैंड चढ़ाकर उन्हें भी यथास्थान रख दिया।

जो आखिरी चीज मैंने वहां से बरामद की, वह सबसे अधिक सनसनीखेज थी।

वह चीज मुझे वार्डरोब में पड़े जूतों के जोड़ों में से एक पांव में से मिली थी।

वह चीज निश्चय ही हत्प्राण के फ्लैट में से चोरी गए जेवरात थे जिन्हें कि एक जूते में डालकर आगे से जुराब ठूंस दी गई थी। वे जेवरात थे :

हीरे की अंगूठी और टॉप्स!

कीमती घड़ी वाला सोने का कड़ा!

सच्चे मोतियों की माला!

जेवरात मैंने अपनी जेब के हवाले किए।

उस वक्त उन जेवरात की शिनाख्त का मेरे पास कोई साधन नहीं था लेकिन मेरा दावा था कि वह निशा के फ्लैट से ही चोरी गया माल था।

उन जेवरात की वहां से बरामदी मुझे श्रीवास्तव के बारे में नये सिरे से सोचने पर मजबूर कर रही थी।

लेकिन वे जेवरात उसके हत्यारा होने की गारण्टी नहीं थे।

वे जेवरात उसने लड़की के कत्ल के बाद भी फ्लैट से निकाले हो सकते थे।

श्रीवास्तव हत्यारा नहीं भी था तो चोर जरूर था।

मैं थाने पहुंचा।

वहां अपने लॉकर में मैं अपने पहनने के कुछ अतिरिक्त कपड़े हमेशा रखता था। कभी घर जाकर वर्दी बदलकर आने का वक्त या मूड नहीं होता था तो मैं वहीं कपड़े बदल लिया करता था।

उस दिन भी मैंने ऐसा ही किया।

मैंने अपनी वर्दी उतारकर सूट पहन लिया।

आज घर न जाने के पीछे वक्त की कमी या मूड का हाथ नहीं था। आज हकीकत यह थी कि मैं अपनी बीवी के मत्थे नहीं लगना चाहता था।

मैं वहां से बाहर निकला तो कॉरीडोर में मुझे टोकस दिखाई दिया।

''क्या हुआ?'' – मैं उत्सुक भाव से बोला – ''मिला कृष्ण भार्गव?''

''मिला।'' – टोकस ने बताया – ''उसी के पास से आ रहा हूं। बहुत माथा-पच्ची की मैंने उसके साथ।''

''हाथ क्या लगा?''

''हाथ यह लगा कि पहले वह कहता था कि मरने वाली से उसकी मामूली मेल-मुलाकात थी और वह उससे एकाध बार ही मिला था लेकिन अब मुझे मालूम हुआ है कि वह उससे अक्सर मिला करता था। दोनों डिफेंस कॉलोनी में स्थित एक चायनीज रेस्टोरेंट में लंच के लिए अक्सर जाया करते थे।''

''ओह!''

''रवि, आज मुझे वह छोकरा कुछ डरा हुआ-सा लगा था और उसके व्यवहार से साफ जाहिर हो रहा था कि वह कुछ छुपा रहा था। वह कोई ऐसी बात छुपा

रहा था जिसके जाहिर हो जाने की उसके दिल पर बहुत दहशत था और वह बात इतनी मामूली नहीं हो सकती कि वह हत्प्राण से अक्सर मिला करता था।''

''वह यही बात छुपा रहा हो सकता है कि उसने लड़की का कत्ल किया था।''

''होने को तो कुछ भी हो सकता है लेकिन कत्ल करने जैसे दिल-गुर्दे वाला छोकरा वह मुझे लगता नहीं।''

''किसी वक्ती जुनून में आकर किसी के सिर में पत्थर के फूलदान का एक वार कर देना क्या दिल-गुर्दे की बात है?''

टोकस ने उत्तर न दिया। वह कुछ क्षण खामोश रहा, फिर बोला – ''मेरे खयाल से तुम खुद मिलो एक बार उससे।''

''बेहतर। कल बनाएंगे ऐसा कोई प्रोग्राम।''

''अब तुम घर जा रहे हो?''

''अभी नहीं।''

''अगर केस के चक्कर में कहीं जा रहे हो तो मैं भी चलूं?''

''नहीं। इतना जरूरी कुछ नहीं कर रहा मैं।''

''मेरा बाप कहा करता था कि दोस्त से कुछ छुपाना दोस्ती की तौहीन होती है।''

''अबे, साले! मैं क्या छुपा रहा हूं तेरे से?''

''नहीं छुपा रहे हो तो ठीक है। वैसे कहना मेरा फर्ज था।''

मैं हंसा।

खोखली, बेमानी हंसी।

मैं वापस पहाड़गंज पहुंचा।

श्रीवास्तव अपने होटल में वापस पहुंच चुका था।

दरवाजे पर मेरी दस्तक के जवाब में उसने दरवाजा खोला तो उसकी सूरत पर एक निगाह पड़ते ही मैं समझ गया कि उसे मालूम हो चुका था कि उसकी गैरहाजिरी में मैंने उसके कमरे की तलाशी ली थी। ऐसा उसने कमरे में पहुंचने के बाद वहां की चुगली करती हालत से खुद भांपा था या रिसैप्शन वाले क्लर्क ने

उसे वह बात बताई थी, कहना मुहाल था। उस वक्त उसकी शक्ल ऐसी लग रही थी जैसे वह फांसी पर चढ़ाए जाने के लिए ले जाने वाले जल्लाद का इन्तजार कर रहा था।

मैं उसे एक तरफ धकेलकर भीतर दाखिल हुआ।

उसने मेरे पीछे दरवाजा बन्द कर दिया और मेरी तरफ घूमा।

''इन्सपेक्टर साहब!'' – वह हकलाता हुआ बोला – ''बाई गॉड, मैं . . .''

''क्या बात है?'' – मैं बीच में ही उसकी बात काटता हुआ कठोर स्वर में बोला – ''काम नहीं बना? मिली नहीं सुषमा सोनी?''

''वह तो मिली लेकिन . . .''

''क्या लेकिन? मुझसे मिलने को तैयार नहीं वो?''

''वह बात नहीं। वह तो तुमसे मिलने को मरी जा रही है। तुम्हारी इच्छानुसार मैं दस बजे की अपॉइण्टमेंट फिक्स करके आया हूं उससे।''

''फिर क्या बात है! फिर तो बन गया काम! फिर तो शाबाशी है तुम्हें!''

वह मुंह बाए मुझे देखता रहा। फिर उसके चेहरे से घबराहट, उलझन और परेशानी के भाव छंटने लगे।

''मेरी ऑफर में दिलचस्पी दिखाई थी उसने?'' – मैंने पूछा।

''बहुत ज्यादा।'' – इस बार वह काफी सुसंयत स्वर में बोला – ''उसे 'जैक एण्ड जिल' में साढ़े तीन मिलते हैं। तुम्हारी दुगनी रकम की ऑफर में उसकी दिलचस्पी भला कैसे न होती?''

''वैरी गुड!''

उस कमरे से बरामद हुए हत्प्राण के जेवरात अभी भी मेरी जेब में थे।

अगर उसे अपने कमरे से जेवरात की गैरहाजिरी की खबर लग चुकी थी तो क्या सोच रहा होगा वह उस बारे में!

जरूर वह यही सोच रहा होगा कि क्योंकि मैं उन जेवरात की वहां से बरामदी का जिक्र नहीं कर रहा था इसलिए जरूर मैं सारे जेवरात खुद बेच खाने का इरादा रखता था।

मेरी जगह कोई और पुलिसिया होता तो उसका यह सोचना गलत न होता।

अपने महकमे के लोगों का मैं ठेकेदार नहीं लेकिन कम-से-कम मैंने अपनी पुलिस की नौकरी में चोरी या रिश्वतखोरी जैसे जलील काम नहीं किए थे।

लेकिन श्रीवास्तव को क्या मालूम था कि मैं ऐसे काम नहीं करता था!

वह जरूर यही सोच रहा था कि मैं जेवरात डकार जाने की फिराक में था और इसीलिए जानबूझकर उससे इस बारे में कोई सवाल नहीं कर रहा था।

उसके लिए तो वह स्थिति फायदे की ही थी।

इस प्रकार वह भी तो जेवरात की वहां मौजूदगी की कोई सफाई देने से बच गया था।

निशा के फ्लैट से चोरी गए जेवरात की वहां मौजूदगी के बारे में मैं उससे सवाल करने शुरू करता तो उसकी ऐसी-तैसी फिर जाती।

मैंने अपनी कलाईघड़ी पर निगाह डाली।

''चला जाए?'' – मैं बोला।

''हां।'' – वह बोला – ''जब तुम कहो, इन्सपेक्टर साहब।''

''एक बात याद रखना श्रीवास्तव!''

''वह क्या?'' – वह तनिक बौखलाया।

''उस लड़की के सामने तुमने मुझे इन्सपेक्टर साहब या माई-बाप, या मालिक या साहब या जनाब जैसे किसी सम्बोधन से नहीं बुलाना है।''

''तो कैसे बुलाना है?''

''रवि या रविकुमार कहकर।''

''ठीक है।''

''याद रखना।''

''जरूर याद रखूंगा।''

''लखनऊ की उसकी वाकफियत कैसी है?''

''मैंने यह सवाल किया था उससे। वह कहती है कि वह कभी लखनऊ नहीं गई। वैसे अपने धन्धे की लड़कियों से लखनऊ का उसने जिक्र खूब सुना है।''

''गुड।''

''तुमने अपने रेस्टोरेण्ट का कोई नाम सोचा?''

''नाम? रेस्टोरेण्ट?''

''जो तुम लखनऊ में खोलने जा रहे हो?''

''ओह! वह! वह नाम पूछेगी?''

''जरूर पूछेगी।''

''नाम कोई भी रख लेते हैं। 'फाइव स्टार नाइट क्लब' कैसा रहेगा?''

''अच्छा रहेगा।''

''पता हजरतगंज बता देंगे।''

''ठीक है।'' – वह एक क्षण ठिठका और फिर बोला – ''मैंने लड़की को बताया था कि इस धन्धे में अभी तुम नये हो।''

''वह किसलिए?''

''ताकि वह तुमसे ज्यादा सवाल कर-करके तुम्हारे लिए परेशानी न खड़ी करे।''

''वैरी गुड।''

हम ''जैक एण्ड जिल'' पहुंचे।

श्रीवास्तव के व्यवहार में अब काफी हद तक इत्मीनान का पुट आ गया था। जेवरात का जिक्र न आने ने ही उसकी हिम्मत बढ़ाई मालूम होती थी। जैसा करप्ट पुलिसिया वह मुझे जेवरात के बारे में समझ रहा था, अब शायद वैसा ही करप्ट वह मुझे औरत के बारे में समझ रहा था। वह जरूर यही समझ रहा था कि मुझे सुषमा सोनी नामक पॉप सिंगर लड़की पसन्द आ गई थी और मैं उसके माध्यम से उसे पटाना चाहता था।

यानी कि उसकी निगाह में मैं दौलत और औरतखोर पुलिसिया था।

''रवि!'' – वहां कदम रखते ही वह बोला – ''वैसे लौंडिया बहुत जोरदार है। देखते ही मर मिटोगे।''

मैंने कहरभरी निगाहों से उसे देखा।

''क्या हुआ?'' – वह बौखलाया।

''रवि तुमने'' – मैं एक-एक शब्द पर जोर देता बोला – ''मुझे उसके सामने कहना है। सिर्फ उसके सामने।''

''सॉरी, माई-बाप! सॉरी!''

हमने धुंए और रंगीन रोशनियों के माहौल में कदम रखा।

उस समय वहां तकरीबन सभी मेजें भरी हुई थीं। वहां एक कोने में डांस फ्लोर था लेकिन उस पर डांस करने वाला कोई नहीं था। डांस फ्लोर से जुड़ा हुआ बैंड स्टैंड था जिस पर पांच पीस का आर्केस्ट्रा बज रहा था और आर्केस्ट्रा की ताल पर एक सुन्दर युवती कोई विलायती गाना गा रही थी। युवती इतनी टाइट जींस पहने थी कि वह उसकी टांगों और कूल्हों पर उसकी चमड़ी की तरह ही मढ़ी मालूम होती थी। वह एक सफेद रंग का झालरों वाला ब्लाउज पहने थी जो उसकी पसलियों के ऐन नीचे आकर खत्म होता था। जींस और ब्लाउज़ के बीच उसका गोरा, चिकना शरीर नंगा था।

बड़ी मुश्किल से हम एक खाली टेबल तलाश कर पाए।

''यही सुषमा सोनी है।'' – श्रीवास्तव ने मुझे बताया।

मैंने सहमति में सिर हिलाया।

मैंने अपना पैकेट निकालकर एक सिगरेट सुलगा लिया। श्रीवास्तव को मैंने सिगरेट ऑफर करने की कोशिश न की।

मैंने देखा कि लड़की गा कम रही थी और नाच ज्यादा रही थी। माइक के सामने खड़ी वह पारे की तरह थिरक रही थी और किसी एक्रोबैट की तरह हाथ-पांव और जिस्म को झटक रही थी। अपनी छातियों को तो वह पूरे-पूरे अश्लील ढंग से झटके दे रही थी और बाकी जिस्म की हरकतें भी ऐसी थीं जैसे वह स्टेज पर खड़ी न हो बल्कि अभिसार-शैया पर लेटी हो।

मुझे विलायती गायन की समझ नहीं। गा तो भगवान जाने वो कैसा रही थी लेकिन अपने रूप और यौवन को वह वहां पूरी कामयाबी से कैश कर रही थी। वहां मौजूद अधिकतर लोग उसके गाने पर नहीं, उसके अंग-संचालन पर मर रहे

थे। कुछ तो साफ-साफ लार टपका रहे थे। आखिर गाना तो वे घर बैठकर टेप या ग्रामोफोन पर भी सुन सकते थे।

मैंने कलाईघड़ी पर निगाह डाली।

दस बज चुके थे।

तभी गाना खत्म हुआ।

लोगों ने तालियां बजाई।

गायिका ने सबका इतना नीचे झुककर अभिवादन किया कि उसके उरोजों की घाटियों के बीच में से उसकी नाभी तक दिखाई दी।

फिर वह स्टेज के पीछे कहीं गायब हो गई।

''मैं उसे बुलाकर लाता हूं।'' – श्रीवास्तव तुरन्त उठता हुआ बोला।

मैंने सहमति में सिर हिलाया।

श्रीवास्तव मेजों के बीच में से गुजरता स्टेज की तरफ बढ़ गया।

पांच मिनट बाद वह गायिका के साथ वापिस लौटा।

मैंने गौर से गायिका को देखा।

तो यह थी वो सुषमा सोनी जो बकौल मेरी बीवी उसकी सहेली थी और जिसके साथ कल उसने कनाट प्लेस में कहीं लंच किया था!

करीब से वह मुझे उतनी खूबसूरत न लगी जितनी वह स्टेज पर गाती हुई लग रही थी। उसके चेहरे पर बहुत गाढ़ी लीपापोती हुई हुई थी जो कि मुझे सख्त नापसन्द थी। अलबत्ता उसका जिस्म खूब पुष्ट और भरा-भरा था।

मुझे वह लड़की लोमड़ी जैसी चालाक लगी।

जबकि मेरी बीवी बहुत सीधी और भोली-भाली लगती थी।

लगती ही तो थी! – मैंने मन-ही-मन सोचा – कौन माई का लाल औरत के दिल में झांक सकता था! औरत कब क्या करने को आमादा हो सकती थी, कौन समझ सकता था!

श्रीवास्तव ने मेरा उससे परिचय करवाया।

मैंने उठकर उसका अभिवादन किया लेकिन जब उसने मुस्कराते हुए मेरी

तरफ हाथ बढ़ा दिया तो मुझे उससे हाथ मिलाना पड़ा।

बड़ा गर्म, नर्म और मुलायम हाथ था। पता नहीं क्यों उसका हाथ थामने भर से ही मेरे भीतर काम-वासना जागने लगी।

हम बैठ गए।

''कहिये, जनाब!'' – अपना निचला होंठ चुभलाते हुए वह खनकती-सी हंसी हंसी – ''कैसा है आपका लखनऊ शहर?''

''बहुत बढ़िया।'' – मैं तनिक हड़बड़ाए स्वर में बोला – ''नवाबों की शानबान वाला।''

''वो कहते नहीं हैं कि सुबहेबनारस'' – श्रीवास्तव बोला – ''शामेअवध।''

''श्रीवास्तव!'' – वह उसके गंजे सिर पर एक चपत जमाती हुई बोली – ''तुम तो बड़े होशियार हो गए हो!''

श्रीवास्तव ने खींसे निपोरी।

''और सुनाओ, क्या हाल-चाल है तुम्हारा? आजकल कौन-कौन-सी लड़कियों की जिन्दगी बर्बाद कर रहे हो?''

श्रीवास्तव हंसा और बोला – ''मजाक बहुत करती हो।''

वह भी हंसी।

फिर वह दोबारा मेरी तरफ आकर्षित हुई।

''तो तुम'' – वह अपलक मुझे देखते हुई बोली – ''लखनऊ में एक नाइट क्लब शुरू कर रहे हो?''

''हां'' – मैं बोला – ''फाइव स्टार। फाइव स्टार नाइट क्लब।''

''अगर बुरा न मानो तो एक बात कहूं?''

''कहो।''

''सूरत से तुम कोई नाइट क्लब ओनर नहीं लगते हो।''

''तो क्या लगता हूं?''– मैं उपहासपूर्ण स्वर में बोला।

''कोई ट्रांसपोर्टर'' –वह एक क्षण ठिठकी और फिर बोली– ''या कोई पुलिसिए।''

एकबारगी तो मुझे सांप सूंघ गया लेकिन मैंने जल्दी ही अपने आपको संभाल

लिया। मैंने जोर का अट्टहास किया और बोला – ''कैसे पहचाना? मेरे सिर पर उगे सींगों से?''

''नहीं। उनकी गैरहाजिरी से।''

''मतलब?''

''ये कैब्रे जायन्ट, रेस्टोरेंट, नाइट क्लब किस्म के धन्धे ऐय्याशी के धन्धे हैं। इनसे ताल्लुक रखते आदमी की मुझे खास पहचान है। मोटे थुलथुल जिस्म, आंखों में हर वक्त गुलाबी डोरे, आंखों के नीचे गोश्त की थैलियां। गंजे या खिजाब से रंगे सिर। कीमती कपड़े। हीरे की अंगूठियां। चेहरे पर लालसा के स्थायी भाव। वगैरह- वगैरह।''

''ये भी ऐसे ही हो जाएंगे।'' – श्रीवास्तव जल्दी से बोला – ''देख लेना। अभी ताजे-ताजे दाखिल हुए हैं न इस धन्धे में!''

''यही बात होगी।'' – वह बोली।

मेरी जान में जान आई।

लड़की वाकई बहुत चालाक थी और बहुत दुनिया देखे हुए थी।

मुझे वह पसन्द आने लगी।

मेरी उस भावना के पीछे अहम वजह जरूर यही थी कि मैं अपनी बीवी से खफा था।

''श्रीवास्तव!'' – एकाएक वह निहायत मीठे स्वर में बोली।

''यस, बेबी!'' – श्रीवास्तव तनिक हड़बड़ाए स्वर मे बोला।

''तुमने ग्राहक और माल की मुलाकात करवा दी। अब तुम क्यों अपनी नींद हराम कर रहे हो?''

''मतलब?''

''मतलब यह कि सीधे घर जाओ और जाकर सो रहो। अब तुम्हारी उम्र रात-रात भर सड़कों पर मारे-मारे फिरने की नहीं है।''

''लेकिन मेरी कमीशन . . .''

''खरी है।''

''फिर मुझे क्या फिक्र है!'' – वह उठता हुआ बोला।

उसने मुझसे हाथ मिलाया, सुषमा का नंगा कंधा थपथपाया और वहां से विदा हो गया।

''ड्रिंक-व्रिंक करते हो या नहीं?'' – सुषमा ने उसके जा चुकने के बाद पूछा।

''सभी कुछ करता हूं।'' – मैं बोला – ''ड्रिंक भी, व्रिंक भी।''

''अब यह की है तुमने नाइट क्लब ओनरों जैसी बात।''

मैं हंसा।

''सीख जाओगे। जल्दी सीख जाओगे।''

उसने एक वेटर को बुलाकर उसे कुछ समझाया।

तुरन्त बाद वेटर ने जो कोल्ड ड्रिंक हमें सर्व की, वह व्हिस्की मिला कैम्पा कोला था।

ड्रिंक की चुस्कियों में हम दोनों में हल्की-फुल्की बातें होने लगीं।

बातों के दौरान उसने बड़े सहज भाव से मेरे सामने पड़ा मेरा सिगरेट का पैकेट और लाइटर उठा लिया और एक सिगरेट सुलगा लिया।

कश लेकर वह नाक से धुआं निकालती थी।

''सिंगर्स तो'' – मैं बोला – ''इन चीजों से परहेज करती हैं।''

''किन चीजों से?'' – वह सकपकाई।

''व्हिस्की से। सिगरेट से। बहुत ज्यादा कोल्ड ड्रिंक से।''

''मैं क्या लता मंगेशकर हूं?''

मैं हड़बड़ाया।

उसने एक बार स्टेज पर निगाह डाली, गिलास खाली किया और उठती हुई बोली – ''स्वीटहार्ट, आई विल गो सिंग वन मोर नम्बर एण्ड दैन काल इट ए डे। ओके?''

मैंने सहमति में सिर हिलाया।

''फिर यहां से कहीं और चलेंगे। यह धन्धे की बात करने के लिए मौजूं जगह नहीं।''

''ठीक है।''

''वैसे भी यहां के प्रोप्राइटर को पता चल गया कि तुम मेरे से कॉन्ट्रैक्ट करने की नीयत से यहां उसके डिस्को में आए बैठे हो तो उसे बहुत बुरा लगेगा।''

''वह तो है!''

''तुम ऐसा करना, पांच मिनट बाद यहां से विदा हो जाना। मैं तुम्हें बाहर सड़क पर मिलूंगी।''

''ठीक है।''

''तुम्हारे पास गाड़ी है?''

''नहीं।''

''नहीं?''

''लखनऊ से यहां मैं गाड़ी लेकर आता?''

''यह भी ठीक है। ऐनी वे। सी यू।''

वह फिर स्टेज पर पहुंच गई।

मैंने नोट किया कि मेरे आसपास की टेबलों पर बैठे लोग मुझे भारी ईर्ष्या की निगाहों से देख रहे थे।

मैं बहुत आनन्दित हुआ।

मुझे अपनी बहुत कद्र महसूस हुई।

हम दोनों होटल विक्रम के एक रेस्टोरेण्ट में जाकर बैठे। मैंने ड्रिंक्स का ऑर्डर दिया।

ड्रिंक्स के दौरान उसने मेरे से नाइट क्लब के कथित धन्धे और लखनऊ शहर के बारे में बहुत सवाल किए। उसके उन सवालों की शुरुआत ने मुझे असुविधा में डाला लेकिन मैं किसी प्रकार कुछ आटा-दलिया करता रहा।

''मेरे ट्रेड के लोगों की तुम्हारे शहर में एकाएक बड़ी पूछ होने लगी है'' वह बोली – 'जैक एण्ड जिल' में पहले जो बैंड था, वह हार्डी ब्वायज़ के नाम से जाना जाता है। उन्हें भी लखनऊ की कोई पार्टी ले गई थी। लखनऊ में हार्डी

ब्वायज का नाम तो तुमने सुना होगा?''

''सुना है। मशहूर बैंड ग्रुप है।''

''हां। उसका होटल विक्रमादित्य से कॉन्ट्रैक्ट है। तुम्हारे शहर का मशहूर फाइव स्टार होटल है। तुमने तो देखा होगा?''

''देखा है। कई बार देखा है। सच पूछो तो मैं अपनी क्लब में वैसी ही शानोशौकत पैदा करना चाहता हूं।''

उसने एक गहरी सांस ली। अपना व्हिस्की का गिलास उसने नीचे टेबल पर रख दिया और अपलक मेरी तरफ देखने लगी।

''क्या बात है?'' – मैं सकपकाया।

''स्वीटहार्ट'' – वह धीरे से बोली – ''लखनऊ में विक्रमादित्य नाम का कोई होटल नहीं। और, यहां या कहीं और, हार्डी ब्वायज़ नाम का कोई बैंड नहीं।''

मैं उससे निगाह चुराने लगा।

''मेरा अन्दाजा गलत नहीं था। तुम नाइट क्लब जैसे किसी धन्धे से सम्बन्धित आदमी नहीं। अब बोलो, तुम्हारा नाम भी रविकुमार है या नहीं?''

''नाम तो मेरा यही है!''

''होगा। दैट्स ए स्माल कन्सोलेशन। अब स्वीटहार्ट, असली बात बताओ कि तुम कौन हो और क्या चाहते हो?''

मैंने उत्तर नहीं दिया। उत्तर मुझे सूझ ही नहीं रहा था।

''अगर तुम पुलिसिए हो और मेरी पिछली जिंदगी की वजह से मेरे पीछे पड़े हो तो खामखाह अपना वक्त बरबाद कर रहे हो। अब मैंने कुछ नहीं किया है और न कुछ करने का इरादा है। तुमने देख ही लिया है कि अब मैं एकदम सीधी जिन्दगी गुजार रही हूं।''

''पहले क्या किया था तुमने?''

''जैसे तुम्हें मालूम नहीं!''

''कैसे मालूम होगा?''

''तुम पुलिस वालों को . . .''

''मैं पुलिस वाला नहीं हूं।''

''मैं पूना में एक साल की जेल काट चुकी हूं।''

''किस अपराध में?''

''अपराधी की मदद करने के अपराध में।''

मैं तनिक उत्तेजित हो उठा। पूना में ही मेरी बीवी ने भी शीला अत्रे के नाम से ढाई साल की जेल की सजा काटी थी। जरूर इन दोनों की मुलाकात जेल में ही हुई थी। अब मुझे बात कुछ बनती लग रही थी। अब गाड़ी आगे सरक रही थी।

''अब अपनी असलियत तो बोलो'' – उसके स्वर से अब गुस्सा झलकने लगा – ''अगर तुम कोई औरतखोर आदमी हो और इसी वजह से मेरे पीछे हो तो कोई और दुकान देखो। यहां तुम्हारी दाल नहीं गलने वाली।''

पता नहीं उसे नशा हो गया था या उसे गुस्सा ही बहुत चढ़ गया था लेकिन हकीकत यह थी कि उसकी आवाज इतनी ऊंची हो गई थी कि आसपास बैठे लोग हमारी टेबल की तरफ देखने लगे थे।

समीप खड़ा वेटर भी आशंकित लगने लगा था।

''देखो'' – मैं अनुनयपूर्ण स्वर में बोला – ''भगवान के लिए चिल्लाओ नहीं।''

''क्यों न चिल्लाऊं? मैं . . .''

''प्लीज! प्लीज! जरा शान्त हो जाओ। मैं तुम्हें सब समझाता हूं। सब बताता हूं।''

''तो शुरू करो बताना। पहले यही बताओ कि तुमने श्रीवास्तव से मुझे यह क्यों कहलवाया कि तुम लखनऊ के कोई नाइट क्लब ओनर हो और तुम मुझे सात हजार रुपये माहवार पर लखनऊ ले जाना चाहते हो? मुझे तो लगता है कि तुमने लखनऊ की कभी शक्ल भी नहीं देखी।''

मेरा एक जाती मामला मुझे उस तक लाया था, यह उसे बताने का और अपनी असलियत उस पर जाहिर करने का मैं कतई ख्वाहिशमन्द नहीं था लेकिन अब हालात जो करवट बदल चुके थे, उनमें उसे बताए बिना मेरी गति नहीं होने वाली थी कि मैं एक पुलसिया था।

पर असली वजह मैंने उसे फिर भी न बताई।

सबसे पहले मैंने यही कबूल किया कि मैं एक पुलिसिया था। मैंने उसे अपना आइडेन्टिटी कार्ड दिखाया। उसे कार्ड पर लगी मेरी बावर्दी तस्वीर की एक झलक मिल गई तो मैंने कार्ड जेब में रख लिया।

''पुलिस दिल्ली के 'जैक एण्ड जिल' जैसे तमाम जायण्ट्स की चैकिंग अक्सर करती रहती है, इतना तो तुम्हें मालूम ही होगा?'' – मैं बोला।

''मालूम है।'' – वह भुनभुनाई।

''कुछ दिन पहले मैं सादी वर्दी में 'जैक एण्ड जिल' में गया था। वहां मैंने तुम्हें स्टेज पर देखा था। तुम मुझे अहमक कहोगी लेकिन तुम पर एक निगाह पड़ते ही मैं तुम पर मर मिटा था।''

''नॉनसैंस!''

''मैं सच कह रहा हूं।''

''खैर! आगे बोलो?''

''मैं सीधे-सीधे तुम्हारे पास आता और तुमसे सम्पर्क स्थापित करने की कोशिश करता तो तुमने मुझे घास भी नहीं डालनी थी। 'जैक एण्ड जिल' में आने वाला तो हर शख्स तुम पर मरता होगा और तुम्हारे साथ दोस्ती गांठने का ख्वाहिशमन्द होता होगा। इसलिए तुम्हारे करीब्र आने का मैंने मौजूदा तरीका अख्तियार किया। श्रीवास्तव मेरा पुराना वाकिफ है। तुम्हारे से वाकिफ होने के लिए मैंने उसका सहारा लिया और उसके माध्यम से लखनऊ के नकली कॉन्ट्रैक्ट की कहानी तुम तक पहुंचाई। मैं कबूल करता हूं कि मैंने बहुत बचकानी हरकत की थी लेकिन मुझे उम्मीद नहीं थी कि मेरी पोल इतनी जल्दी खुल जाएगी। बहरहाल मैंने जो कुछ किया, उसके लिए मैं शर्मिन्दा हूं लेकिन मैं दिल के हाथों मजबूर था। मुझे तो लग रहा था कि अगर मेरा तुमसे सम्पर्क न हुआ तो मैं पागल हो जाऊंगा, तो मेरी जान पर आ बनेगी।''

अपने कथन को विश्वसनीय बनाने के लिए जो एक्टिंग मुझे करनी पड़ी, उसने मुझे दांतों पसीने ला दिए।

और पता नहीं अभी भी बात बनी थी या नहीं।

वह कुछ क्षण खामोश रही और अपलक मुझे देखती रही।

फिर एकाएक वह जोर से हंसी।

मेरी जान में जान आई।

''धीरे।'' – मैं बोला।

उसकी हंसी को ब्रेक न लगी। हंसते-हंसते उसकी आंखों में आंसू आ गए।

''फिल्में देखते हो?'' – वह बोली।

''देखता हूं।'' – उस बेमानी सवाल से मैं हड़बड़ाया।

''‘मनोरंजन’ देखी थी?''

''नहीं।''

''कभी टीवी में आए या वीडियो हो तो देखना। उसमें संजीव कुमार तुम्हारी तरह पुलिसिया बना था, जैसे तुम कह रहे हो लगभग वैसे ही वह भी कॉलगर्ल बनी जीनत अमान पर मर मिटा था। तुम्हारी यह बात सुनकर मुझे ‘मनोरंजन’ फिल्म की याद आ गई।''

''वह फिल्म थी। यह हकीकत है।''

''चलो, मान लिया। अब तुम मिल लिए मुझसे?''

''मिल लिया।''

''दिल भर गया?''

''दिल तो नहीं भरा लेकिन इतनी तसल्ली हो गई है कि अब मैं पागल नहीं हो जाऊंगा।''

''वैसे इस बात ने मेरा बहुत दिल तोड़ा है कि सात हजार माहवार के लखनऊ के कॉन्ट्रैक्ट वाली बात बोगस थी।''

''मैं शर्मिन्दा हूं। दिल से शर्मिन्दा हूं।''

''तुम अपनी इन्सपेक्टर की तनखाह पर इतने महंगे रेस्टोरेण्ट का बिल देना अफोर्ड कर सकते हो?''

''कर सकता हूं। मैं पैसे वाला आदमी हूं। नौकरी मैं शौकिया करता हूं।''

''शौकिया करने के लिए पुलिस की ही नौकरी मिली थी?''

''मुझे पसन्द है।''

''ओके। अब तुम एक काम करो।''

''बोलो।''

''ड्रिंक्स मंगाओ। फिर और ड्रिंक्स मंगाओ। फिर औ . . . र ड्रिंक्स मंगाओ। फिर डिनर का ऑर्डर दो। फिर बिल अदा करो और फिर टैक्सी पर मुझे घर छोड़कर आओ।''

मैंने शान्ति की लम्बी सांस ली।

''जो हुक्म, मेरी मलिका'' – मैं सिर नवाकर बोला – ''सरे तसलीम खम है . . .''

वह खिलखिलाकर हंसी।

रात के एक बजे हम रेस्टोरेण्ट से उठे।

वह भी इसलिए क्योंकि रेस्टोरेण्ट बन्द होने का वक्त हो गया था और वहां हम दो ही जने रह गए थे।

नशे में झूमती सुषमा को सहारा देकर मैंने टैक्सी तक पहुंचाया।

उसने मुझे ग्रीन पार्क का अपना पता बताया जो कि मुझे पहले से मालूम था।

टैक्सी में वह मुझ पर ढेर होकर बैठी।

टैक्सी ग्रीन पार्क पहुंची।

वहां वह एक ऐसी इमारत की पहली मंजिल पर स्थित एक फ्लैट में रहती थी जिसका मुख्यद्वार, लगता था कि, हमेशा खुला रहता था।

मैंने टैक्सी से बाहर निकलकर उसकी तरफ का दरवाजा खोला।

वह बाहर निकली।

टैक्सी का भाड़ा चुकाने की नीयत से वह अपना पर्स खोलने लगी।

''जाने दो'' – मैं उसका मन्तव्य समझकर बोला – ''मैं इसी टैक्सी पर वापिस . . .''

''चले जाना।'' – वह बोली – ''जल्दी क्या है?''

''लेकिन . . .''

''और टैक्सियों का क्या घाटा है? सामने ऑल नाइट टैक्सी स्टैण्ड है।''

उसने जबरन टैक्सी का भाड़ा चुकाया।

''आओ।'' – वह बोली।

मैं उसके साथ हो लिया।

वह मुझे अपने दो कमरों के, खूब सजे हुए, फ्लैट में ले आई।

''तुम बैठो'' – वह मुझे एक सोफे पर धकेलती हुई बोली – ''मैं अभी चेंज करके आती हूं।''

मैंने सहमति में सिर हिलाया।

वह पिछले कमरे में चली गई।

मेरी कल्पना आपे से बाहर होने लगी।

जरूर वह अपनी टाइट जींस और ब्लाउज उतारकर कोई झीनी-सी, रोमांटिक-सी नाइटी पहनकर आएगी जो कि उसके खूबसूरत जिस्म पर न होने जैसा दर्जा रखती होगी।

नाइटी में उसके अंग-प्रत्यंग की कल्पना करते हुए मैंने एक सिगरेट सुलगा लिया।

वह मेरी जिन्दगी का पहला मौका था जब मैं किसी औरत की वैसी सोहबत से दो-चार हो रहा था। शादी से पहले तो मैं वैसे ही साधू-संन्यासियों जैसा था, शादी के बाद भी मैंने अपनी बीवी के अलावा कभी किसी गैर औरत की तरफ आंख तक उठाकर नहीं देखा था। वह पहला मौका था जबकि यह कहा जा सकता था कि मैं अपनी बीवी के प्रति वफादार नहीं था।

हां, नहीं था।

उससे मुहब्बत मैं अब भी करता था लेकिन उसका भरोसा अब मुझे रत्तीभर का भी नहीं रहा था। वह धोखेबाज औरत निकली थी। उसने तो अपनी असलियत तक मुझसे छुपाकर रखी थी। वह निशा गोस्वामी नामक कोई शरीफ लड़की नहीं बल्कि शीला अत्रे नामक एक सजायाफ्ता मुजरिम थी।

ऐसी औरत से बेवफाई का क्या गिला!

धोखेबाज को धोखा देने का क्या अफसोस!

मेरा सिगरेट समाप्त होने तक वह वापस लौटी।

उस पर एक निगाह पड़ते ही मेरी उम्मीदों पर पानी फिर गया।

उसने कपड़े तो तब्दील किए थे लेकिन वह नाइटी जैसी कोई सैक्सी ड्रेस पहनकर नहीं आई थी। वह शलवार-कमीज पहने थी और अपने घर में भी अपने उन्नत वक्ष को खूब अच्छी तरह से ढंकने में सक्षम दुपट्टा ओढ़े थी।

उसके हाथ में एक ट्रे थी जिसमें मुझे दो गिलास, एक सोडा साइफन, एक आइस बकेट और एक व्हिस्की की बोतल रखी दिखाई दी।

उसने ट्रे मेरे सामने रख दी।

''यह क्या!'' – मेरे मुंह से बरबस निकल गया।

''वही जो दिखाई दे रहा है।'' – वह बोली।

''लेकिन . . .''

''लेकिन क्या? और नहीं पियोगे?''

''इतना खाना खा चुकने के बाद!''

''तो क्या हुआ?''

''मैंने तो ऐसे कभी नहीं पी।''

''आज पीकर देखो।''

मेरे न-न करते-करते उसने दो जाम तैयार किए।

''मैं इतना बड़ा पियक्कड़ नहीं।'' – मैं कठिन स्वर में बोला।

''मिस्टर'' – वह तनिक तिरस्कारपूर्ण स्वर में बोली – ''तुम मेरी तौहीन कर रहे हो। तुम यह कहना चाहते हो कि मैं बहुत बड़ी पियक्कड़ हूं?''

''नहीं, नहीं'' – मैं हड़बड़ाया – ''मेरा यह मतलब नहीं था।''

''तो क्या मतलब था तुम्हारा?''

''मेरा मतलब था कि अगर और पीनी थी तो वहीं रेस्टोरेण्ट में ही पी लेते।''

''एक ही बात है।'' – उसने गिलास उठाया।

मजबूरन मुझे भी गिलास उठाना पड़ा।

''चियर्स!'' – वह बोली।

''चियर्स!'' – मैं बोला।

तब मेरी समझ में आया कि वह मुझे क्यों फ्लैट पर लाई थी। उसकी मुझमें कोई जिन्सी दिलचस्पी नहीं थी। वह पीने की शौकीन थी और एक ड्रिंकिंग पार्टनर के तौर पर ही वह मुझे यहां लाई थी।

सामने दीवार पर एक वॉल क्लॉक लगी हुई थी। मैंने उस पर निगाह डाली।

क्लॉक दो बजा रही थी।

''टाइम देख रहे हो?'' – वह बोली।

''हां।'' – मैं सकपकाया – ''यूं ही . . .''

''मेरी घड़ी का भरोसा न करना। ठीक टाइम नहीं देती। कभी रुक जाती है। कभी आगे हो जाती है। कभी पीछे हो जाती है।''

''फिर तो यह मेरी रिस्टवॉच की बहन हुई!''

वह हंसी।

''वाह!'' – फिर एक ही सांस में अपना गिलास आधा खाली करती वह बोली – ''जिन्दगी का मजा आ गया।''

''बहुत पीती हो।'' – मैं बोला।

''तुम्हें ऐतराज है?''

''नहीं, कतई नहीं।''

''गुड। सच पूछो तो यही एक काम है, जो मैं बहुतायत में करती हूं। आई एम फोंड ऑफ ड्रिंकिंग। लेकिन अकेले पीने में क्या मजा है?''

यानी कि मेरा खयाल सही था।

वह तनिक आगे को झुकी और बड़े रहस्यपूर्ण स्वर में बोली – ''जानते हो?''

''क्या?''

''आई एम नॉट ए गुड गर्ल।''

मैं हंसा।

''हंसते हो?'' – वह आंखें निकालकर बोली।

मैं अपनी हंसी पर कण्ट्रोल न कर पाया।

''हां, हंसता हूं।'' – मैं बोला।

वह कुछ क्षण वैसे ही आंखें निकालकर मुझे देखती रही, फिर खुद भी हंसने लगी।

''अच्छे आदमी हो।'' – उसने फतवा दिया – ''पुलिसिए होते हुए भी अच्छे आदमी हो।''

''तुम्हारी निगाह में पुलिसिए क्या सारे ही बुरे होते हैं?''

''सारों का मुझे नहीं पता। मैंने सारे पुलिसिए नहीं देखे। लेकिन जितने देखे हैं, उनमें कोई अच्छा आदमी नहीं देखा। सिवाय तुम्हारे।''

''पुलिस वालों के साथ तुम्हारी जिन्दगी के कोई बहुत कड़ुवे तजुर्बात जुड़े मालूम होते हैं!''

''यही समझ लो।''

''इसीलिए पुलिसियों की तुम्हें इतनी पहचान है। मुझे भी देखते ही तुमने कह दिया था कि मैं पुलिसिया हूं।''

''या कोई ट्रांसपोर्टर।''

वह हंसी।

उसने अपना गिलास खाली किया और तुरन्त नया पैग बनाया।

''पुलिसियों की बहुत पहचान है मुझे।'' – इस बार वह बड़ी संजीदगी से बोली – ''ब्रांडी का जला बियर फूंक-फूंककर पीता है।''

उसके उस अनोखे मुहावरे पर मेरी बेसाख्ता हंसी निकल गई।

''गिलास खाली करो।'' – उसने हुक्म दनदनाया।

मैंने किया।

उसने मेरे लिए भी नया पैग तैयार कर दिया।

''एक बात बताओ।'' – मैं बोला।

''दो पूछो, स्वीटहार्ट!''

''तुम किसी शीला अत्रे को जानती हो?''

''जानती हूं। कमला अत्रे को भी जानती हूं। बिमला, सरला, रचना, अनुपमा अत्रे को भी जानती हूं। क्यों?''

वह बात को मजाक में उड़ा रही थी। उस वक्त वह कोई गम्भीर बात करने की स्थिति में नहीं मालूम होती थी। वहां बैठा मैं खामखाह अपना वक्त बरबाद कर रहा था।

''बोलो। कौन-सी पसन्द है इनमें से तुम्हें?'' – वह बोली।

''कोई भी नहीं। मैं तो यूं ही . . .''

''अब एक बात तुम बताओ।''

''पूछो!''

''मेरे साथ यहां तुम जिन्दगी का मजा लेने आए हो या पुलिस इन्क्वायरी करने?''

मैंने उत्तर न दिया। अपनी उलझन और नीयत छुपाने के लिए मैंने व्हिस्की का गिलास उठाकर होंठों से लगा लिया।

''वो मुहावरा है न!'' – वह बोली – ''वन्स ए थीफ, ऑलवेज ए थीफ।''

''हां।''

''साथ ही यह मुहावरा भी होना चाहिए कि वन्स ए कॉप ऑलवेज ए कॉप।''

मैं हंसा। बेमानी हंसी।

सुबह के चार बजे मैं वहां से विदा हुआ।

नशे में खस्ताहाल।

और सौ फीसदी बैरंग।

रात की किसी घड़ी जिस औरत के साथ मैं अभिसार के सपने देखता रहा था, उसने मुझे उंगली भी नहीं छूने दी थी।

अब मैं सोच रहा था कि अगर वह मुझे कुछ करने देती तो क्या मैं कर बैठता?

जरूर कर बैठता – मेरे दिल ने गवाही दी।

उसका मान-मर्दन करते समय जरूर मुझे ऐसा अहसास होता जैसे मैं अपनी बेवफा बीवी से बदला उतार रहा था। मेरा औरतजात पर जुल्म जैसे उस पर भी जुल्म होता।

मुझे यही करिश्मा लग रहा था कि अपनी नशे की हालत में मैं सुषमा के साथ

कोई जोर-जबरदस्ती नहीं कर बैठा था।

पौ फटने से पहले मैं अपने घर पहुंचा।

कम्पाउण्ड में उस रोज का हिन्दुस्तान टाइम्स पड़ा था।

मैंने अखबार उठाया और उसका लोकल पेज खोला।

उसमें निशा के कत्ल से ताल्लुक रखती एक खबर मुझे दिखाई दी :

कैब्रे डांसर के हत्यारे का कोई सुराग नहीं

उस हैडलाइन के नीचे मुझे दिल्ली के एक माने हुए पत्रकार सूरज जोशी का नाम छपा दिखाई दिया। उसने लिखा था :

> इन पंक्तियों के लेखक को विश्वस्त सूत्रों से ज्ञात हुआ है कि स्थानीय पुलिस की निगाह में सुन्दर नगर में हुई निशा नामक कैब्रे डांसर की हत्या का एक 'प्राइम सस्पेक्ट' है। वह संदिग्ध व्यक्ति हरियाणा के फरीदाबाद जिले का एक बहुत बड़ा उद्योगपति है जिसकी कि मरने वाली रखैल बताई जाती है और जिसके नाम को गोपनीय रखने में स्थानीय पुलिस हरियाणा पुलिस के साथ सहयोग कर रही है। यह स्थिति तब है जबकि वह उद्योगपति इस बात की कोई सफाई देने को तैयार नहीं कि हत्या के समय वह कहां था। पुलिस के पूछने पर भी उसने अपनी कोई एलीबाई पेश नहीं की जबकि यह बात सर्वविदित है कि निशा की मौत से कुछ समय पहले वह उसके साथ था। सिद्धान्ततः जहां उसे दफा तीन सौ दो के तहत तुरन्त गिरफ्तार किया जाना चाहिए था, वहां उसे अभी तक अपनी सफाई देने के लिए दिल्ली पुलिस ने तलब तक नहीं किया है। पुलिस द्वारा उस उद्योगपति को दिखाई जा रही नर्मी और दयानतदारी इस बात का ज्वलन्त उदाहरण है कि किस प्रकार पैसे वाले लोग अपने-आपको कायदे-कानून से ऊपर समझते हैं और मुल्क के निजाम की खिल्ली उड़ाते हैं . . .

उसके आगे भी अभी बहुत कुछ था जो कि मैंने उस वक्त नहीं पढ़ा। मुझे हैरानी थी कि रामकुमार अग्रवाल के बारे में इतना कुछ जानते हुए अखबार वालों ने साफ-साफ उसका नाम लेने की कोशिश नहीं की थी।

उसी खबर के साथ दो ऐसी तस्वीरें भी थीं जो कि इस बात का सबूत थीं कि

उस रिपोर्ट ने पुलिस के महकमे में बहुत भीतर तक सेंध लगाई हुई थी और जिसे देखकर मेरा ए.सी.पी. शर्तिया आपे से बाहर हो जाने वाला था।

□□□

दस बजे ब्रेकफास्ट टेबल पर मेरी अपनी बीवी से मुलाकात हुई।

वह हमेशा की तरह परियों जैसी खूबसूरत और देवियों जैसी निर्दोष लग रही थी। उसका वह रूप देखकर हमेशा की तरह एकबारगी तो मैं वह सब कुछ भूल गया जो मेरे जेहन में उसके खिलाफ था, न सिर्फ भूल गया बल्कि पिछली रात की अपनी करतूत पर बाकायदा मन-ही-मन शर्मिन्दा होने लगा।

लेकिन वह अहसास वक्ती था।

जल्दी ही मैं झुंझला गया और मन-ही-मन अपने-आपको कोसने लगा कि मुझे शर्मिन्दा होने की क्या जरूरत थी! शर्मिन्दा तो मेरी बीवी को होना चाहिए था जो कि झूठी थी, धोखेबाज थी, बेवफा थी, सजायाफ्ता मुजरिम थी, शीला अत्रे थी।

निशा बड़े गौर से मेरी सूरत देख रही थी।

मैं उससे निगाहें चुरा रहा था।

निशा ने कुछ कहने के लिए मुंह खोला ही था कि एकाएक टेलीफोन की घण्टी बज उठी।

मैंने मन-ही-मन बहुत राहत महसूस करते हुए उठकर फोन रिसीव किया।

फोन मेरे ए.सी.पी. का था।

''अभी तक घर बैठे क्या कर रहे हो?'' – वह गर्जा – ''फौरन यहां पहुंचो।''

''बस, आया साहब।'' – मैं बौखलाए स्वर में बोला।

''आज का अखबार देखा?''

''जी हां, देखा।''

मैं समझ गया कि ए.सी.पी. उसी खबर की वजह से उबल रहा था जो मैंने सुबह लोकल पेज पर पढ़ी थी।

''एक बात और'' – ए.सी.पी. बोला – ''अपने फोन का रिसीवर ऑफ मत रखा करो। पुलिस की नौकरी में यह नहीं चलने का।''

''रिसीवर ऑफ था?''

''हां। मैंने एक्सचेंज से मालूम किया था कि रिसीवर ऑफ था। तुम क्या कमिश्नर लग गए हो जो रात को रिसीवर ऑफ करके सोते हो? और ऐसे क्या तुम ड्यूटी से बच जाओगे? अगली बार मुझे रिसीवर ऑफ मिला तो मैं हवलदार को तुम्हारे घर भेजकर तुम्हे उठवाकर मंगवाऊंगा।''

''लेकिन . . .''

उसने फोन पटक दिया।

मैंने भी धीरे से रिसीवर क्रेडल पर रख दिया।

तो पिछली रात को मेरे टेलीफोन का रिसीवर ऑफ था?

जरूर ऐसा निशा ने किया था – क्योंकि मैं तो पिछली रात घर पर था नहीं – और मेरी वजह से किया था ताकि अगर में उसे चैक करने के लिए घर पर फोन करूं तो मुझे बिज़ी सिग्नल मिले और मैं समझूं कि फोन बिगड़ गया था।

''हैडक्वार्टर से बुलावा था'' – अपार व्यस्तता का प्रदर्शन करता हुआ मैं बोला – ''फौरन पहुंचना है। ए.सी.पी. आसमान सिर पर उठा रहा था।''

उसने बड़ी संजीदगी से सहमति में सिर हिलाया। वह मुंह से कुछ न बोली।

मैं ए.सी.पी. के कमरे में पहुंचा।

टोकस वहां पहले से बैठा था और लगता था वहां मेरा ही इन्तजार हो रहा था।

मैंने ए.सी.पी. का अभिवादन किया। उसने नाक से मक्खी उड़ाने के अन्दाज से अभिवादन का जवाब दिया और बड़े बेसब्रेपन से मुझे बैठने का इशारा किया।

मैं टोकस की बगल में एक कुर्सी पर बैठ गया।

''क्या कर रहे हो तुम सुन्दर नगर वाले मर्डर के केस में?'' – वह आंखें निकालता बोला।

''तफतीश कर रहा हूं, साहब।''

''क्या तफतीश कर रहे हो?''

''जो मुझसे बन पड़ रहा है।''

''क्या बन पड़ रहा है तुमसे?''

''मैंने श्रीवास्तव और विपिन कुमार को चैक किया है और . . .''

''श्रीवास्तव और विपिन कुमार को चैक किया है!'' – वह भड़का – ''मैंने तुम्हें कहा नहीं था कि यह किसी चोर का काम नहीं था इससिए उस दूध वाले छोकरे के पीछे पड़ना बेकार था? और श्रीवास्तव में भी क्या रखा है? मैंने तुम्हें साफ-साफ कहा था कि हत्यारा श्रीवास्तव नहीं, राजकुमार अग्रवाल और कृष्ण भार्गव में से एक था। इनमें से श्रीवास्तव को निकाल दो तो बाकी बचे अग्रवाल और भार्गव। इन दोनों में से अन्धे को दिखाई देता है कि अग्रवाल में ज्यादा सम्भावनाएं हैं। अब बोलो, तुम्हें और लोगों के पीछे पड़ना चाहिए कि अग्रवाल के पीछे? तुम श्रीवास्तव और विपिन कुमार पर वक्त बरबाद करते रहे और अग्रवाल के बारे में तुम कुछ भी नहीं जान पाए। तुम . . .''

तब मैं भी फट पड़ा।

''कैसे जान पाऊं मैं उसके बारे में कुछ?'' – मैं गुस्से में बोला – ''कोई कुछ जानने दे तो सही!''

''कौन नहीं जानने दे रहा?''

''हमारे अपने भाई-बन्दे ही नहीं जानने दे रहे। टोकस से पूछिए!''

ए.सी.पी. ने टोकस की तरफ देखा।

टोकस ने ए.सी.पी. को हरियाणा पुलिस के कृपालसिंह नामक उस इन्सपेक्टर के बारे में बताया जिससे हासिल तो हमें मदद होनी चाहिए थी लेकिन जो अग्रवाल को प्रोटेक्ट करने की नीयत से खुद ही हमारे और अग्रवाल के बीच में दीवार बनकर खड़ा हो गया था।

वह बात सुनकर ए.सी.पी. बेहद गम्भीर हो गया।

''यह बात मुझे पहले क्यों नहीं बताई गई?'' – वह बोला।

''पहले बताने की नौबत ही नहीं आई, साहब।'' – टोकस बोला – ''कल

अंधेरा हो चुकने के बाद ही हम दिल्ली पहुंचे थे। तब तक आप यहां से जा चुके थे। आज अब यह बात हम बता ही रहे हैं आपको।''

ए.सी.पी. खामोश हो गया।

वह कुछ क्षण अपने सामने पड़े पेपर वेटों से खेलता रहा, उन्हें आपस में टकराता रहा, तरतीब से रखता रहा।

अन्त में जब वह बोला तो वह भड़क नहीं रहा था।

''राजधानी में'' – वह धीरे से बोला – ''पुलिस की नौकरी बहुत कठिन है। रसूख वाले लोगों पर हाथ डालने से पहले दस बार सोचना पड़ता है। लोग हमारे महकमे में हमारे ऊपर पहुंचें तो कोई बात हो, वे तो सीधे गृहमन्त्री तक जा पहुंचते हैं इसलिए किसी बड़े आदमी के खिलाफ बहुत सोच-विचारकर कदम उठाना जरूरी होता है। लेकिन इसका मतलब यह नहीं कि वह कायदे-कानून से ऊपर हो जाता है। अब तक हम इस रामकुमार अग्रवाल को ढील दे सकते थे लेकिन अब आज के अखबार में छपी खबर के बाद हम ऐसा करेंगे तो कल यह भी साफ ही छप जाएगा कि हम ही उसे प्रोटेक्ट कर रहे हैं। ऐसा हम नहीं कर सकते। ऐसा हम नहीं कर सकते इसीलिए रामकुमार अग्रवाल पर हाथ डालना हमारे लिए जरूरी है। तुम घबराओ नहीं। आज शाम से पहले वह यहां होगा। नहीं होगा तो मैं खुद फरीदाबाद जाकर उसे गिरफ्तार करके यहां लाऊंगा।''

मैंने चैन की सांस ली।

''शाम को तुम यहां होना। मैं अग्रवाल को तुम्हारे सामने क्वेश्चन करना चाहता हूं।''

मैंने सहमति में सिर हिलाया।

फिर उसने हम दोनों को डिसमिस कर दिया।

''अब तुम जरा'' – बाहर आकर मैं टोकस से बोला – ''कृष्ण भार्गव की खबर लो।''

''कल ले तो ली मैंने उसकी खबर!'' – वह बोला।

''फिर खबर लो। कल तो उसने तुम्हें पुच-पुच करके बहला लिया। तभी तो कुछ हाथ नहीं लगा। आज जरा अच्छी तरह से बाजा बजाकर आओ उसका।''

''और तुम?''

मैं हिचकिचाया।

''तुम साथ नहीं चलोगे?''

''नहीं'' – मैं बोला – ''वहां तुम अकेले ही जाओ। मैं कुछ और करना चाहता हूं।''

''क्या?''

मैं फिर हिचकिचाया।

''तुम विपिन कुमार के पीछे पड़ना चाहते हो?''

''हां।''

''मेरा बाप कहा करता था कि जिस आदमी को वक्त की कद्र नहीं होती, वही एक-एक काम को इक्कीस-इक्कीस बार करता है।''

मैंने घूरकर उसे देखा।

''रवि'' – वह शिकायतभरे स्वर में बोला – ''अभी सुना नहीं था, ए.सी.पी. ने क्या कहा था? उसने कहा था कि उस दूध वाले छोकरे के पीछे पड़ना बेकार था और . . .''

''टोकस!''

''हां।''

''तेरे बाप ने यह नहीं कहा था कि मातहत को अपने बॉस से ज़ुबान नहीं लड़ानी चाहिए और उसे बॉस के हुक्म की तामील बिना हुज्जत के करनी चाहिए?''

वह सकपकाया। फिर उसने आहत भाव से मेरी तरफ देखा।

''ओके, बॉस।'' – फिर वह बनावटी तत्परता के साथ मुझे सैल्यूट मारता बोला।

मुझे बहुत ग्लानि हुई। मैंने महसूस किया टोकस से मुझे ऐसे पेश नहीं आना चाहिए था।

''सॉरी!'' – मैं बोला।

"किस बात की सॉरी?" – पूर्ववत् उसने नकली हैरानी जाहिर की।

"तुम्हें मालूम है, किस बात की सॉरी।"

वह कुछ क्षण खामोश रहा। फिर उसके चेहरे पर वो मुस्कराहट प्रकट हुई जो कि मैं देखना चाहता था।

दोस्ती और आत्मीयता की मुस्कराहट।

"वापस यही मिलेंगे।" – मैं बोला – "शाम से पहले।"

उसने सहमति में सिर हिलाया।

मैं मिन्टो रोड पहुंचा।

वहां मैंने बड़ी सहूलियत से केदारनाथ कनकटे की बीवी सन्तरा का वो पता तलाश कर लिया जो कि विपिनकुमार ने मुझे बताया था।

सन्तरा का फ्लैट एक आठमंजिल इमारत की सबसे ऊपरी मंजिल पर था।

मैंने कॉलबैल बजाई और साथ ही दरवाजे पर दस्तक भी दी।

संतरा की जो खूबियां विपिन कुमार ने बयान की थीं, उनके मुताबिक उसे बहुत शानदार औरत होना चाहिए था लेकिन किसी शानदार औरत की कल्पना मैं केदारनाथ जैसे घटिया गुंडे-बदमाश की सोहबत में नहीं कर पा रहा था, विपिन कुमार की सोहबत में नहीं कर पा रहा था। पता नहीं क्या शानदार था उस औरत में!

एक गुंडे-बदमाश की, उसकी गैरहाजिरी में एक सजायाफ्ता मुजरिम से आशनाई लगाने वाली, औरत कोई रिटायर्ड या सैमीरिटायर्ड वेश्या ही हो सकती थी। घाघ! घुन्नी! तजुर्बेकार! ढली हुई या ढल चुकी अम्मा!

लेकिन जिस स्त्री ने दरवाजा खोला, वह मेरी कल्पना से एकदम विपरीत निकली।

वह कोई हसीना नहीं थी, शानदार भी उसमें कुछ नहीं था लेकिन जो बात मेरी कल्पना से मेल नहीं खा रही थी, वह यह थी कि वह तो किसी सरकारी दफ्तर की कर्मचारी, कार्पोरेशन के किसी स्कूल की अध्यापिका या किसी सोशल वर्कर जैसी शरीफ और नेकनीयत लग रही थी। वह कोई सत्ताइस-अट्ठाईस साल की, दरम्याने

कद की, छरहरे बदन वाली स्त्री थी। उसके बाल जूड़े की सूरत में बंधे हुए थे, रंग सांवला था और चेहरे पर किसी प्रकार का रंग-रोगन पुता नहीं दिखाई दे रहा था। वह एक मामूली सूती साड़ी पहने हुए थी, जिसके पल्ले को उसने अपने कन्धों के गिर्द इस प्रकार लपेटा हुआ था कि उसका वक्ष पूरी तरह से ढंका हुआ था।

एक जेल के पंछी की बीवी और वैसे ही व्यक्ति की माशूक के रूप में उसकी कल्पना करना मुहाल था।

लेकिन आखिर थी तो वह औरत।

जरूरी थोड़े ही था कि जो दिखाई दे रहा था, वही सच था!

और उसने साबित भी कर दिखाया कि नेकनीयती की चमकीली परत के नीचे माल असल में खोटा ही था।

''सन्तरा!'' – मैं बोला – ''सन्तरा नाम है तुम्हारा?''

उसने अपलक मुझे देखते हुए सहमति में सिर हिलाया और बोली – ''कौन हो तुम?''

''इन्सपेक्टर रवि शर्मा।'' – मैंने उसे अपना आइडेन्टिटी कार्ड दिखाया।

''पुलिसिए?''

''हां।''

''यहां क्यों आए हो?'' – वह नफरतभरे स्वर में बोली।

''मैं तुमसे बात करना चाहता हूं।''

''मैं किसी साले पुलिसिए से कोई बात नहीं करना चाहती। एक मिनट में दफा हो जाओ यहां से। मुझसे बात करनी है तो मुझे गिरफ्तार करो। वारण्ट लेकर आओ। समझे?''

उसने दरवाजा बन्द करने की कोशिश की लेकिन मैंने समय रहते चौखट और दरवाजे में अपना पांव अड़ा दिया। फिर मैंने अपने कन्धे को दरवाजे से भिड़ाकर जोर से धक्का दिया।

पल्ला उसके हाथ से छूट गया और वह अपना संतुलन कायम रखे रहने की कोशिश में कई कदम पीछे हट गई।

इससे पहले कि वह फिर दरवाजे के करीब पहुंच पाती, मैंने भीतर कदम रखा और पांव की ठोकर से अपने पीछे दरवाजा बन्द कर दिया।

वह यूं मेरी तरफ झपटी जैसे मुझे रौंदती हुई गुजर जाना चाहती हो।

मैंने उसकी दोनों कलाइयां दबोचीं और उसे रास्ते में ही थाम लिया। फिर उसे समीप पड़ी एक सोफाचेयर में धकेल दिया।

वह गेंद की तरह वापिस उछली।

''साले! कुत्ते! कमीने! हराम . . .''

मैंने उसे वापिस सोफाचेयर में धकेल दिया और कहरभरे स्वर में बोला – ''अब मुंह से गाली निकली तो हलक से ज़ुबान खींच लूंगा। समझी?''

वह हांफती हुई, खा जाने वाली निगाहों से मुझे देखती रही। कुछ क्षण पहले की छीना-झपटी में उसके वक्ष से साड़ी का पल्लू हट गया था और अब मुझे धौकनी की तरह चलती उसकी सांस के साथ-साथ उसका उन्नत वक्ष उठता-गिरता दिखाई दे रहा था।

वह नजारा मुझे इतना दिलकश लगा कि मेरा जी चाहने लगा कि मैं अभी उसे दबोच लूं। वह सांस खींचती थी तो उसकी आधी-आधी छातियां ब्लाउज़ से बाहर निकल आती थीं और मुझे यूं लगने लगता था जैसे अभी ब्लाउज़ पर सामने की तरफ लगे बटन तड़ाक-तड़ाक टूटने लगेंगे।

''मुझे विपिन कुमार ने भेजा है।'' – उसकी छातियों पर से जबरन अपनी निगाह हटाता हुआ मैं बोला।

''तो मैं क्या करूं?'' – वह बोली।

''ऐसे ही मत खामखाह भौंकती रह। पहले बात सुन ले। बात सुन ले पहले।''

''क्या सुनूं?''

''मुझे तेरी और विपिन की मौजूदा रिश्तेदारी की पूरी वाकफियत है।''

''तो क्या हुआ?''

''विपिन एक कत्ल के केस में फंस गया है। उस केस में जेल तो वह जाएगा ही जाएगा, उसे फांसी भी हो सकती है। वह प्रोबेशन पर छूटा हुआ सजायाफ्ता

मुजरिम है, इस बात से तू बेखबर नहीं होगी। तू हिस्ट्रीशीटर केदारे की बीवी तो है ही, तेरा खुद का भी कोई रिकॉर्ड हो सकता है जो कि मुझे देखना पड़ेगा। इस लिहाज से विपिन के बखेड़े में तू भी लपेटी जा सकती है।''

''खामखाह?''

''हां। खामखाह।''

''मैंने क्या किया है?''

''कुछ तो किया होगा!''

''मैंने कुछ नहीं किया।''

''नहीं किया तो पुलिस के कहर से निजात पा जाएगी लेकिन अपने खसम के कहर से फिर भी नहीं बच पाएगी। उसे जब मालूम होगा कि उसकी पीठ पीछे तू विपिन के साथ सोती थी तो जेल से छूटते ही जो पहला काम वह करेगा, वह यही होगा कि वह तेरी गरदन रेत देगा।''

''उसे पता कैसे लगेगा? वह तो जेल में है!''

''मैं बताऊंगा।''

''तू क्यों बताएगा? तेरी-मेरी क्या अदावत है?''

''अभी नहीं है लेकिन आगे हो सकती है।''

''आगे कब?''

''जब तू मुझे सहयोग नहीं देगी। जब तू मेरे से बाहर जाने की कोशिश करेगी।''

''कुत्ता!''

''गालियां बहुत बकती है तू। ऐसा सबके साथ करती है या सिर्फ पुलिस वालों के साथ?''

''सब कुत्ते थोड़े ही होते हैं!''

मैं आपे से बाहर हो गया।

''ठहर जा, हरामजादी!'' – मैं दांत पीसता उसकी तरफ लपका।

मैं उसके सिर पर पहुंच गया लेकिन उसने मेरे सम्भावित आक्रमण से अपना कोई बचाव करने की कोशिश न की। वह बड़ी निडरता से अपलक मुझे देखने लगी।

मैं ठिठका।

''रुक क्यों गया?'' – वह चैलेंजभरे स्वर में बोली – ''जात क्यों नहीं दिखाता अपनी? झपटता क्यों नहीं वैसे ही जैसे कुत्ता हड्डी पर झपटता है?''

मैंने जोर से दांत किटकिटाए।

वह जोर से हंसी।

''साला! कुत्ता!''

''तुझे मेरे से डर नहीं लगता, साली?'' – मैं बोला।

''तेरे से डर! तू क्या हौवा है?''

''पुलिस वालों से तुझे कोई खास ही नफरत मालूम होती है!''

वह एक बड़ी विषैली, कर्कश हंसी हंसी।

''कोई पुलिसिया मिला नहीं तुझे . . .''

''बहुत मिले हैं।'' – वह बोली।

''कभी कोई संतरे की तरह निचोड़ के रख देगा तुझे।''

''तू भी तो पुलिसिया है! तू कोशिश करके देख न!''

''मुझे भड़का मत, नहीं तो सचमुच छील के रख दूंगा। सचमुच संतरा बना दूंगा तेरा।''

''जा, जा! बड़ा आया छील के रख देने वाला! संतरा का संतरा बनाने की कोशिश में यहां तेरे जैसे कई आए और कई चले गए।''

मैं महसूस कर रहा था कि वह मुंहजोर घोड़ी धमकी या जोर-जबरदस्ती से काबू आने वाली नहीं थी। वैसी जोर-जबरदस्तियां और धमकियां सहने की वो आदी मालूम होती थी।

शक्ल-सूरत भी कितनी भ्रामक हो सकती थी!

मुझे पैंतरा बदलना जरूरी लगने लगा।

मैंने अपनी भिंची हुई मुट्ठियां खुल जाने दीं।

''घर में पीने-वीने को कुछ नहीं रखती?'' – मैंने बदले स्वर में पूछा।

''किसके लिए?''

‘‘मेरे लिए। मेहमान के लिए।’’

‘‘तू मेहमान थोड़े ही है। तू तो कुत्ता है!’’

‘‘घर आया कुत्ता भी मेहमान होता है।’’

‘‘होता है तो मेरा खून पी तो रहा है तू!’’

‘‘मैं इससे किसी कम गर्म चीज के बारे में सवाल कर रहा था।’’

‘‘क्या पिएगा?’’ – इस बार उसका स्वर बदला।

‘‘जो पिलाएगी!’’ – मैं जानबूझकर उसके उन्नत वक्ष पर निगाह गड़ाता बोला।

‘‘कमीना!’’ – वह मेरा मन्तव्य समझकर बोली। उसने अपना वक्ष ढंकने का नाटक-सा किया – ‘‘व्हिस्की पिएगा?’’

‘‘पिलाएगी तो जरूर पिऊंगा।’’

‘‘लेकिन एक बात याद रखना।’’

‘‘क्या?’’

‘‘उसमें जहर मिला होगा।’’

‘‘पहले पैग में न! बाद में तो सन्तरे के रस में पिलाएगी?’’

वह हंसी।

‘‘अच्छी बात है।’’ – वह उठती हुई बोली – ‘‘तू भी क्या याद करेगा!’’

वह उठकर किचन में चली गई।

थोड़ी देर बाद जब वह वापस लौटी तो उसके हाथ में दो गिलास थे।

उसके हाथ में थमे गिलासों की जगह मैंने बारी-बारी से उसकी दोनों छातियों को निहारा।

‘‘जहर किसमें है?’’ – मैं बोला।

‘‘हरामी!’’ – वह मेरे हाथ में एक गिलास धकेलती हुई तनिक प्रशंसात्मक स्वर में बोली।

मैंने उसके गिलास से गिलास टकराया और व्हिस्की का एक घूंट भरा।

मुझे वह घूंट निगलना मुहाल हो गया।

गिलास में जरूर आधी से ज्यादा व्हिस्की थी।

संतरा ने गटागट एक ही सांस में अपना तीन-चौथाई गिलास खाली कर दिया।

वह दीवान पर बैठ गई और मेरी तरफ देखने लगी।

मैं भी दीवान पर उसके समीप जा बैठा।

उसने ऐतराज न किया।

वह कुछ क्षण अपलक मेरी तरफ देखती रही।

''क्या चाहता है?'' – अन्त में वह धीरे से बोली।

''जो मैं चाहता हूं'' – मैं भी गम्भीरता से बोला – ''उसका अन्दाजा तो तुझे हो ही चुका है?

''नहीं हो चुका। मैं तेरे जैसी सयानी नहीं। मैं पुलिस में भर्ती नहीं।''

''मैं तेरे और विपिन के बारे में जानना चाहता हूं।''

''क्या जानना चाहता है?''

''सब कुछ।''

''सब कुछ क्या?''

''जैसे विपिन को कब से जानती है, कैसे जानती है, कितना जानती है, वगैरह-वगैरह!''

''यह तूने सच कहा था कि वह किसी कत्ल के केस में लपेटा जा सकता है?''

''बिल्कुल सच कहा था।''

''अच्छा!'' – उसने अपना गिलास खाली करके एक ओर रख दिया और फिर बड़ी संजीदगी से बोली – ''विपिन दरअसल केदारे का पुराना दोस्त था। वह केदारे के लिए काम करता था और उसी के किसी बखेड़े के चक्कर में जेल गया था। चार महीने पहले जब वह जेल से छूटा था तो पहली बार वह यहां केदारे का भेजा आया था। फिर यहां अक्सर आने लगा था। सच पूछो तो मैंने ही उसे लिफ्ट दी थी। केदारा जेल में था और मुझे किसी मर्द का सहारा चाहिए था। वह लड़का मुझे पसन्द आया था। वह मेरी जिंसी भूख तो मिटाता ही था, साथ में यह घरबार,'' उसने अपना एक हाथ अर्धवृत में सारी बैठक में घुमाया – ''चलाने में भी मेरी मदद करता था।''

''कैसे? रुपये-पैसे से?''

''हां।''

''रुपया-पैसा है उसके पास?''

''हां।''

''ऐसी बात है तो वह दूध सप्लाई करने का मामूली काम क्यों करता है?''

''ओट के लिए। दिखावे के लिए। यह जाहिर करने के लिए कि वह सचमुच सुधर गया है और ईमानदारी की रोटी कमाने लगा है।''

''आई सी!''

''अन्धा तो तू है नहीं, इसलिए तूने देखा ही होगा कि मैं स्टाइल से रहती हूं और खाने-पीने की शौकीन हूं। ऐसे काम फोकट में तो होते नहीं! यह व्हिस्की जो तू पी रहा है, एरिस्टोक्रैट प्रीमियम है। समझा? मैं कोई कामकाज तो करती नहीं और केदारा पीछे मुझे कोई कारूं का खजाना नहीं सौंप गया। इस लिहाज से अगर मैंने विपिन से गठजोड़ किया तो क्या बुरा किया? जब केदारा जेल से छूटकर आएगा तो मैं विपिन को छोड़ दूंगी।''

''वह खतरनाक दादा है। तुझे डर नहीं लगता है कि अगर उसे तेरी करतूत का पता लग गया तो वह क्या कहर ढाएगा?''

''लगता है। लेकिन मुझे उम्मीद है कि केदारे को कुछ पता नहीं लगेगा।''

''हूं।''

''मैं एक तनहा औरत हूं और जिन्दगी के ऐसे मोड़ पर पहुंच चुकी हूं जहां किसी मर्द के सहारे के बिना मेरी जिन्दगी नहीं चल सकती। अगर तू सच कह रहा है कि विपिन किसी कत्ल के केस में लपेटा जा सकता है तो यह मेरे लिए बहुत मुश्किल की बात होगी। फिर मुझे कोई नया मर्द तलाश करना पड़ेगा।''

''मर्द या मुर्गा?''

''एक ही बात है। मर्द भी मुर्गा होता है, मुर्गा भी मर्द होता है।''

मैं हंसा।

''वैसे'' – वह उत्सुक स्वर में बोली – ''किसका कत्ल हुआ है?''

''अखबार नहीं पढ़ती?''

''नहीं।''

''क्यों? अनपढ़ है?''

''मैं''- वह बड़े गर्व से बोली – ''इण्टर पास हूं।''

''यानी कि आदतन अखबार नहीं पढ़ती?''

''हां।''

मैंने उसे कत्ल की बाबत बताया।

''वह गिरफ्तार है?'' – उसने पूछा।

''वह बात छोड़'' – मैं बोला – ''पहले तू मेरे सवाल का जवाब दे।''

''पूछ!''

''तू यहां अकेली रहती है। तू कबूल करती है कि तू विपिन के साथ सोती है। फिर वह यहीं तेरे साथ क्यों नहीं रहता?''

''रहता है। कई-कई दिन रहता है।''

''मेरा भी यही खयाल था। अब तू मुझे सोमवार की बता। उस दिन कब से कब तक वह यहां तेरे साथ था?''

''कब से कब तक क्या, वह मेरे साथ था ही नहीं।''

''क्या मतलब?''

''मैंने तो एक हफ्ते से उसकी शक्ल नहीं देखी!''

''क्या!''

''वह एक हफ्ते से यहां नहीं आया।''

मैंने अपना व्हिस्की का गिलास खाली किया।

मेरा दिमाग बहुत तेजी से काम कर रहा था। विपिन से हुए अपने वार्तालाप की हर बात मुझे याद थी।

''बज गया।'' – अन्त में मैं बोला।

''क्या?'' – वह बोली।

''बाजा!''

''किसका?''

''तेरे यार का। विपिन का।''

''क्यों?''

''क्योंकि अभी तूने उसकी बेगुनाही साबित करने वाली गवाही की ऐसी-तैसी फेर दी। तू कहती है कि तूने हफ्ते से उसकी शक्ल नहीं देखी और वह कहता है कि सोमवार, यानी कि कत्ल वाले दिन, दोपहर से लेकर रात के ग्यारह बजे तक वह तेरे साथ था!''

''ओह! साले, पुलिसिए! बना दिया न मुझे बेवकूफ!''

मैं हंसा।

''वो यहां नहीं था तो इसका मतलब यह थोड़े ही है कि मरने वाली के फ्लैट पर था और वहां उसका कत्ल कर रहा था?'' – वह बोली।

''अगर इसका यह मतलब नहीं है तो उसने झूठ क्यों बोला? सच बोलता और साफ-साफ बताता कि हकीकतन वह कहां था!''

''ला।''

''क्या?''

''गिलास? मैं और ड्रिंक बनाकर लाऊं।''

''नहीं। मुझे और नहीं चाहिए। मेरा इतने से ही सिर घूम गया है।''

''साला!'' – वह तिरस्कारपूर्ण स्वर में बोली – ''कबूतर!''

मैं खामोश रहा।

वह किचन में गई और अपने लिए ड्रिंक बना लाई।

तब तक की पी का उस पर कोई असर दिखाई नहीं दिया। वह फिर दीवान पर आकर बैठ गई और नये जाम का घूंट भरके बोली – ''अब तू विश्वास नहीं करेगा।''

''किस बात का?''

''कि विपिन सोमवार यहां आया था।''

मैं हंसा।

''वह'' – वह एक-एक शब्द पर जोर देती बोली – ''सोमवार आया था यहां।''

''तो पहले तूने यह क्यों कहा कि तूने एक हफ्ते से उसकी शक्ल नहीं देखी?''

''मैं अपने-आपको किसी झमेले से बचाना चाहती थी लेकिन अब ज्यों ही मुझे लगा कि मेरा ऐसा कहना उसे बुरी तरह से फंसा देगा तो मैंने असल बात बताने का फैसला कर लिया।''

''और असल बात यह है कि सोमवार दोपहर को वह यहां आया था?''

''हां।''

''और'' – मेरे स्वर में व्यंग्य का पुट था – ''रात ग्यारह बजे तक यहां रहा था?''

''हां।''

''क्या सबूत है?''

''मैं कह रही हूं।''

''क्या कहने! यानी कि तेरा कहना और सत्यवादी हरिशचन्द्र का कहना एक ही बात हो गई?''

''वह सचमुच यहां था।''

''तेरे साथ? तेरी गोद में?''

''हां।''

''ग्यारह घण्टे तू उसे अपनी गोद में लिए बैठी रही?''

''नहीं। बीच में हम वीडियो देखते रहे थे।''

''तेरे पास वीडियो है?''

''उस दिन था। किराये का।''

''बारह से रात ग्यारह तक वह एक क्षण के लिए भी यहां से बाहर नहीं निकला था?''

''एक बार वो, जो फिल्में हम देख चुके थे, उनकी जगह नई फिल्में लेने गया था।''

''कहां?''

''शंकर मार्केट।''

''क्या सबूत है कि वह यहां से शंकर मार्केट ही गया था, और आगे सुन्दर नगर निशा का कत्ल करने नहीं गया था?''

''वीडियो कैसेट लायब्रेरी वाला उसकी गवाही देगा कि वह वहां आया था।''

''लेकिन वह यहां से निकलकर वहीं गया था, कहीं और नहीं गया था, इस बात की कौन गवाही देगा? एक जगह गया आदमी क्या दो जगह होकर नहीं आ सकता?''

उसे जवाब न सूझा।

निशा के कत्ल की बात बताते समय मैंने उसे कत्ल का सम्भावित वक्त नहीं बताया था, इसी बात को ध्यान में रखते हुए मैंने उससे पूछा – ''नई फिल्में लेने वह यहां से कितने बजे गया था?''

''शाम को गया था।'' – वह बोली।

''वक्त का कोई अन्दाजा?''

''यही कोई पांच-साढ़े पांच का होगा।''

''और लौटा किस वक्त था?''

''मुझे ध्यान नहीं।''

''क्यों ध्यान नहीं?''

''क्योंकि हम वीडियो देखते वक्त साथ-साथ ड्रिंक भी करते रहे थे। उसके जाने के बाद जब मैं पीछे अकेली रह गई थी तो नशे में मुझे ऊंघ आ गई थी, इसलिए मुझे ठीक से मालूम नहीं कि वह कब लौटा था।'' – एकाएक उसे वह सवाल पूछना सूझा जो उसे बहुत पहले सूझना चाहिए था – ''उस लड़की का कत्ल किस वक्त हुआ था?''

''एक बात सोची है तूने?'' – उसके सवाल को नजरअन्दाज करते हुए मैं बड़े कठोर स्वर में बोला।

''क्या?''

''कि विपिन अगर कत्ल के इल्ज़ाम में नप गया तो साथ में तेरा भी बाजा बज जाएगा?''

''मेरा खामखाह! मैंने क्या किया है?''

''तू हत्यारे की सहयोगिनी है। तूने उसकी खातिर झूठ बोलकर उसे बचाने की कोशिश की है।''

''मैंने कोई झूठ नहीं बोला। तू मुझे जिसकी मर्जी कसम खिलवा ले कि . . .''

''तेरे जैसी औरतों की कसमें मेरे लिए कोई नई बात नहीं।''

''लेकिन . . .''

''अपनी खैरियत चाहती है तो ठीक से याद करके बता कि वह किस वक्त वापिस लौटा था?''

वह सोचने लगी। अब वह तनिक भयभीत दिखाई देने लगी थी।

मैं बड़े बेसब्रेपन से उसके बोलने की प्रतीक्षा करने लगा।

''मेरे खयाल से'' – अन्त में वह बोली – ''कोई छः-साढ़े छः बजे लौटा था।''

''यानी कि एक-डेढ़ घण्टा वह यहां से गायब रहा था?''

''हां।''

''यहां से शंकर मार्केट जाने-आने में इतना वक्त तो नहीं लगता!''

''यह बात तो है!''

''लेकिन अगर वह आगे सुन्दर नगर भी गया हो तो इतना वक्त लग सकता है। तुम्हारी जानकारी के लिए कत्ल पांच और छः बजे के दरम्यान हुआ था। यानी कि उस वक्फे में हुआ था जिसमें कि विपिन यहां से गैरहाजिर था।''

अब वह साफ-साफ फिक्रमन्द और डरी हुई दिखाई देने लगी।

उसके बाद उसके मिजाज ने अनोखी करवट ली। वह बाकायदा विपिन की पैरवी करने लगी और मुझे उसकी बेगुनाही का विश्वास दिलाने की पुरजोर कोशिश करने लगी।

मुझे जेल में बन्द उसके पति केदारे की किस्मत पर तरस आने लगा।

कैसी हर्राफा बीवी हासिल हुई थी उसे!

फिर मुझे अपनी बीवी का खयाल आया।

क्या फर्क था दोनों में?

सिवाय इसके कि उसका पति आजाद था और सन्तरा का पति जेल में था। सिवाय इसके कि मेरी बीवी को मुझे धोखा देने की अपेक्षाकृत कम सुविधा प्राप्त थी।

दोनों झूठी थीं, दोनों धोखेबाज थीं, दोनों बेवफा थीं, दोनों ने अपनी पतियों की पीठ पीछे यार पाले हुए थे।

मुझे लगा, मुझे केदारे पर नहीं, खुद अपने-आप पर तरस आना चाहिए था।

वह विपिन की हिमायत में बोल रही थी और मैं सोच रहा था कि मैं इस औरत का भला कैसे विश्वास कर सकता था?

मेरा ध्यान उसकी बातों में नहीं, उसका अपने व्यक्तिगत लाभ के लिए कोई इस्तेमाल सोचने में था। मैं कोई ऐसी तरकीब सोच रहा था जिससे वह स्थिति मेरे उस मिशन में मेरी सहायक सिद्ध हो सकती जिसके अन्तर्गत मैं अपनी बीवी की जान लेना चाहता था।

''बस कर!'' – एकाएक मैं उकताकर बोला – ''बहुत हुआ। अब और कब तक कान खाएगी?''

वह खामोश हो गई। उसने आहत भाव से मेरी तरफ देखा।

साली नौटंकीबाज!

''जा, मेरे लिए ड्रिंक बना के ला।''

उसके चेहरे के भाव बदले और ऐसे भाव आए जैसे मैंने उसे उसका पसन्दीदा काम बता दिया हो।

वह उठकर किचन में चली गई।

कुछ क्षण बाद व्हिस्की के दो गिलासों के साथ वापिस लौटी।

उसने आगे की ओर झुककर एक गिलास मुझे पेश किया।

मैंने देखा, उसके ब्लाउज के ऊपर के दो बटन खुले थे।

पहले तो सारे बटन बन्द थे!

जरूर वह अभी जब किचन में गई थी तो जान-बूझकर उन्हें खोलकर आई थी। अपने उन्नत उरोजों का मुझे नजारा कराने के लिए जो कि उस वक्त मुझे हो रहा था।

साली मुझे रिझाने की कोशिश कर रही थी।

उसके बारे में मेरा पहला अन्दाजा अब सौ फीसदी गलत साबित हो चुका था।

अब वह मुझे कोई क्लर्क, कोई अध्यापिका या कोई सोशल वर्कर नहीं लग रही थी। अब वह मुझे साफ-साफ वही लग रही थी जो कि वह थी।

वेश्या!

मैंने अपनी तरफ बढ़ा गिलास थामने की जगह उसकी कलाई थाम ली।

उसने ऐतराज न किया। वह बड़े अश्लील ढंग से मुस्कराई।

मैंने बारी-बारी दोनों गिलास उसकी गिरफ्त से आजाद किए और करीब पड़े स्टूल पर रख दिए। मैंने उसकी कमर में हाथ डालकर उसे अपनी तरफ खींचा तो वह मेरी गोद में आ गई। उसने अपनी दोनों बाहें मेरे गले में डाल दीं। मैंने उसे बुरी तरह से अपने साथ भींचा और अपने दांतों में लेकर उसके होंठ और गाल काटने लगा।

वह चीखने-कराहने लगी।

दर्द से नहीं –

आनन्द के अतिरेक से।

मेरा मन उसके प्रति घृणा से भर उठा।

गैर मर्द की बांहों में – उस हरामी के पिल्ले राजेश की बांहों में – ऐसे ही मेरी बीवी आनन्दभरी सिसकारियां भरती होगी।

बीवी का खयाल आते ही मैंने उसे यूं नोचना-खसोटना शुरू कर दिया जैसे अपनी बीवी का सारा गुस्सा मैं उस पर उतारना चाहता था।

वह लता की तरह मुझसे लिपटी रही।

दीवान की चूलें हिलती रहीं।

अभिसार के दौरान उसे गालियां देता और जलील करता मैं उसे समझाता रहा कि मैं उससे किस बात की उम्मीद कर रहा था। वह यूं हामी भरती रही जैसे कृत्य के दौरान यूं गालियां खाने की और जलील होने की उसे आदत थी और वह अपने ऊपर सवार मर्द का ऐसा व्यवहार पसन्द करती थी।

अन्त में मैं उससे अलग हटा।

उस क्षण वह दीवान पर सम्पूर्ण नग्नावस्था में पड़ी थी, और उसके चेहरे पर तृप्ति के ऐसे भाव थे जैसे कोई बिल्ली ढेर सारी मलाई चाटकर हटी हो।

मैंने उसकी तरफ पीठ फेर ली और अपने कपड़े व्यवस्थित करने लगा।

कुछ क्षण बाद मैं वापिस उसकी तरफ घूमा।

''कल मैं फिर आऊंगा।'' – मैं सख्त स्वर में बोला – ''सुबह ही आऊंगा। दस बजे के करीब। उस वक्त विपिन मेरे साथ होगा। तूने समझ लिया है न, कि तूने क्या कहना है?''

उसने सहमति में सिर हिलाया। मुंह से वह कुछ न बोली।

मैं वहां से विदा हो गया।

उस वक्त मेरे भीतर नफरत का लावा उबल रहा था – संतरा के लिए। अपनी बीवी के लिए। खुद अपने लिए।

□□□

मैं थाने पहुंचा।

टोकस मुझे कैण्टीन में मिला।

''बड़ी कड़क खबर है।'' – मुझे देखते ही वह बोला।

''विपिन के बारे में?'' – मैंने उसके सामने बैठते हुए पूछा।

''कृष्ण भार्गव के बारे में। सुनोगे तो फड़क जाओगे।''

''क्या खबर है?''

''सोमवार को – यानी कि जिस रोज निशा की हत्या हुई थी – भार्गव निशा के साथ उसके फ्लैट में था।''

''अच्छा!'' – मैं हैरानी से बोला – ''वो तो कहता था कि उसने एक हफ्ते से निशा की सूरत भी नहीं देखी थी!''

''कहता ही तो था! हकीकतन सोमवार शाम को वह न सिर्फ निशा से मिला था बल्कि उसकी उससे खूब तकरार भी हुई थी।''

''कैसे जाना?''

''तफतीश से जाना।'' – वह अकड़कर बोला – ''हाथ-पांव हिलाकर जाना। और कैसे जाना?''

मैंने एक सिगरेट सुलगा लिया।

''मेरा बाप कहा करता था कि मेहनत कभी जाया नहीं जाती।''

''कैसे जाना?'' – मैंने अपना प्रश्न दोहराया।

''आज मैं कृष्ण भार्गव की आसिफ अली रोड पर स्थित एडवरटाइजिंग एजेन्सी के ऑफिस में गया था। वहां भार्गव अभी पहुंचा नहीं था। उसके इन्तजार में मैंने वहां के स्टॉफ से कुछ पूछताछ की तो मुझे मालूम हुआ कि भार्गव का वहां काम करने वाली गरिमा सहाय नामक एक आर्टिस्ट से अफेयर था। मैं गरिमा सहाय से मिला। मेरी पुलिस की वर्दी पर निगाह पड़ते ही वह घबरा गई और बहुत नर्वस दिखाई देने लगी, जबकि अभी मैंने उसे यह तक नहीं बताया था कि मैं वहां किस फिराक में आया था। मुझे दाल में काला दिखाई देने लगा।''

वह ठिठका।

''इस दाल में काले की बाबत तुम्हारे बाप ने कुछ नहीं कहा था?''

''नहीं कहा था। कहा होता तो अब तक दोहरा चुका होता।''

''खैर! आगे?''

''आगे लम्बी कहानी को मुख्तसर करके सुनाऊं तो बात यह निकली कि भार्गव का गरिमा से अफेयर तो यकीनन था लेकिन पिछले छः महीनों से वह निशा के पीछे पड़ा हुआ था और गरिमा को इस बात की खबर थी। उसे भार्गव और निशा के गंठजोड़ की बात तब मालूम हुई थी जबकि वह किसी भी दिन यह उम्मीद कर रही थी कि भार्गव उसके आगे शादी का प्रस्ताव रखेगा। गरिमा के दिल को चोट पहुंचना स्वाभाविक था। फिर भार्गव के व्यवहार में भी तब्दीली आने लगी। वह गरिमा की तरफ से ठण्डा पड़ने लगा। गरिमा उसके उस रवैये से बहुत आगबगूला हुई। लेकिन वह सिवाय खून का घूंट पीकर रह जाने के कुछ कर तो सकती नहीं थी!''

''फिर?''

''वह कहती है कि निशा के कत्ल वाले दिन भार्गव तीन बजे के करीब एकाएक ऑफिस से चला गया था। वह अपने पार्टनर को बताकर गया था कि उसकी 'एम्बैसेडर' में एक क्लायण्ट के साथ अपॉइण्टमेंट थी। गरिमा कहती है कि उसे पक्की तरह से मालूम था कि उसकी ऐसी कोई अपॉइण्टमेंट नहीं थी।

यानी कि वह जरूर निशा से मिलने गया था। लिहाज़ा उस रोज उसने आर या पार जैसा कोई फैसला भार्गव से करने का निश्चय कर लिया।''

''ऐसा पटाक्षेप जैसा इरादा किसलिए?''

''वह गर्भवती जो थी!''

''भार्गव से?''

''और किससे? एक ही तो ब्वायफ्रेंड था उसका!''

''आई सी।''

''वह कहती है कि वह पहले 'एम्बैसेडर' ही गई थी लेकिन भार्गव वहां पहुंचा तक नहीं था। फिर वह सुन्दर नगर, उसके फ्लैट पर पहुंची। वह वहां भी नहीं था। फिर हिम्मत करके उसने निशा के फ्लैट की कॉलबैल बजा दी। रवि, भार्गव वहीं निकला। वहां तीनों में खूब तमाशा बना। वहां गुस्से में भरी गरिमा ने निशा को बता दिया कि वह भार्गव की मंगेतर थी और उसे उसके होने वाले पति के पीछे पड़ने का कोई हक नहीं था। उत्तर में निशा बोली कि वह नहीं, बल्कि उसका कथित होने वाला पति ही उसके पीछे पड़ा हुआ था और वह बड़े शौक से उसे वहां से ले जा सकती थी। गरिमा भार्गव को वहां से ले जाने में कामयाब न हो सकी। भार्गव ने उसे यह समझा-बुझाकर उसके घर भेज दिया कि उसे निशा से कोई बहुत जरूरी काम था जिसे करके वह सीधा उसके पास पहुंचेगा। गरिमा उसका कहना मानकर अपने घर चली आई लेकिन वहां प्रतीक्षा ही उसके पल्ले पड़ी, भार्गव वहां कभी न पहुंचा।''

''यानी कि अभी पांच बजे के बाद भी वह वहीं था?''

''जाहिर है। पांच तक उसकी वहां मौजूदगी तो तसदीकशुदा बात है। उसके बाद भी अगर उसने फौरन वहां से कूच कर जाना होता तो वह गरिमा के साथ ही न चला जाता?''

''हूं। और ये तमाम बातें गरिमा ने खुद तुम्हें बताईं?''

''हां।''

''यानी कि वह भार्गव के व्यवहार से सुलगी बैठी है और भार्गव अगर इस बखेड़े में फंसता है तो उसे खुशी होगी?''

''खुशी नहीं होगी तो अफसोस भी नहीं होगा।''

''हूं।''

''बहरहाल उसकी गवाही निर्विवाद रूप से यह साबित करती है कि हत्या के समय के आसपास भार्गव निशा के पास उसके फ्लैट में था, अकेला था और वहां झगड़े-फसाद और तकरार का माहौल स्थापित था।''

''अब बोलो। मैं नहीं कहता था कि कल भार्गव ने तुम्हें पुच-पुच करके बहला दिया था?''

वह खामोश रहा।

''भार्गव से बात हुई तुम्हारी?'' – मैंने पूछा।

''अभी नहीं। अभी वह मेरे काबू में नहीं आया। मेरी उसके ऑफिस में मौजूदगी तक वह वहां नहीं पहुंचा था।''

''अब शायद पहुंच गया हो!''

''शायद।''

मैंने घड़ी देखी। शाम होने में अभी काफी वक्त था।

''मैं भार्गव से मिलना चाहता हूं।'' – मैं बोला – ''उसके ऑफिस में चला जाए?''

''जरूर! क्या हर्ज है?''

''फौरन!''

''ठीक है।''

वह एक अत्याधुनिक, पूरी तरह से वातानुकूलित, निहायत शानदार ऑफिस था।

भार्गव के बारे में पूछने से पहले हमने गरिमा सहाय के बारे में पूछा।

मालूम हुआ उसकी एकाएक तबीयत खराब हो गई थी इसलिए हाफ-डे के बाद छुट्टी करके वह घर चली गई थी।

भार्गव ऑफिस में मौजूद था।

एक चपरासी ने हमें उसके केबिन में पहुंचाया।

वह एक फिल्म अभिनेताओं जैसी खूबसूरती और सजधज वाला आदमी

था। सूरत से जितना जहीन लगता था, उतना ही वह डरपोक भी निकला।

टोकस ने उसे मेरा परिचय दिया।

उसने मुझसे हाथ मिलाया। मुझे उसके हाथ में कम्पन साफ महसूस हुई।

हम उसके सामने बैठ गए।

उस पर मनोवैज्ञानिक प्रभाव छोड़ने के लिए बोलने से पहले मैंने उसे घूरना आरम्भ कर दिया।

वह बेचैनी से पहलू बदलने लगा।

''मिस्टर भार्गव'' – मैंने जानबूझकर न समझ में आने वाला सवाल किया – ''क्या जवाब है आपके पास?''

''किस बात का?'' – वह नर्वस भाव से बोला।

''इस बात का कि निशा की हत्या के समय के आसपास आप उसके फ्लैट में थे?''

''कैसे जाना?'' – वह घबराकर बोला।

''यह मेरे सवाल का जवाब नहीं।''

''जरूर गरिमा सहाय ने बताया होगा!''

''किसी ने भी बताया हो, आप बताइए कि यह बात सच है या नहीं?''

''गरिमा के सिवाय'' – वह यूं बोला जैसे अपने-आपको समझा रहा हो – ''यह बात और कोई आपको बता ही नहीं सकता था। और कोई इस बात को जानता ही नहीं।''

''मिस्टर भार्गव, मैंने आपसे एक सवाल पूछा है।''

''हां। हां। पूछा है। आप . . . मैं अपने वकील को यहां बुला सकता हूं?''

''किसलिए? आपकी तरफ से इस सवाल का जवाब देने के लिए?''

''नहीं। उसकी कानूनी राय हासिल करने के लिए?''

''किस बाबत?''

''इसी बाबत कि मैं आपके किसी सवाल का जवाब देने के लिए बाध्य हूं या नहीं।''

''यह तो मैं ही आपको बता देता हूं।''

''आप?''

''जी हां। आप मेरे किसी सवाल का जवाब देने के लिए बाध्य नहीं हैं, मेरा मतलब है, इस वक्त बाध्य नहीं हैं।''

''मतलब?''

''मतलब यह कि अगर आप मेरे सवाल का जवाब नहीं देंगे तो मैं आपको सन्देह के आधार पर गिरफ्तार कर लूंगा। फिर पुलिस लॉकअप में ही आपकी अपने वकील से मुलाकात मुमकिन होगी और तब वह आपको यही राय देगा कि अगर आप हत्यारे हैं तो आप बेशक अपना मुंह बन्द रखिए लेकिन अगर आप बेगुनाह हैं तो आपके लिए समझदारी की बात यही है कि आप पुलिस के साथ सहयोग की भावना से पेश आएं और पुलिस के हर सवाल का जवाब दें। अब फैसला आपके हाथ में है कि इस नतीजे पर आप आज रात तक या कल दोपहर तक लॉकअप में बैठकर पहुंचना चाहते हैं या अभी पहुंचना चाहते हैं।''

''मैं बेगुनाह हूं।'' – वह भयभीत भाव से बोला।

''वैरी गुड। इससे अच्छी बात और क्या हो सकती है!''

''गरिमा सहाय को मुझसे शिकायत है। वह मुझसे खफा है। इसलिए उसको मेरे खिलाफ निष्पक्ष गवाह नहीं माना जा सकता।''

''कबूल। अगर मुझे आपकी इस बात से इत्तफाक न होता तो मैं इस वक्त यहां आपके सामने न बैठा होता, तो मैं आपको अपनी सफाई का मौका न दे रहा होता।''

''यू आर राइट देयर।''

''अब कह डालिए अपनी कहानी। और झूठ से परहेज ही रखिएगा। झूठ चलने का नहीं है और सच बोलने का भी आपको दूसरा मौका कम-से-कम मैं नहीं देने वाला।''

''मैं आपसे झूठ नहीं बोलूंगा।''

''जानकर खुशी हुई।''

''काश'' – टोकस व्यंग्यपूर्ण स्वर में बोला – ''यही भावना आपके मन में तब भी होती जब मैंने आपका पहली बार बयान लिया था!''

"तब कोई वजह थी।" – वह धीरे से बोला।

"क्या वजह थी? पहले वह वजह ही बताइए।"

"मैं इस एडवरटाइजिंग एजेन्सी का मालिक नहीं, पार्टनर हूं।"

"मालूम है।"

"लेकिन यह मालूम नहीं होगा कि जिस शख्स का मैं पार्टनर हूं, वह मेरा सगा चाचा है!"

"तो?"

"मेरा चाचा पुराने जमाने का आदमी है और कुछ मामलों में बहुत सख्तमिजाज है। मिसाल के तौर पर वह यह बर्दाश्त नहीं कर सकता कि उसके भतीजे का दफ्तर की किसी महिला कर्मचारी से कोई अफेयर हो। गरिमा उस रोज यहां से अपनी ड्यूटी छोड़कर मेरे पीछे-पीछे गई थी। मैं सोमवार शाम को निशा के फ्लैट में था और गरिमा ऊपर से वहां आ गई थी और उसने वहां मुझे अपना मंगेतर बताया था, यह बात अगर मेरे चाचा को पता लगती तो वह बहुत लाल-पीला होता। मैं उसका सगा भतीजा हूं, उसके दिवंगत भाई की इकलौती निशानी हूं, वह मुझे तो डांट-फटकारकर ही तसल्ली कर लेता लेकिन गरिमा को वह शर्तिया नौकरी से निकाल देता। मैं जानता हूं कि गरिमा को इस नौकरी की कितनी सख्त जरूरत है। उसकी भलाई की खातिर मैंने इस मामले में खामोश रहना ही मुनासिब समझा था।"

"हूं। अब सच क्या है, वह भी जरा तरतीब से, जरा तफसील से सुनाइए।"

उसने सुनाया।

उसने कबूल किया कि वह निशा की फिराक में था। वे एक ही इमारत में रहते थे इसलिए वहां उनका आमना-सामना होना तो स्वभाविक ही था। उसे निशा बहुत पसन्द आई थी और उसे इस बात में भी कोई बुराई नहीं दिखाई दी थी कि वह एक कैब्रे डांसर थी।

"मैंने उससे कोई शादी थोड़े ही करनी थी! मैं तो उससे मौज-मेले का रिश्ता स्थापित करने का ख्वाहिशमन्द था।"

‘‘ऐसा ही रिश्ता आप गरिमा से भी स्थापित किए हुए थे!’’ – मैं बोला।

‘‘उसे शादी का झांसा देकर!’’ – टोकस बोला।

‘‘यह बात गलत है।’’ – वह विरोधपूर्ण स्वर में बोला – ‘‘मैंने गरिमा से कभी नहीं कहा था कि मैं उससे शादी कर लूंगा।’’

‘‘लेकिन वह तो आपसे यही उम्मीद कर रही थी! तभी तो उसने अपना सब कुछ आपके हवाले कर दिया!’’

‘‘सब कुछ?’’

‘‘वह गर्भवती है।’’

‘‘अच्छा! मुझे नहीं मालूम था।’’

‘‘अब आप कहेंगे कि उसने किसी और से मुंह काला किया होगा?’’

‘‘नहीं कहूंगा। अगर वह गर्भवती है तो इसके लिए जिम्मेदार जरूर मैं ही हूं।’’

‘‘आप उससे खिलवाड़ कर रहे होंगे, मिस्टर भार्गव।’’ – टोकस बोला – ‘‘लेकिन वह आपके प्रति बहुत गम्भीर थी। इसीलिए उसने निशा को कहा था कि आप उसके होने वाले पति थे।’’

‘‘और’’ – मैं बोला – ‘‘जाहिर है कि इसीलिए वह आपके पीछे-पीछे निशा के फ्लैट पर पहुंच गई थी। निशा से आपकी हिफाजत करने के लिए।’’

‘‘मेरी हिफाजत करने के लिए?’’

‘‘जी हां।’’

‘‘मुझे ऐसी किसी हिफाजत की जरूरत नहीं थी।’’

‘‘वह तो समझती थी न, कि थी!’’

वह खामोश रहा।

‘‘बहरहाल’’ – मैं बोला – ‘‘हमें इस बात से कोई मतलब नहीं कि आपका गरिमा से या उस जैसी और कितनी लड़कियों से कैसा रिश्ता है! आपकी जाती जिन्दगी में दखल देने का हमारा कोई इरादा नहीं। हम सिर्फ यह जानना चाहते हैं कि सोमवार शाम को आप यहां से उठकर निशा के फ्लैट पर क्यों गए और वहां आपने क्या किया?’’

''सुनिए। मुझे कुछ दिन पहले ऐसा अहसास हुआ था कि निशा एकाएक मुझसे उखड़ने लगी थी। मेरे जिद करने पर उसने मुझे बताया था कि किसी गरिमा नाम की लड़की ने उसे फोन किया था और कहा था कि मैं उसका होने वाला पति था इसलिए निशा उसका पीछा छोड़ दे। वह बोली कि वह आशिकी की ऐसी किसी फिल्मी त्रिभुज का एक कोण नहीं बनना चाहती थी। मैं उसे समझाना चाहता था कि वह बात सच नहीं थी और गरिमा ने जो कुछ कहा था, ईर्ष्या की भावना से प्रेरित होकर कहा था। निशा को यही समझाने की नीयत से मैं सोमवार शाम को उसके फ्लैट पर गया था। बड़ी मुश्किल से तो वह मुझसे मिलने को तैयार हुई थी! मैं उसे डिनर पर इनवाइट करना चाहता था लेकिन वह मानी नहीं थी।''

''क्यों?''

''क्योंकि, बकौल उसके, वह पहले ही किसी और का डिनर का निमन्त्रण स्वीकार कर चुकी थी। उसने मुझे इतनी ही इजाजत दी थी कि डिनर टाइम से पहले मैं उसके फ्लैट पर उससे मिलने आ सकता था।''

''आप तीन बजे यहां से गए थे?''

''हां।''

''सीधे निशा के फ्लैट पर?''

''नहीं। पहले मैं रास्ते में एक जगह रुका था। फिर मैं अपने फ्लैट पर गया था। वहां मैंने नहा-धोकर कपड़े बदले थे और फिर मैं निशा के फ्लैट पर पहुंचा था।''

''तब वक्त क्या रहा होगा?''

''घड़ी तो मैंने देखी नहीं थी। अगर मुझे पता होता कि बाद में पुलिस द्वारा ऐसे सवाल पूछे जाने वाले थे तो मैं जरूर देखता।''

''अन्दाजा ही बताइए।''

''अन्दाजा तो पांच के आसपास के वक्त का ही है!''

''निशा फ्लैट में अकेली थी?''

''हां। और उसकी पोशाक बता रही थी कि दरवाजा खोलने के लिए वह

बैडरूम से उठकर आई थी। वैसे भी मुझे बाहर ड्राइंगरूम में बिठाने की जगह वह मुझे भीतर बैडरूम में अपने साथ ले गई थी।''

''फिर?''

''फिर मैंने अपनी सफाई देनी शुरू की लेकिन निशा पर उसका कोई असर न हुआ। गरिमा ने उसे कुछ ज्यादा ही विश्वास दिला दिया था कि मैं उसका होने वाला पति था। हर बार निशा ने यही कहा कि अब मुझे उससे मिलना-जुलना बन्द कर देना चाहिए था। वह किसी झमेले में नहीं फंसना चाहती थी इसलिए अब वह मेल-मुलाकात बेमानी थी।''

''उसके उस जवाब की आप पर क्या प्रतिक्रिया हुई?''

''प्रतिक्रिया तो बुरी ही हुई! बहुत गुस्सा आया मुझे। बहुत तौहीन लगी मुझे अपनी। वह साफ-साफ मुझे दुत्कार रही थी। वह कोई चरित्रवान लड़की तो थी नहीं, फिर उसे इस बात से क्या ऐतराज होना चाहिए था कि मेरा किसी और लड़की से अफेयर था। लेकिन वह तो मेरे साथ यूं पेश आ रही थी जैसे वह कोई खानदानी कुमारी कन्या थी और अपने और गरिमा के अफेयर को उससे छुपाकर मैंने उसका दिल तोड़ दिया था। उसके कई मर्दों से सम्बन्ध थे . . .''

''आपको कैसे मालूम है?''

''यह मालूम होना क्या बड़ी बात थी, साहब! उसकी फ्लैट की सजधज पर ही एक निगाह डालने पर अन्धे को भी मालूम हो सकता था कि वह क्या चीज थी! वह औरत बहुत लोगों को हासिल थी।''

''सिवाय आपके?''

''यही समझ लीजिए। मैं तो अभी उसके नाज-नखरे ही उठा रहा था और उसके बिस्तर में अपनी प्रोमोशन के सपने ही देख रहा था कि उसने मुझे लाल झण्डी दिखा दी थी।''

''इसीलिए आप ताव खा गए थे, क्योंकि वह आपके हाथों से निकली जा रही थी?''

''हां।''

''फिर क्या हुआ?''

''फिर एकाएक गरिमा वहां पहुंच गई और बिगड़ी बात बनने की जो थोड़ी-बहुत गुंजाइश बाकी थी, वह भी खत्म हो गई।''

''फिर?''

''फिर वही सब कुछ, जो वह निशा को पहले फोन पर कह चुकी थी, दोबारा उसके मुंह पर कहने लगी। निशा और भी हत्थे से उखड़ गई। मैंने बड़ी मुश्किल से गरिमा को समझा-बुझाकर वहां से इस वादे के साथ उसके घर भेजा कि मैं भी थोड़ी देर बाद वहां पहुंचता हूं।''

''उसके बाद?''

''उसके बाद मैंने फिर निशा को समझाना-बुझाना शुरू किया लेकिन तब तक वह पूरी तरह से मुझसे विमुख हो चुकी थी और मुझसे भविष्य में कोई वास्ता न रखने का पक्का फैसला कर चुकी थी। मेरी मिन्नत-समाजत का तो उस पर कोई असर हुआ नहीं, उलटे उस औरत ने मेरी बहुत बेइज्जती की।''

''और उसी बेइज्जती से भड़ककर आपने उसके सिर पर पत्थर का फूलदान दे मारा।''

''हरगिज नहीं।''

''आपने उसका खून नहीं किया?''

''नहीं किया।''

''आप उसे जीती-जागती, सही-सलामत अपने पीछे छोड़कर वहां से विदा हुए थे?''

''हां।''

''गरिमा के वहां से जाने के बाद कितना अरसा आप वहां ठहरे थे?''

''यही कोई दस मिनट।''

''वहां से निकलकर कहां गए थे?''

''जाना तो मुझे गरिमा के घर था लेकिन मेरा मूड इतना खराब हो चुका था कि मैं सीधा जनपथ पहुंचा और 'इम्पीरियल' के बार में जा बैठा।''

''मिस्टर भार्गव, आप ऐन हत्या के वक्त निशा के साथ उसके फ्लैट में थे, अकेले थे और वहां आप दोनों के बीच ऐसी तकरार भी हुई थी जिसकी वजह से आग-बगूला होकर आप उस पर वार कर सकते थे। आप पढ़े-लिखे, समझदार आदमी हैं, इतना आपको भी महसूस होना चाहिए कि चाहे फिलहाल हम आपके खिलाफ कुछ साबित नहीं कर सकते लेकिन सरकमस्टांशियल इवीडेंस की बिना पर आप पर हत्या का सन्देह किया जा सकता है।''

''सरासर किया जा सकता है, साहब। किया जा रहा है इसीलए तो मैं फिक्र से अधमरा हुआ जा रहा हूं। लेकिन जनाब, अगर मैंने कत्ल ही करना होता तो गरिमा का करता जिसने कि मेरा काम बिगाड़ा था। जिस औरत की ख्वाहिश में मैं दीन-हीन होकर उसके कदमों में बिछा जा रहा था, उसका कत्ल करके मुझे क्या हासिल होता?''

''यह इनसानी फितरत होती है, कई बार जब उसकी कोई पसन्दीदा चीज उसे हासिल नहीं होती तो वह उसे तबाह कर देना चाहता है ताकि वह चीज अगर उसे हासिल न हो तो किसी और को भी हासिल न हो।''

वह बात कहते समय मुझे ऐसा लग रहा था जैसे मैं वह भार्गव और निशा के बारे में नहीं, अपने और अपनी बीवी के बारे में कह रहा था।

''बिल्कुल!'' – टोकस चुटकी बजाता बोला – ''यही मेरा बाप कहा करता था।''

''इन्सपेक्टर साहब, मैं बेशुमार लड़कियों से ऐसे रिश्ते जोड़ चुका हूं और बेशुमार लड़कियों द्वारा रिजेक्ट किया जा चुका हूं। दिस इज आल इन दि गेम। यू कैन नॉट विन दैम आल। अगर मैं अपना प्रणय-निवेदन ठुकराने वाली हर लड़की का खून करता तो अब तक तो मैं दर्जनों खून कर चुका होता।''

''शायद कर चुके होवो!'' – टोकस बोला।

भार्गव ने शिकायतभरी निगाह से उसकी तरफ देखा।

टोकस परे देखने लगा।

''एनी वे'' – मैं एकाएक उठ खड़ा हुआ – ''फिलहाल हम यहां से रुखसत हो रहे हैं लेकिन जाने से पहले आपको फिर याद दिला जाना चाहते हैं कि अभी

आप सन्देह से बरी नहीं हैं। आपने पुलिस को उपलब्ध रहना है, कहीं गायब नहीं हो जाना है।''

''फ्लाइट इज एन इवीडेंस ऑफ गिल्ट।'' – टोकस बोला – ''मेरा बाप कहा करता था।''

''मैं कहीं गायब नहीं होने वाला।'' – भार्गव बोला।

''गुड।'' – मैं बोला।

हैडक्वार्टर में मैं ए.सी.पी. के सामने पेश हुआ।

मैंने उसे भार्गव के बारे में बताया।

''वह लड़का हत्यारा हो सकता है।'' – सारी बात सुन चुकने के बाद ए.सी.पी. गम्भीरता से बोला – ''उस पर मनोवैज्ञानिक दबाव डालो। उसे यहां तलब करो और अच्छी तरह से ग्रिल करो।''

''यस, सर!''

''टोकस ऐसे कामों में होशियार है। तुम उसे भार्गव के पीछे डाल दो।''

''बेहतर।''

''लेकिन अभी उसे गिरफ्तार नहीं करना है। अभी उसे थर्ड डिग्री का एक डोज देकर रिहा कर दो और फिर देखो कि वह किस करवट चलता है।''

''ठीक है।'' – मैं एक क्षण ठिठका और फिर बोला – ''साहब, शाम को रामकुमार अग्रवाल यहां आने वाला था। शाम तो हो गई है और वह . . .''

''वह यहां आया था'' – ए.सी.पी. मेरी बात काटता बोला – ''और मेरा उससे बहुत विस्तृत वार्तालाप हो भी चुका है।''

''ओह!'' – मैं तनिक मायूसी से बोला। मैं उम्मीद कर रहा था कि अग्रवाल से वार्तालाप मेरी मौजूदगी में होगा लेकिन ऐसा नहीं हुआ था। अग्रवाल वहां आकर जा भी चुका था।

और जा भी चुका था, इसी से साबित होता था कि वह ए.सी.पी. को कोई पुड़िया देने में कामयाब हो गया था। बड़ा आदमी जो ठहरा!

''क्या बताया उसने?'' – प्रत्यक्षत: मैं उत्सुक भाव से बोला।

''उसने कबूल किया है कि मकतूला से उसके नाजायज ताल्लुकात थे। उसने यह भी कबूल किया है कि मकतूला उसे ब्लैकमेल कर रही थी।''

मैंने मन-ही-मन सन्तोष का अनुभव किया।

आखिर मेरा तुक्का निशाने पर बैठा था।

''किस बिना पर?'' – मैंने पूछा।

''किसी ने पता नहीं कैसे उसकी और निशा की बड़ी गन्दी तस्वीरें खींच ली थीं।'' – ए.सी.पी. बोला।

''गन्दी तस्वीरें?''

''हां। ऐसी तस्वीरें जिनमें अग्रवाल और निशा सम्पूर्ण नग्नावस्था में सम्भोगरत दिखाए गए हैं। यह देखो।''

उसने पोस्टकार्ड साइज की दो तस्वीरें मेरे सामने उछाल दीं।

मैंने उन तस्वीरों को उठाकर उन पर एक निगाह डाली तो तुरन्त मुझे उन नेगेटिवों का खयाल आया जो मैंने श्रीवास्तव के होटल के कमरे से बरामद किए थे, जिनमें से कुछ मेरे बटुवे में मौजूद थे और अपनी सारे दिन की व्यस्तता में जिनके प्रिंट बनवाना मैं कतई भूल गया था जबकि वे मैंने बटुवे में रखे ही इस नीयत से थे।

लेकिन अब मुझे उन नेगेटिवों के प्रिंट बनाने की जरूरत महसूस नहीं हो रही थी। मेरे हाथ में थमे दो प्रिंट्स के पोज ही बता रहे थे कि वे शर्तिया उन्हीं नेगेटिवों से बने प्रिंट थे जिनमें से कुछ मेरे बटुवे में मौजूद थे।

तस्वीरें देखकर मुझे इस बात से शर्म आने लगी कि मैं अपने ए.सी.पी. के सामने बैठा था।

वे निशा और रामकुमार अग्रवाल की तस्वीरें थीं और बहुत ही गन्दी तस्वीरें थीं।

मैंने उन्हें जल्दी से उलटी करके वापस ए.सी.पी. के सामने रख दिया।

ए.सी.पी. ने उन्हें सहज भाव से उठाया और लापरवाही से वापिस दराज में डाल दिया।

''यह सिर्फ नमूना है।'' – वह बोला – ''तस्वीरें और भी होंगी।''

''जरूर होंगी। दो से क्या बनता है!''

''ये दो तस्वीरें अग्रवाल को ब्लैकमेल की धमकी के साथ डाक से हासिल हुई थीं। वह इतना डरा था कि उसने फौरन वह रकम भिजवा दी थी जिसकी कि उससे मांग की गई थी।''

''किसको? निशा को?''

''नहीं। रकम उसने चैक द्वारा नई दिल्ली जी. पी. ओ. के एक पोस्ट बॉक्स नम्बर को मेल कर दी थी।''

''चैक पर उसने किसी का नाम तो लिखा होगा?''

''नहीं लिखा था। जिसको चैक हासिल हुआ होगा, उसने खुद कोई नाम लिख लिया होगा। चैक बियरर था इसलिए 'सैल्फ' लिखना भी चल सकता था।''

''साहब, अग्रवाल में इतनी अक्ल तो होगी कि वह यह समझ सके कि जब इस कुकृत्य में दो जने शरीक हैं और ब्लैकमेल सिर्फ एक को किया जा रहा है तो दूसरे का ब्लैकमेलर से कोई रिश्ता होना चाहिए?''

''तुम्हारा मतलब है, इस बाबत उसे निशा से बात करनी चाहिए थी?''

''जी हां।''

''वह कहता है, उसने बात की थी लेकिन निशा ने यही कहा था कि उन तस्वीरों से या ब्लैकमेलर से उसका कोई रिश्ता नहीं था। उसने यह भी कहा था कि उसकी इज्जत की खातिर अग्रवाल को वे तस्वीरें और नेगेटिव ब्लैकमेलर से फौरन वापिस हासिल करने चाहिए थे।''

''यह तो ब्लैकमेल के लिए मुर्गा कल्टीवेट करने जैसा काम हो गया! अग्रवाल इतना अक्ल का अन्धा लगता तो नहीं कि उसे यह बात समझ न आई हो!''

''इश्क में आदमी अक्ल का अन्धा ही बन जाता है।''

जैसे पिछले तीन साल से अपनी बीवी के इश्क में मैं बना हुआ था।

''वैसे वह कहता है कि पिछले दिनों उसके लड़की से वो मधुर सम्बन्ध स्थापित नहीं रहे थे जो कि एक धनवान व्यक्ति के उसकी रखैल से होने चाहिए

थे। वह लड़की से बोर हो चुका था और उससे कन्नी काटना शुरू कर भी चुका था। निशा ऐसा मोटा मुर्गा यूं हाथ से नहीं निकल जाने देना चाहती थी इसलिए वह उसे अक्सर धमकाया करती थी कि अगर उसने उसे छोड़ा तो वह उस रिश्तेदारी की खबर उसकी बीवी को कर देगी।''

''यह भी तो ब्लैकमेलिंग ही हुई!'' – मैं बोला।

''हुई। इसीलिए मैं सोचता हूं कि शायद निशा का इन तस्वीरों से कोई रिश्ता न हो।''

''इन तस्वीरों की पृष्ठभूमि की कुछ चीजें मैंने पहचानी हैं। मुझे ये निशा के बैडरूम की तस्वीरें मालूम होती हैं। निशा की रजामंदी के बिना कोई तीसरा आदमी निशा के बैडरूम में कैसे दाखिल हो सकता है और ये तस्वीरें कैसे खींच सकता है?''

''अग्रवाल कहता है कि यह बात उसे भी खटकी थी। उसने निशा से इस बाबत सवाल किया था। लड़की का जवाब था कि जरूर वे तस्वीरें किसी ने फायर एस्केप पर खड़े होकर खींची थीं। अग्रवाल कहता है कि ऐसा हो सकता था क्योंकि बैडरूम की खिड़की के पास से ही फायर एस्केप की गोल सीढ़ियां गुजरती थीं।''

''ओह! और क्या कहता है अग्रवाल?''

''कबूल करता है कि रविवार की रात को और सोमवार दोपहरबाद तक वह निशा के फ्लैट में उसके साथ था। तीन बजे वह वहां से विदा हुआ था और कार से ही फरीदाबाद वापिस लौट गया था!''

''सुन्दर नगर से फरीदाबाद का रास्ता मुश्किल से पौने घण्टे का है। इस लिहाज से चार बजे से पहले वह फरीदाबाद पहुंच गया होगा।''

''करैक्ट! वहां उसने अपनी कार सर्विसिंग के लिए एक गैराज के हवाले कर दी थी। मैंने फोन करके मालूम किया है। वह चार बजे के करीब ही कार लेकर वहां पहुंचा था। कार अभी भी वहीं है।''

''लेकिन साहब, कार की फरीदाबाद में मौजूदगी तो यह साबित नहीं करती

कि वह भी फरीदाबाद में ही था। मुमकिन है, वह किसी और कार द्वारा या बस द्वारा दिल्ली वापिस लौटा हो और निशा का कत्ल करके फिर वापिस फरीदाबाद चला गया हो!''

''सरासर मुमकिन है लेकिन उसका दावा यही है कि सोमवार को वह दिल्ली वापिस नहीं लौटा था। वह कहता है कि सोमवार के बाद वह आज ही पुलिस के बुलावे पर दिल्ली आया था।''

''यह बात हमें उसे प्वायण्ट आउट करनी चाहिए थी।''

''मैंने की थी। मैंने उसे सन्देह के आधार पर गिरफ्तार कर लेने की भी धमकी दी थी लेकिन वह विचलित नहीं हुआ था। मेरे समझाने पर भी विचलित नहीं हुआ था कि हत्या का उसके पास बड़ा तगड़ा उद्देश्य था, कि लड़की उसे ब्लैकमेल कर रही थी और यह कि वह हत्या के समय की अपनी कोई एलीबाई भी पेश नहीं कर पा रहा था।''

''वह क्या कहता है, कहां था वह हत्या के समय?''

''सुनोगे तो कलप जाओगे।''

''कहां था वह?''

''नीलम सिनेमा में। सिनेमा देख रहा था।''

उस कत्ल से सम्बन्धित वह तीसरा शख्स था जो हत्या के समय सिनेमा देख रहा था।

''अकेला या किसी के साथ?''

''अकेला।''

''सिनेमा देखने का बहुत शौकीन होगा?''

''नहीं था। लेकिन कहता है कि उस रोज वह इतनी परेशानी महसूस कर रहा था कि गाड़ी को गैराज में देने के बाद सिनेमा हाल में जा बैठा था। गैराज नीलम चौक में नीलम सिनेमा हाल की बगल में ही है।''

''वह फरीदाबाद की मशहूर हस्ती है। किसी ने तो उसे सिनेमा में देखा होगा?''

''किसी ने नहीं देखा। वह कहता है कि जब वह सिनेमा में दाखिल हुआ

था तो पिक्चर शुरू हो चुकी थी। यानी वह अंधेरे में हाल में जाकर बैठा था।''

''बाद में वहां से निकलते वक्त तो भीड़ के साथ निकला होगा?''

''नहीं निकला था। कहता है कि इण्टरवल के बाद बोर होने लगा था और फिर शो खत्म होने से पहले ही वहां से उठकर चला आया था।''

''यह तो बड़ी गोलमोल ढीली-ढाली बात है!''

''करैक्ट! साफ-साफ पुलिस की जुबान में कहा जाए तो हत्या के वक्त की उसके पास कोई एलीबाई नहीं। वह यह साबित नहीं कर सकता कि हत्या के समय घटनास्थल से बत्तीस किलोमीटर दूर वह एक दूसरे शहर में सिनेमा देख रहा था।''

''साहब, फिर भी आपने उसे रिहा कर दिया?''

''हां। फिलहाल। लेकिन उसके बड़ा आदमी होने का रोब खाकर नहीं बल्कि उसके व्यवहार की एक विचित्रता की वजह से।''

''वह क्या?''

''शर्मा, कत्ल की उसे कतई कोई परवाह नहीं मालूम होती थी। वह अगर फिक्रमन्द था तो अपनी गन्दी तस्वीरों के लिए जिनको वापिस हासिल करने में हमारी मदद के लिए वह बाकायदा गिड़गिड़ा रहा था। लेकिन निशा के कत्ल को तो उसने अपनी नाक पर बैठी मक्खी जितनी भी अहमियत नहीं दी थी। दूसरी बात यह कि अगर उसने निशा का इसलिए कत्ल किया होता क्योंकि उन गन्दी तस्वीरों के माध्यम से वह उसे ब्लैकमेल कर रही थी तो उन तस्वीरों की बाबत उसने हमें कभी न बताया होता। और अगर वह खुद न बताता तो यह बात हमें कभी मालूम न होती।''

तुरन्त मेरा ध्यान उस वक्त भी अपनी जेब में मौजूद नेगेटिवों की तरफ गया। मैंने एक बहुत अहम बात ए.सी.पी. से छुपाई हुई थी। उस बात की अगर उसे खबर लग जाती तो वह शर्तिया मेरा बाजा बजा देता।

''अब हमारे सामने'' – ए.सी.पी. बोला – ''एक बहुत जरूरी काम यह भी है कि हमने इन तस्वीरों के नेगेटिव तलाश करने हैं। अब अगर हम यह मानकर चलें कि इन तस्वीरों के माध्यम से अग्रवाल को ब्लैकमेल करने की स्कीम में

निशा का भी हाथ था तो नेगेटिव निशा के फ्लैट में भी हो सकते हैं।''

''वहां नहीं हैं। शर्तिया नहीं हैं। मैं गारण्टी करता हूं। वहां की बहुत बारीकी से तलाशी ली गई थी।''

''तो फिर वे उसने कहीं और छुपाए होंगे। तो फिर वे ब्लैकमेलिंग में उसके पार्टनर के पास होंगे।''

''पार्टनर?''

''हां। वह शख्स जिसने कि वे तस्वीरें खींची थीं और जो बकौल तुम्हारे, निशा की रजामन्दगी के बिना उसके बैडरूम में घुसा बैठा नहीं हो सकता था।''

पार्टनर!

फौरन मेरा ध्यान श्रीवास्तव की तरफ गया।

''शर्मा, उन नेगेटिवों को इस केस के हल की कुंजी समझो। उनकी बरामदी हुई नहीं और केस हल हुआ नहीं।''

वह कुंजी मेरी जेब में थी।

और मैं उल्लू-सा नक्शा ताने ए.सी.पी. के सामने बैठा था।

वैसे अब मुझे एक नई फिक्र सताने लगी थी।

अगर वाकई श्रीवास्तव को मालूम था कि उसके होटल के कमरे से जेवर मैंने गायब किए थे तो अब तक वह नेगेटिव वहां से गायब कर चुका हो सकता था।

मुझे फौरन पहाड़गंज, उसके होटल में पहुंचना निहायत जरूरी लगने लगा।

''मैं'' – प्रत्यक्षत: मैं बोला – ''उन नेगेटिवों की तलाश की पूरी कोशिश करूंगा।''

''गुड!''

फिर ए.सी.पी. ने मुझे डिसमिस कर दिया।

मैं गलियारे में से गुजर रहा था कि मुझे टोकस ने पुकारा।

मैं ठिठका, घूमा।

हाथ में एक चिट्ठी थामे वह मेरी तरफ बढ़ रहा था।

''तुम्हारी यह चिट्ठी आई पड़ी है।'' – चिट्ठी का बन्द लिफाफा मुझे थमाता

वह बोला।

''थैंक्यू।'' – मैं बोला।

''तुम'' – वह उत्सुक भाव से बोला – ''अपनी डाक अपने घर के पते पर नहीं मंगाते हो?''

''वहीं मंगाता हूं।''

''तो यह चिट्ठी . . .''

''इत्तफाक से यहां आ गई है। पता नहीं किसने भेजी है?''

''ओह!''

हकीकतन मुझे खूब मालूम था कि वह चिट्ठी मुझे किसने भेजी थी।

वह चिट्ठी मुम्बई पुलिस में नौकरी में लगे मेरे उसी दोस्त की थी जिसकी एक चिट्ठी मुझे सोमवार भी हासिल हुई थी, और जिसकी वजह से मुझे मालूम हुआ था कि मेरी भोली-भाली बीवी वास्तव में शीला अत्रे नाम की एक सजायाफ्ता मुजरिम थी।

चोर-सिपाही की कितनी अच्छी जोड़ी थी हमारी!

''मैं अभी आया।'' – मैं बोला और टोकस को वहां खड़ा छोड़कर टॉयलेट में घुस गया।

एक लैवटरी स्टॉल में दाखिल होकर मैं कमोड की सीट पर बैठ गया।

मैंने मुम्बई से आया पत्र खोला और वहां के नीमअंधेरे में उसे पढ़ा।

लिखा था :

> शीला अत्रे के बारे में और तफतीश करने पर मालूम हुआ है कि सन 1976 में, जबकि वह सत्तरह या अट्ठारह साल की रही होगी, वह आर. के. पटेल नामक एक ऐसे आदमी की सोहबत में थी जो कि एक हिस्ट्रीशीटर था। सन 1977 के आरम्भ में पटेल एक डकैती के इल्ज़ाम में गिरफ्तार हुआ था लेकिन मुकदमे के दौरान जब वह जमानत पर छूटा हुआ था तो फरार हो गया था। शीला अत्रे उन्हीं दिनों गिरफ्तार की गई थी। पटेल द्वारा किए गए अपराध में उसका क्या रोल था, यह स्पष्ट रूप से सामने नहीं आया था लेकिन ढाई साल की जेल की सजा उसे पटेल की सहयोगिनी होने की वजह से ही हुई थी। यह निश्चित रूप

से कहना मुहाल है कि वह डकैती में शामिल थी या नहीं या पटेल के फरार होने में वह उसकी सहायक सिद्ध हुई थी या नहीं लेकिन पकड़ी वह इसीलिए गई थी क्योंकि पुलिस को उम्मीद थी कि उसकी मदद से पटेल को दोबारा गिरफ्तार किया सकता था। पटेल दोबारा गिरफ्तार नहीं हो सका था इसलिए जाहिर है कि पुलिस का नजला शीला अत्रे पर गिरा था।

अदालत ने उसे ढाई साल की सजा सुनाई थी।

पटेल आज भी फरार है और यहां की पुलिस को उसकी आज भी तलाश है।

इस वक्त पटेल की उम्र तैंतीस-चौंतीस साल के करीब होगी।

शीला अत्रे के बारे में पुलिस रिकॉर्ड से और यह मालूम हुआ है कि वह सन 1958 में पूना के एक सरकारी अस्पताल में पैदा हुई थी। उसकी मां का नाम अनुसूया अत्रे था जो कि उसके पैदा होते ही मर गई थी। उसके बाप को कोई नहीं जानता।

बच्ची पैदा होते ही क्रिश्चियन समाज द्वारा चलाये जाने वाले स्थानीय यतीमखाने के हवाले कर दी गई थी जहां से कि वह सोलह साल की उम्र में भाग गई थी। यतीमखाने वालों ने उसे वापिस पकड़ मंगवाने की कोई कोशिश नहीं की थी।

जेल से छूटकर वह कहां गई थी, यह बहुत कोशिशों के बावजूद मालूम नहीं हो सका है।

डकैती की विस्तृत रिपोर्ट की तुम्हें जरूरत है या नहीं, मुझे नहीं मालूम। जरूरत हो तो चिट्ठी लिख देना, विस्तृत रिपोर्ट भेज दूंगा।

मैंने पत्र को एक बार और पढ़ा और फिर उसे बन्द करके वापिस लिफाफे में रख लिया।

तो मेरी बीवी किसी आर.के. पटेल नाम के डकैत की माशूका रह चुकी थी?

आर. के.!

राजेश कुमार।

जरूर इसी पटेल के बच्चे का नाम वह मेरे साथ अभिसाररत होते हुए भी भजती थी।

कैसा आदमी था वह हरामजादा पटेल?

क्या बहुत खूबसूरत?

क्या बहुत नौजवान?

कामदेव का अवतार?

क्या उसी से मेरी बीवी आज भी ताल्लुकात बनाए हुए थी?

एकाएक अपनी बीवी से कहीं ज्यादा नफरत मुझे उस अनदेखे आदमी से होने लगी।

मेरे जबड़े अपने-आप कस गए और दांतों में से किटकिटाहट की आवाज निकलने लगी।

मेरे हृदय में ईर्ष्या और घृणा की ऐसी ज्वाला धधक रही थी जो कि कभी भी मेरे काबू से बाहर हो सकती थी।

बीवी की क्या, मैं खुद अपनी हत्या कर सकता था।

तभी दरवाजे पर दस्तक पड़ी।

मैं बुरी तरह चौंका।

''रवि'' – मुझे टोकस की आवाज सुनाई दी – ''भीतर हो?''

''हां।'' – मैं सीट से उठता हुआ बोला – ''क्या है?''

''तुम्हारा टेलीफोन है।''

मैं फौरन बाहर निकला।

मैं टेलीफोन पर पहुंचा।

टेलीफोन अशोक विहार के उस बैंक से आया था जिसमें मेरा अपनी बीवी के साथ जायण्ट एकाउण्ट था और जिसका मैनेजर मेरा दोस्त था।

उसने मुझे बताया कि मेरे खाते में से एक हजार रुपये की रकम 'ओवरड्रा' की जा चुकी थी।

''रवि'' – वह बोला – ''तुम तो जानते हो कि सेविंग एकाउण्ट में ओवरड्राफ्ट नहीं चलता। यारी-दोस्ती में मैंने भाभीजी का लाया चैक पास कर दिया है। अब तुम एक जिम्मेदार पति बनकर दिखाओ और अपने खाते में फौरन पैसा जमा

कराओ ताकि भाभीजी उसे निकालकर खर्च कर सकें।''

वह हंसा।

उसके लिए यह मजाक की ही बात थी।

लेकिन मेरे लिए नहीं।

हमारे उस जायण्ट एकाउण्ट में कम-से-कम दस हजार रुपये हमेशा रहते थे।

और अब उल्टे हमने बैंक का एक हजार रुपया देना था।

''मैं कल ही पैसे जमा करा दूंगा।'' – मैं फोन पर बोला – ''वैसे कहो तो मैं आज ही, अभी आकर . . .''

''नहीं, नहीं। कल ठीक है।''

मैंने रिसीवर को क्रेडल पर पटक दिया।

उस टेलीफोन काल ने मुझे इतना आन्दोलित कर दिया था कि मेरी कनपटियों में खून बजने लगा था।

क्या माजरा था?

कैसी खिलवाड़ चल रही थी मेरी जिन्दगी के साथ?

टोकस, जो मेरे पीछे-पीछे ही वहां तक पहुंचा था, बड़े गौर से मुझे देख रहा था।

''मुझे आजकल'' – वह बोला – ''तुम्हारी तबीयत में कोई खास ही नुक्स मालूम होता है। डॉक्टर को अच्छी तरह से दिखाकर आओ! नहीं तो देख लेना, लम्बे बीमार पड़ जाओगे।''

''नहीं, नहीं'' – मैं झुंझलाया – ''कुछ नहीं है मुझे। सिर्फ सिर दुख रहा है।''

''उसके लिए भी आराम की जरूरत होती है। तुम घर जाकर आराम करो। मैं यहां सब संभाल लूंगा।''

मैंने सहमति में सिर हिलाया।

और पांच मिनट बाद मैं वहां से विदा हो गया।

लेकिन घर का रुख मैंने न किया।

मैं कनाट प्लेस पहुंचा।

वहां से मैंने व्हिस्की का एक पव्वा खरीदा और एक ऐसे रेस्टोरेण्ट में पहुंचा जिसका मालिक मेरा वाकिफकार था।

दस मिनट में मैं व्हिस्की का पूरा पव्वा पी गया।

तब मेरी कनपटियों में खून बजना बन्द हो गया और मुझे तसल्ली हुई कि दिमागी टेंशन से मुझे ब्रेन हैमरेज नहीं होने वाला था।

मैंने 'जैक एण्ड जिल' में फोन किया।

सुषमा सोनी अभी वहां नहीं पहुंची थी।

लेकिन 'पुलिस' के नाम से मुझे वहां से एक नम्बर मालूम हो गया जिस पर सुषमा सोनी से बात हो सकती थी।

मेरी उससे बात हुई।

फोन पर मेरा परिचय पाते ही वह बड़ी रुखाई से बोली – ''तुम्हें यहां का नम्बर कैसे मालूम हुआ?''

''हो गया किसी तरह से।'' – मैं बोला।

''अपने पुलिसिए होने की धौंस दिखाकर डिस्को से मालूम किया होगा?''

''यही समझ लो।''

''अब क्या है? क्या चाहते हो?''

''तुमसे मिलना चाहता हूं।''

''क्यों?''

''यूं ही।''

''यह कोई वजह हुई?''

''असल वजह मिलने पर बताऊंगा।''

''मैं तुमसे नहीं मिलना चाहती।''

''क्यों?''

''मैं किसी पुलिसिए से रिश्ता नहीं रखना चाहती।''

''सुषमा, प्लीज!''

''क्या प्लीज? और सुषमा तो तुम मुझे यूं आवाज में शहद घोलकर पुकार

रहे हो, जैसे मुझे बरसों से जानते हो!''

''मुझे मुलाकात का एक मौका और दो। प्लीज!''

''आखिरी?'' – वह कुछ क्षण ठिठककर बोली।

''मंजूर।''

''ओके। मेरे शो टाइम के बाद डिस्को पर आ जाना।''

''अभी नहीं?''

''नहीं। अभी नहीं।''

''ठीक है। मैं हाजिर होऊंगा।''

''होना।''

उसने लाइन काट दी।

मैंने अपने घर का नम्बर डायल किया।

घण्टी बजती रही, बजती रही।

मैं पहाड़गंज पहुंचा।

श्रीवास्तव कहीं जाने की तैयारी कर रहा था।

मैं पांच मिनट भी लेट पहुंचा होता तो वह मुझे वहां नहीं मिलने वाला था।

उस वक्त वह नया सूट पहने था और बड़ा निखरा-निखरा-सा लग रहा था।

मुझे देखकर उसने ऐसी सूरत बनाई जैसे उसे उस वक्त मेरा वहां पहुंचना बहुत नागवार गुजरा हो।

मैं उसे एक तरफ धकेलकर भीतर दाखिल हुआ।

''मैं कहीं जा रहा था।'' – वह आहत भाव से बोला।

''मुझे दिखाई दे रहा है।'' – मैं कठोर स्वर में बोला।

अपार निर्लिप्तता का प्रदर्शन करते मैंने एक सिगरेट सुलगा लिया।

उसने बेचैनी से पहलू बदला।

''टिक के बैठ जाओ।'' – मैं बोला – ''फिलहाल तुम कहीं नहीं जा रहे हो।''

वह मेरे सामने बैठ गया।

''तुम्हारी वजह से'' – एकाएक वह बोला – ''आज मुझे बहुत लानत-मलानत सहनी पड़ी।''

''किससे?'' – मैंने लापरवाही से पूछा।

''सुषमा सोनी से और किससे? वह कलप रही थी कि क्यों मैंने उसे तुम्हारे जैसे आदमी से मिलवाया। यार, तुमने तो हद ही कर दी, तुम तो . . .''

''यार!'' – मैं आंखें निकालता बोला – ''साले, मोटे, गंजे! मैं तेरा यार हूं? यार कहता है मुझे?''

''नहीं, नहीं।'' – वह बौखलाया।

''क्या नहीं, नहीं?''

''कुछ नहीं, माई-बाप!''

पता नहीं वह मेरे गन्दे मूड का असर था या पव्वे के नशे का असर था या वह आदमी वैसे ही मुझे नापसन्द था लेकिन मेरा जी चाह रहा था कि मैं साले के दो-चार हाथ धर दूं।

बड़ी कठिनाई से मैंने अपनी उस इच्छा पर काबू किया।

उसकी जगह मैं कहरभरी निगाहों से उसे घूरता रहा।

वह मुझसे आंखें चुराता रहा और बेचैनी से पहलू बदलता रहा।

''श्रीवास्तव!'' – अन्त में मैं बड़े हिंसक स्वर में बोला – ''मैं तेरे साथ बहुत नर्मी और रियायत से पेश आया जो कि मेरी गलती थी।''

''अब मैंने क्या किया है?''

''साले! हरामजादे! पहले क्या काफी कुछ नहीं कर चुका जो पूछ रहा है कि अब तूने क्या किया है?''

''मैं . . . मैं . . .''

''क्या बकरी की तरह मिमिया रहा है?''

उसने जोर से थूक निगली।

''बहुत लिहाज किया मैंने तेरा। इस उम्मीद में किया कि तू इस बात की कद्र करेगा और मुझे सब कुछ सच-सच बताएगा।''

''मैंने जो बताया है, सच-सच ही बताया है, माई-बाप।''

''लेकिन सब कुछ नहीं बताया! बहुत कुछ छुपाकर रखा!''

''मैंने कुछ नहीं छुपाया।''

''कैसे नहीं छुपाया, साले, पराया माल नहीं छुपाया?''

''पराया म-माल! किसका?''

''निशा का।''

उसकी सूरत ने ही मुझे बता दिया कि वह उस वक्त वहां से बरामद जेवरात के बारे में सोच रहा था। अब तक वह यह सोचकर निश्चिंत था कि चलो, एक चोर का माल दूसरा चोर खा गया था और इसीलिए दूसरा चोर खामोश था लेकिन अब जरूर उसे लगने लगा था कि मैं जेवरात का जिक्र करने जा रहा था।

''वो'' – वह हकलाया – ''वो क्या है कि . . .''

मैंने हाथ बढ़ाकर उसका गिरहबान पकड़ लिया और उसे जोर से झिंझोड़ा। उसकी कलफ लगी नई कमीज का बाजा बज गया।

मैं नहीं चाहता था कि जेवरात का जिक्र उसकी जुबान पर आता।

''मैं बोलने को कहूं तो बोल, हरामजादे!''

''स-स.. सॉरी!''

मैंने उसका गिरहबान छोड़ दिया।

''तुझे फोटो खींचनी आती है?'' – मैंने अपलक उसकी आंखों में झांकते हुए सवाल किया।

''फो-फोटो?''

''हां।''

''आती है।''

''कैमरा कौन-सा है तेरे पास?''

''कोई भी नहीं।''

''क्या?'' – मैं आंखें निकालता बोला।

''मेरा मतलब है, अब नहीं है।''

''लेकिन पहले था?''

''हां। पहले मेरे पास मिनोल्टा कैमरा था।''

''पैंतीस एम. एम. का?''

''हां।''

''अब कहां गया?''

''बेच दिया।''

''कब? कब बेचा?''

''एक साल हो गया है।''

''क्यों बेचा?''

''यूं ही। कोई खास वजह नहीं थी।''

''कोई तो वजह होगी! शायद यह वजह हो कि वह कैमरा अपना मकसद हल कर चुका था!''

''मकसद?''

''हां, मकसद। रामकुमार अग्रवाल और निशा की नंगी तस्वीरें खींचने का मकसद। साले, कमीने! जिसे बेटी कहता है, उसकी नंगी तस्वीरें खींचता है?''

वह गैस निकले गुब्बारे की तरह पिचक गया।

''कहां हैं नेगेटिव?''

उसने बड़ी शराफत से नेगेटिव लाकर मुझे सौंप दिए।

नेगेटिव वैसे ही वाटरप्रूफ कागज और रबड़-बैंड से बंधे हुए थे जैसे कि मैं उन्हें छोड़कर गया था।

मेरी जान में जान आई। गनीमत थी कि नेगेटिव उसने गायब नहीं किए थे, नष्ट नहीं किए थे। जेवरात गायब पाकर वह नेगेटिवों का तियां-पांचा एक कर सकता था। उसने ऐसा शायद इसीलिए नहीं किया था क्योंकि जरूर वह सोच रहा था कि नेगेटिवों पर मेरी निगाह नहीं पड़ी थी।

''ये तस्वीरें तूने खींची थीं?'' – मैंने पूछा।

अपने सूखे होंठों पर जुबान फेरते हुए उसने सहमति में सिर हिलाया।

''क्यों?''

''मुझे निशा ने ऐसा करने के लिए कहा था।''

''कब?''

''एक साल पहले।''

''कहां? ''

''उसके सुन्दर नगर वाले फ्लैट में। जब वह अग्रवाल के साथ बिस्तर में . . . बिस्तर में . . . थी तो मैंने एक वार्डरोब में छुपकर ये तस्वीरें खींची थीं।''

''अंधेरे में तस्वीरें कैसे आ गईं?''

''इन्फ्रारेड लाइट से अंधेरे में तस्वीरें आ जाती हैं। निशा को यह बात मालूम थी और उसी ने उसका इन्तजाम किया था।''

''इन तस्वीरों की बिना पर तुम अग्रवाल को ब्लैकमेल कर रहे थे?''

''मैं नहीं, निशा।''

''तुमने कुछ नहीं किया? सिर्फ तस्वीरें खींची? और कुछ नहीं किया?''

''किया। निशा के कहने पर किया।''

''लेकिन किया?''

''हां।''

''जी. पी. ओ. के पते पर भेजे अग्रवाल के चैक तुम कैश कराते थे?''

''हां।''

''अपना नाम लिखकर?''

''नहीं। कभी सैल्फ और कभी कोई फर्जी नाम लिखकर।''

''फिर वह रकम आगे तुम निशा को सौंप देते थे?''

''हां।''

''अपने पास उन रकमों की एण्ट्री करके? लाल जिल्द वाली डायरी में एण्ट्री करके?''

''हां।'' – डायरी के जिक्र पर वह हक्का-बक्का-सा मेरा मुंह देखने लगा था।

''अब तक अग्रवाल से कितना माल झटक चुके हो?''

''डेढ़ लाख रुपया।''

''जो कि सारे-का-सारा तुमने निशा को सौंप दिया था?''

''हां।''

''अपने पास कुछ नहीं रखा? ब्लैकमेलिंग के माल में अपना कोई हिस्सा नहीं मांगा तुमने?''

''न।''

''क्यों?''

''मैं ब्लैकमेलर नहीं। मैंने जो कुछ किया, निशा की खातिर किया।''

''अपनी बेटी की खातिर?'' – मेरे स्वर में व्यंग्य का पुट था।

उसने उत्तर न दिया। उसने बेचैनी से पहलू बदला।

''ब्लैकमेलिंग का यह सिलसिला अभी जारी था या बन्द हो चुका था? ''

''अभी जारी था।''

''और आगे भी जारी रहने वाला था?''

''ह-हां!''

मैं खामोश हो गया।

इस लिहाज से तो अग्रवाल लड़की का हत्यारा हो सकता था।

''इन्सपेक्टर साहब।'' – श्रीवास्तव अपने सूखे होंठों पर ज़ुबान फेरता बोला।

''क्या है?''

''एक बात है जो मैं आपसे कहना चाहता हूं।''

''कोई ऐसी बात'' – मैं कहरभरे स्वर में बोला – ''जो अभी तक तुमने मुझसे छुपाकर रखी?''

''हां है, उस बात का मेरे दिलोदिमाग पर बहुत भारी बोझ है . . .''

वह बात मैं भांप गया था। वह मुझे जेवरात के बारे में बताना चाहता था, इसलिए बताना चाहता था क्योंकि वह जानता था कि वह बात मुझे पहले ही मालूम हो चुकी थी लेकिन मैं अभी जेवरात के जिक्र से बचना चाहता था। आखिर श्रीवास्तव कहीं भागा थोड़े ही जा रहा था।

और भागता भी तो कहां भागता?

''माई-बाप, मैं यह कहना चाहता हूं कि . . .''

''. . . कि तुमने निशा का कत्ल किया है। है न?''

''नहीं, नहीं।'' – वह घबराकर बोला – ''यह बात नहीं। मैं तो कुछ और ही . . .''

''क्यों किया तुमने उसका कत्ल?''

''हे भगवान!''

अब उसके चेहरे के साथ-साथ उसकी गंजी खोपड़ी पर भी पसीने की बूंदें चुहचुहा आई थीं।

''अब भगवान को याद कर रहे हो! तब भगवान याद नहीं आया था जब तुम उस लड़की की खोपड़ी पर पत्थर का फूलदान मारकर बेचारी की हत्या कर रहे थे?''

''मैंने उसकी हत्या नहीं की।'' – वह लगभग रोता हुआ बोला – ''मैं उसकी हत्या कर ही नहीं सकता था। वह मेरी बेटी के समान थी . . .''

''और तुम अपनी सम्भोगरत बेटी का नजारा करते थे, उसकी नंगी तस्वीरें खींचते थे और ब्लैकमेलिंग जैसे जलील और गैरकानूनी काम में उसकी मदद करते थे। वह लड़की ढंकी-छुपी वेश्या थी। जरूर तुम उसके लिए ग्राहक भी पटाते होवोगे। साले, जिसे बेटी कहता है, उसी का दल्ला बना?''

वह बात उसे तीर की तरह लगी। उसका चेहरा एकदम लालभभूका हो गया। वह स्प्रिंग लगे खिलौने की तरह अपनी जगह से उछला और मुट्ठियां भींचे मुझ पर झपटा।

मैंने उसे रास्ते में ही दबोच लिया और पलंग पर धकेल दिया।

''साले!'' – मैं गर्जा – ''तेरी यह मजाल! एक ऑन ड्यूटी पुलिस ऑफिसर पर हमला करता है! सात साल के लिए नपेगा, हरामजादे!''

वह जहां पलंग पर गिरा था, वहीं पड़ा रहा। वह दोबारा मुझ पर झपटा तो नहीं, लेकिन उसकी आंखों में मेरे लिए नफरत का लावा उबल रहा था।

अब एक बात की मुझे गारण्टी हो गई।

वह लड़की को अपनी बेटी मानता या माशूका, चाहता वह वाकई उसे दिल से था।

अपनी निशा को चाहता मैं भी दिल से था।

लेकिन मैं उसके कत्ल को आमादा था जबकि श्रीवास्तव हर उस आदमी का कत्ल करने को आमादा हो सकता था जो कि उसकी निशा को बुरा-भला कहता–और यह बात तब थी जबकि उसकी निशा जिन्दा भी नहीं थी।

मैं अपनी निशा का मालिक था – था नहीं तो समझता तो था -- जबकि वह अपनी निशा का गुलाम बना रहने में भी फख्र महसूस करता था।

मैं औरत के सिर पर सवार होना चाहता था, वह उसके तलुवे चाटकर भी राजी था।

मुझे उससे बहुत नफरत हुई।

साला, हिजड़ा! दोगला कुत्ता! बूढ़ा बैल!

जिस औरत को वह चाहता था, गैरमर्द की बांहों में उसकी ऐय्याशी का वह नजारा कर सकता था, तस्वीरें खींच सकता था।

कैसी बेहूदा, कैसी जलील, कैसी बीमार चाहत थी यह!

उस वक्त मेरा जी चाह रहा था कि मैं मार-मारकर उसका भुर्ता बना दूं और उसे सबक दूं कि साले, किसी औरत की खातिर इतना नीचे नहीं गिराना चाहिए अपने-आपको। कमीने, जिसके साथ हवसपूर्ति की ख्वाहिश हो, उसे बेटी जैसे पवित्र नाम से नहीं पुकारना चाहिए। कुत्ते, जिसे बेटी के नाम से पुकारना हो उसके नंगे जिस्म का नजारा नहीं करना चाहिए, उसे दूसरे की हवस का शिकार होते नहीं देखना चाहिए।

लेकिन असल में मैंने ऐसा कुछ न कहा।

उस पर झपट पड़ने से अपने-आपको रोकने का मुझे यही रास्ता दिखाई दिया कि मैं वहां से कूच कर जाऊं।

मैंने ऐसा ही किया।

नेगेटिवों का पैकेट मैंने अपनी जेब में रखा और उस पर दोबारा निगाह भी डाले बिना मैं वहां से बाहर निकल गया।

अपने पीछे दरवाजा मैंने इतनी जोर से बन्द किया कि कमरे के पार की

खिड़कियों के पल्ले बज उठे। यही कमाल था कि दरवाजा चौखट पर से उखड़ नहीं गया था।

मैं सड़क पर पहुंचा।

मेरा व्हिस्की का नशा मुकम्म्ल तौर से मुझ पर से उतर चुका था और मेरा सिर फिर से, पहले से ज्यादा जोर से, दुखने लगा था।

निशा के कत्ल के केस में किसी एक जने को ही सजा होनी थी लेकिन मुझे खुशी होती अगर श्रीवास्तव, अग्रवाल, भार्गव, विपिन कुमार, सभी फांसी चढ़ जाते।

साले, कमीने! मोरी के कीड़े! औरत पर लार टपकाकर अपना आपा खराब करने वाले! औरत के हाथों जलील होने वाले! औरत के हाथों बेवकूफ बनने वाले! औरत की खातिर रुपया-पैसा, मान-सम्मान, सब कुछ दांव पर लगा देने वाले!

मैंने अपने कोट की उस जेब को टटोला, जिसके भीतर नेगेटिवों का पैकेट मौजूद था।

एक उद्योगपति, एक इज्जतदार आदमी, समाज में प्रतिष्ठा का आधार-स्तम्भ क्यों इस कदर एक बाजारी औरत का दीवाना बना कि अपनी, अपने परिवार की, अपने बीवी-बच्चों की मान-मर्यादा को दांव पर लगा बैठा?

अग्रवाल के हत्यारा होने की मुझे उम्मीद नहीं थी।

वह एक साल से ब्लैकमेल का शिकार हो रहा था, हाल ही में अगर उसे पता लग भी गया था कि ब्लैकमेलर खुद निशा ही थी तो भी जहां उसने एक साल इन्तजार किया था, वहां वह थोड़ा और इन्तजार कर सकता था। वह पैसे वाला, समर्थ व्यक्ति था, उसे खुद निशा का कत्ल करने की क्या जरूरत थी? वह बड़ी सहूलियत से किसी किराये के कातिल से उसका कत्ल करवा सकता था।

वक्ती जुनून के हवाले होकर उसने निशा का कत्ल किया हो, यह भी नहीं हो सकता था।

यह बात तो तब मानी जाती जब वह कत्ल करके ही निशा के फ्लैट से निकला होता।

लेकिन फरीदाबाद तो वह यकीनन गया था।

वहां ऐसा कौन-सा जुनून उस पर सवार हुआ होगा कि वह निशा का कत्ल करने के लिए आनन-फानन वापिस दिल्ली दौड़ा चला आया था?

और फिर वह इतना बेवकूफ क्योंकर हुआ कि नेगेटिवों का कोई अता-पता मालूम करवाने से पहले ही उसने निशा की हत्या कर दी! उससे अपेक्षित यही था कि वह पहले मालूम करता कि ब्लैकमेलिंग का हथियार नेगेटिव कहां थे! नेगेटिवों की खबर तो उसे नहीं थी! होती तो श्रीवास्तव से नेगेटिव हथियाना क्या बड़ी बात थी!

कत्ल के वक्त की उसकी एलीबाई कमजोर थी लेकिन मेरा पुलिस की नौकरी का तजुर्बा कह रहा था कि वह फंसने वाला नहीं था।

अपनी बद्फेली की उसे कोई सजा नहीं मिलने वाली थी।

मैंने ऐसा कोई इन्तजाम करने का फैसला कर लिया जिससे और कुछ नहीं तो कम-से-कम उसके चरित्र पर तो थू-थू होती!

सिर्फ उसे ही नहीं, उसकी बीवी-बच्चों को भी भारी जिल्लत का सामना करना पड़ता तो यह भी उसके लिए कोई कम सजा न होती।

मैंने नेगेटिव बरामद करवाने का और उनके अस्तित्व का सारे शहर में ढिंढोरा पिटवाने का पक्का फैसला कर लिया।

मैं सुन्दर नगर पहुंचा।

केयरटेकर बूटाराम मुझे इमारत के बाहर ही मिल गया।

वह मुझे देखते ही पहचान गया। उसने मुझे दोनों हाथ जोड़कर नमस्ते की।

''निशा के फ्लैट की जो चाबी तुम्हारे पास है, उसे लेकर जरा ऊपर मेरे साथ चलो। मैंने फ्लैट की एक बार फिर तलाशी लेनी है।''

बूटाराम के साथ निशा के फ्लैट में जाकर मेरा इरादा यह जाहिर करने का था कि मैंने उसकी मौजूदगी में फ्लैट की जब दोबारा तलाशी ली थी तो मैंने वहां से नेगेटिवों का वह पैकेट बरामद किया था जो कि मेरी जेब में था।

लेकिन बूटाराम के जवाब ने सब घपला कर दिया।

''चाबी की क्या जरूरत है, मालिक?'' – वह खींसे निपोरता हुआ बोला – ''फ्लैट तो खुला है!''

''खुला है?''

''आप ही के महकमे के कुछ लोग वहां आए हुए हैं और पहले से ही दोबारा तलाशी ले रहे हैं।''

''अच्छा!'' – मैं मायूसी से बोला – ''कितनी देर हुई उन्हें यहां आए हुए?''

''बस, आपके आगे-आगे ही आए थे। बड़ी हद पांच मिनट हुए होंगे।''

फिर तो काम बन सकता था – मैंने मन-ही-मन सोचा।

वे तलाशी लेकर वहां से जा चुके होते या उनकी तलाशी मुकम्मल होने को आ रही होती और तब वह पैकेट वहां से बरामद होता तो अन्धे को भी सूझ जाता कि वह वहां प्लांट किया गया था। दो बार की तलाशी में भी कोई चीज पुलिस की निगाहों से छुपी रहती, यह मुमकिन न था। आखिर वह पैकेट कोई सूई तो नहीं थी!

मैं आनन-फानन ऊपर पहुंचा।

निशा के फ्लैट में एक हवलदार और एक सब-इन्सपेक्टर मौजूद थे। दोनों में से सब-इन्सपेक्टर मेरा खूब जाना-पहचाना था। उसका नाम कुन्दनलाल था।

उसने मुझसे हाथ मिलाया।

''तुम यहां कैसे?'' – मैं बोला।

''ए.सी.पी. अवस्थी साहब ने भेजा।'' – मुकन्दलाल बोला – ''यहां की दोबारा तलाशी के लिए। कह रहे थे कि तुमने उन्हें बताया था कि तुम बड़ी बारीकी से यहां की तलाशी ले चुके थे लेकिन फिर उन्होंने सोचा था कि तुमने तो एक रुटीन के तौर पर यहां की तलाशी ली थी यानी कि तुम्हें किसी वस्तु-विशेष की तलाश नहीं थी लेकिन अगर पहले से मालूम हो कि तलाश किस चीज की थी तो तलाश का मुख्तलिफ नतीजा निकल सकता था।''

''यानी तुम यहां नेगेटिवों की तलाश में भेजे गए हो?''

''हां। मैं इसलिए भेजा गया था कि क्योंकि टोकस कह रहा था कि तुम छुट्टी करके घर जा चुके थे। लेकिन तुमने तो छुट्टी नहीं की मालूम होती!''

''नहीं की। दरअसल जो बात ए.सी.पी. साहब के दिमाग में आई थी, बाद में वही मेरे दिमाग में भी आई थी। मैंने भी यही सोचा था कि चीज का अता-पता मालूम होने पर उसकी तलाश में कामयाबी की ज्यादा सम्भावना थी। पहली बार की तलाशी में यहां कोई नेगेटिव दिखाई दिए भी होंगे तो हमारी पार्टी ने उन्हें नजरअन्दाज कर दिया होगा क्योंकि नेगेटिवों की कोई अहमियत तब हमारी निगाह में थी ही नहीं।''

''करैक्ट! अब जब हम आ ही गए हैं तो तुम बेशक चले जाओ। तलाशी हम ले लेंगे।''

''नहीं। मैं भी तलाशी का नतीजा देखकर ही जाऊंगा।''

''मर्जी तुम्हारी।''

तलाशी शुरू हुई।

वे दोनों नेगेटिव तलाश कर रहे थे और मैं नेगेटिव तलाश करने का बहाना करते हुए कोई ऐसी जगह तलाश कर रहा था जहां कि मैं अपनी जेब में मौजूद नेगेटिवों का पैकेट छुपा सकता था।

वह जगह मुझे टॉयलेट में पानी की टंकी लगी।

आखिर नेगेटिवों पर लिपटा कागज वाटरप्रूफ था।

हाजत रफा करने जाने के बहाने टॉयलेट में जाकर मैं नेगेटिवों का पैकेट पानी की टंकी में डाल आया और फिर मुकन्दलाल की तवज्जो उस तक पहुंचने की प्रतीक्षा करने लगा।

तलाशी जारी रही।

साथ में मदद करने का बहाना करता मैं बोर होता रहा।

वहां नेगेटिव तो कई मिले, तस्वीरें भी कई मिलीं लेकिन वे नेगेटिव, वे तस्वीरें न मिलीं जिनकी कि पुलिस को तलाश थी।

नौ बजे, तीन घण्टे की भरपूर तलाशी के बाद, कुन्दनलाल ने यंह घोषणा कर

दी कि गन्दी तस्वीरों वाले नेगेटिव उस फ्लैट में नहीं थे।

बिना पानी की टंकी में झांके।

पानी की टंकी में क्या, बिना टॉयलेट में झांके।

वह वहां से विदा होने की तैयारी करने लगा।

पहले तो मैं भी उसके साथ चला लेकिन फिर एकाएक ठिठका।

''यार, कुन्दनलाल!'' – मैं कुछ सोचने का अभिनय करता हुआ बोला।

उसने प्रश्नसूचक नेत्रों से मेरी तरफ देखा।

''पिछली बार की अपनी तलाशी में एक जगह मुझसे छूट गई थी और मुझे अभी-अभी खयाल आया है कि वह जगह इस बार भी छूटी जा रही है।''

''कौन-सी?''

''टॉयलेट।''

''मैंने टॉयलेट में झांका था।'' – हवलदार बड़े तत्पर स्वर में बोला – ''वहां तो कुछ भी नहीं था!''

''पानी की टंकी में भी झांका था?'' – मैं बोला।

''वहां तो नहीं झांका था, साहब!''

''पानी में'' – मुकन्दलाल बोला – ''नेगेटिव गल नहीं जाते?''

''गल जाते हैं'' – मैं बोला – ''लेकिन क्या पता, टंकी काम न करती हो और इस्तेमाल न होती हो और वह पानी से खाली हो!''

''बात तो तुम ठीक कह रहे हो। खुशीराम!''

''जी, साहब!'' – हवलदार बोला।

''टंकी देख।''

''जी, साहब!''

तब कहीं जाकर नेगेटिवों का पैकेट बरामद हुआ।

एक पब्लिक कॉल से मैंने हिन्दुस्तान टाइम्स के ऑफिस में फोन किया।

सम्पर्क स्थापित होने पर मैंने सूरज जोशी से बात करने की इच्छा व्यक्त की।

मालूम हुआ कि सूरज जोशी उस वक्त वहां नहीं था लेकिन वह प्रेस क्लब में हो सकता था।

मैंने प्रेस क्लब का नम्बर डायल किया।

सूरज जोशी वहां था।

''जो मैं कहने जा रहा हूं'' – उसके लाइन पर आते ही मैं बोला – ''उसे गौर से सुनो।''

''तुम बोल कौन रहे हो?''

''यह बात महत्त्वपूर्ण नहीं है, महत्त्वपूर्ण वह है जो मैं कहने जा रहा हूं।''

''मैं शुन रहा हूं।''

''तुम निशा नामक कैब्रे डांसर की हत्या के केस पर काम कर रहे हो और इस सिलसिले में तुमने जनता का ध्यान हरियाणा के एक उद्योगपति की तरफ दिलाया है!''

''हां।''

''उस उद्योगपति का नाम तुम्हें मालूम है?''

''मालूम है।''

''गुड! मैं इस बात की तसदीक करता हूं कि तुम्हारा यह अन्दाजा एकदम सही है कि निशा उस उद्योगपति की रखैल थी।''

''वह तो मुझे पहले शे ही मालूम है! इशमें मुझे तुम्हारी तशदीक की क्या जरूरत है?''

''लेकिन यह नहीं मालूम होगा कि उसकी कथित रखैल ही उसे ब्लैकमेल कर रही थी।''

''ऐशा?''

''हां। ऐसा। अभी आगे सुनो!''

''शुनाओ! शुन रहा हूं।''

''निशा उस उद्योगपति को अपनी और उसकी बैडरूम मार्का निहायत गन्दी तस्वीरों की बिना पर ब्लैकमेल कर रही थी।''

''ऐशा किशने कहा है?''

''मरने वाली तो मर गई, अब और कौन कह सकता था?''

''यानी कि खुद अग्रवाल ने कहा है?''

''हां। दिल्ली पुलिस को दिए बयान में।''

''अच्छा! वह दिल्ली पुलिस को कोई बयान दे भी चुका है?''

''हां।''

''उशने अपनी कोई एलीबाई पेश की?''

''की। लेकिन वह एलीबाई एकदम लचर थी।''

''क्या थी . . .''

''ये बातें छोड़ो। ये बातें तुम्हें थोड़ी-सी कोशिश करने पर पुलिस के पी.आर.ओ. से भी मालूम हो सकती हैं। तुम वह बात सुनो जिसकी वजह से मैंने तुम्हें – तुम्हें, सिर्फ तुम्हें, किसी और को नहीं – फोन किया है और जो बात छुपाने की कोशिश पुलिस जी-जान से करेगी।''

''क्यों करेगी?''

''एक पैसे वाले, रसूख वाले आदमी की इज्जत बचाने की कोशिश करेगी।''

''बात क्या है?''

''बात यह है कि अभी-अभी पुलिस ने निशा के फ्लैट से निशा और अग्रवाल की गन्दी तस्वीरें बरामद की हैं।''

''वे तश्वीरें आज बरामद हुई हैं! शोमवार नहीं हुईं?''

''नहीं हुईं''

''क्यों?''

''वजह मुझे नहीं मालूम।''

''लेकिन यह हकीकत है कि ऐशी तश्वीरें आज बरामद हुई हैं?''

''आज क्या, अभी-अभी बरामद हुई हैं। तुमने पैसे वाले आदमियों के रसूख और ऊंची पहुंच के बारे में अपने पर्चे में जो कुछ छापा था, उससे मैं बहुत प्रभावित हूं इसीलिए मैं तुम्हें यह खबर दे रहा हूं और तुमसे उम्मीद कर रहा हूं

कि तुम ऐसा कुछ करोगे जिससे उस आदमी से रिश्वत खाकर या वैसे ही उसे ओब्लाइज करने की खातिर पुलिस वाले उन तस्वीरों के नेगेटिवों को नष्ट न करने पाएं, वे उनके अस्तित्व को न नकारने पाएं।''

''मैं यह बात शाबित कैसे करूंगा कि ऐशी किन्हीं तश्वीरों के नेगेटिव निशा के फ्लैट शे आज बरामद हुए हैं?''

''ब्लफ मार कर।''

''ब्लफ के लिए भी कोई बुनियाद जरूरी होती है!''

''वह बुनियाद यह है कि मैं तुम्हें उन नेगेटिवों की बरामदी का वक्त बता रहा हूं और वह जगह बता रहा हूं कि जहां से वे बरामद हुए थे।''

''कहां शे बरामद हुए थे?''

''हत्प्राण के फ्लैट में टॉयलेट की पानी की टंकी में से। पैंतीस एम.एम. के साठ नेगेटिव एक वाटरप्रूफ पेपर में बंधे हुए थे और पैकेट पर रबड़-बैंड चढ़े हुए थे। इतनी जानकारी से तुम्हारा ब्लफ चल सकता है। पुलिस तुमसे इस बारे में कुछ पूछे तो यह बताने की जगह कि तुम्हारे पास कोई गुमनाम टेलीफोन कॉल आई थी, तुम पत्रकारों का फेमस जवाब दे सकते हो कि तुम जानकारी का अपना सोर्स जाहिर करने के लिए बाध्य नहीं हो।''

''तुम यह नहीं बताआगे कि तुम कौन हो?''

''नहीं बताऊंगा।''

''तो मैं बता दूं?''

''क्या?''

''यही कि तुम कौन हो?''

''क्या!'' – मैं बुरी तरह चौंका।

''तुम पुलिशिए हो और उस पुलिश पार्टी के अंग हो जिशने बतौर तुम्हारे अभी-अभी निशा के फ्लैट शे वे नेगेटिव बरामद किए हैं। इतनी जल्दी और इतनी बारीकी से और कोई माई का लाल यह बात नहीं जान शकता। यह मालूम कर लेना मेरे लिए चुटकियों का खेल होगा कि अभी-अभी जो पुलिश पार्टी निशा के फ्लैट पर

गई थी, उशमें कौन-कौन लोग थे! फिर उनमें शे तुम्हें शिंगल आउट कर लेना क्या बड़ी बात होगी? इशलिए अच्छा यही रहेगा कि तुम वैशे ही बता दो कि . . .''

मैंने घबराकर फोन बन्द कर दिया।

वह साला रिपोर्टर तो बहुत ही घाघ था!

अब मुझे फिक्र होने लगी कि कहीं लेने के देने न पड़ जाएं।

फिर यह सोचकर मैंने अपने-आपको तसल्ली दी कि आखिर मैंने उसका कोई भला ही किया था। अगर उसे मालूम पड़ भी जाएगा कि उसे फोन करने वाला मैं था तो भी मुझे पूरी उम्मीद थी कि वह मेरी पोल नहीं खोलने वाला था।

कुछ क्षण मैं बूथ में ही खड़ा रहा, फिर मैंने अपने घर का नम्बर डायल किया।

काइन बॉक्स में डालने के लिए मेरे पास और अठन्नी नहीं थी लेकिन मेरा दिल कह रहा था कि मुझे और अठन्नी की जरूरत नहीं पड़ने वाली थी।

मेरा दिल सही कह रहा था।

घण्टी बजती रही लेकिन दूसरी ओर से किसी ने फोन न उठाया।

इस बार तो फोन न उठाए जाने पर मुझे गुस्सा तक न आया, झुंझलाहट तक न हुई।

'जैक एण्ड जिल' में पिछली रात से कहीं ज्यादा भीड़ थी।

सुषमा सोनी मुझे स्टेज पर दिखाई दी।

मैंने अपनी कलाईघड़ी पर निगाह डाली।

अभी सिर्फ साढ़े नौ बजे थे।

मैं वहां जल्दी आ गया था।

अगर उस वक्त मेरी घड़ी आगे थी तो और भी जल्दी आ गया था।

उसके इन्तजार में मैं बाहर भी खड़ा हो सकता था लेकिन भीतर मैं यह तसदीक करने की खातिर आया था कि सुषमा वहां मौजूद भी थी या नहीं।

फिर मैंने बाहर खड़े होकर बोर होने के स्थान पर वहीं बैठकर इन्तजार करने

का फैसला किया। बड़ी मुश्किल से मैं वहां बैठने की कोई जगह तलाश कर पाया।

कुछ क्षण बाद मेरी सुषमा से निगाह मिली। लगभग फौरन ही वह परे देखने लगी लेकिन मैं आश्वस्त था कि उसे मालूम हो गया था कि मैं वहां पहुंच चुका था।

एक वेटर मेरे पास आया लेकिन मैंने उसे थोड़ी देर बाद आने के लिए कहकर टाल दिया।

सुषमा का अभिसार गीत खत्म हुआ।

लोगों ने तालियां बजाईं।

कुछ क्षण बाद सुषमा मेरे पास पहुंची।

''आज मुझे यहां बारह बज जाएंगे।'' – वह अपार व्यस्तता का प्रदर्शन करती बोली।

''आज क्या कोई खास बात है?'' – मैंने पूछा।

''हां। खास बात है।''

''कोई बात नहीं। मैं इन्तजार कर लूंगा।''

''यहां इन्तजार कर सकोगे? ऐसे माहौल में मुझे तो लगता है कि तुम बोर हो जाओगे!''

''तुम्हें ठीक लगता है लेकिन मैं फिर भी इन्तजार कर लूंगा।''

''अच्छा! इतना मरे जा रहे हो मुझसे मिलने को?''

''हां।''

''क्या हां?''

''मैं मरा जा रहा हूं तुमसे मिलने को।''

''झूठे!''

''मत मानो।''

''पुलिसियों की बात का तो मैं सात जन्म विश्वास न करूं!''

''या तो विश्वास कर लो या फिर भूल जाओ कि मैं पुलिसिया हूं।''

''मेरी मानो, तुम कहीं घूम-फिर आओ। बारह बजे के करीब वापिस यहां आ जाना।''

‘‘इस वक्त कहां घूम-फिर आऊं?’’

‘‘कहीं भी! किसी यार-वार के पास हो आओ।’’

‘‘मेरा कोई यार नहीं।’’

‘‘सहेली होगी?’’

‘‘अभी नहीं है। आगे शायद हो जाए।’’

‘‘इशारा मेरी तरफ है?’’

‘‘हां।’’

वह हंसी।

‘‘तुम मेरी फिक्र मत करो। मैं यहां ठीक हूं।’’

‘‘नहीं। तुम यहां ठीक नहीं हो।’’

वह कुछ क्षण खामोश रही, फिर चिन्तित भाव से बोली – ‘‘दरअसल मैं भी नहीं चाहती कि तुम यहां बैठकर मेरा इन्तजार करो।’’

‘‘क्यों?’’

‘‘मनसुखानी उल्टा-सीधा सोचेगा।’’

‘‘वह चाहने वाला है तुम्हारा?’’

‘‘नॉनसेंस। वह मेरा एम्प्लायर है।’’

‘‘तो फिर . . .’’

‘‘छोड़ो। तुम एक काम करो।’’

‘‘क्या?’’

अपने हैण्डबैग में से उसने एक चाबी निकालकर मेरी तरफ बढ़ाई।

‘‘यह मेरे फ्लैट की चाबी है।’’ – वह बोली।

‘‘तुम्हारा मतलब है कि मैं तुम्हारे फ्लैट में जाकर तुम्हारा इन्तजार करूं?’’

‘‘हां। लेकिन फौरन वहां मत पहुंच जाना।’’ – उसने कलाईघड़ी पर निगाह डाली – ‘‘कम-से-कम एक घण्टा तो कहीं इधर-उधर टहल ही लो।’’

‘‘वह किसलिए?’’

‘‘वजह तुम्हारी समझ में नहीं आएगी। अभी पौने दस बजे हैं। पौने ग्यारह से

पहले तुम मेरे फ्लैट पर मत पहुंचना।''

''जैसी तुम्हारी मर्जी।''

मैंने चाबी ले ली।

''मैं साढ़े बारह तक पहुंच पाऊंगी। वैसे मैं जल्दी आने की कोशिश करूंगी।''

''ठीक है।''

वह मेरे पास से उठकर चली गई।

मैं भी तुरन्त वहां से विदा हो गया।

पुलिस की नौकरी की वजह से आदतन शक्की बन चुके मेरे दिमाग में हथौड़े की तरह यह बात बजने लगी कि सुषमा ने मुझे पौने ग्यारह से पहले अपने फ्लैट पर पहुंचने से क्यों मना किया था?

इस वक्त कौन था वहां?

उसके लिए रिश्वत के तौर पर मैं व्हिस्की की बोतल साथ लेकर जाना चाहता था लेकिन रात आठ बजे के बाद व्हिस्की की दुकानें बन्द हो जाती थीं और किसी और जगह से व्हिस्की हासिल करने में वक्त लगने वाला था इसलिए मैंने बोतल का विचार त्याग दिया।

एक थ्री-व्हीलर पर सवार होकर मैं सीधा ग्रीन पार्क पहुंचा। अब मैं सोचता हूं तो मुझे अपनी वह हरकत मूर्खतापूर्ण लगती है। आखिर लड़की की जाती जिन्दगी में दखल देने का मुझे क्या अख्तियार था? किसी भी वजह से उसने मुझे वहां पौने ग्यारह के बाद पहुंचने के लिए कहा हो सकता था लेकिन तब उसके बात कहने का अत्यन्त रहस्यपूर्ण ढंग मुझ पर इस कदर हावी हुआ था कि मैं फौरन वहां पहुंचने के लिए बुरी तरह उतावला हो उठा था।

मैंने थ्री-व्हीलर वाले को किराया देकर रुखसत किया और सिर उठाकर ऊपर निशा के फ्लैट की तरफ देखा। खिड़कियों पर पड़े पर्दों के पीछे से मुझे रोशनी का आभास मिला।

फ्लैट में जरूर कोई था।

मैं इमारत में दाखिल हुआ और दबे पांव सीढ़ियां चढ़कर ऊपर पहुंचा।

सुषमा के फ्लैट के बन्द दरवाजे के सामने मैं ठिठका।

मैंने कान लगाकर आहट लेने की कोशिश की लेकिन भीतर से आती कोई आवाज मुझे सुनाई न दी। वातावरण में मुकम्मल सन्नाटा छाया हुआ था।

मैंने नीचे झुककर की-होल में आंख लगाकर भीतर झांकने की कोशिश की लेकिन दरवाजे के सामने शायद पर्दा पड़ा हुआ था जिसकी वजह से मुझे कुछ भी दिखाई न दिया।

मैं सीधा हुआ। कुछ क्षण और मैं सांस रोके प्रतीक्षा करता रहा। फिर मैंने जेब से चाबी निकाली और धीरे से, निशब्द, उसे ताले के छेद में डाला। मैंने खाली हाथ से हैंडल थाम लिया और धीरे-धीरे चाबी घुमानी शुरू की। चाबी जब पूरी घूम गई तो मैंने उसे छेद में से वापस खींच लिया और उसे जेब के हवाले करने के बाद बाल-बाल करके हैंडल घुमाना शुरू किया।

हैंडल जब चौखट के पल्ले से स्वतन्त्र हो चुकने जितना घूम गया तो मैंने दरवाजे को हौले से धक्का देकर खोला और फ्लैट के भीतर कदम रखा।

तुरन्त जैसे कोई हथौड़ा-सा मेरे चेहरे से टकराया। मेरी आंखों के सामने लाल-पीले सितारे नाच गए, मेरे घुटने मुड़ने लगे और फिर मैं त्योराकर कालीन बिछे फर्श पर ढेर हो गया।

मेरे होश ठिकाने आए तो मैंने अपने घूमते सिर को काबू में करने की कोशिश की। मेरी आंखों के सामने सितारे अब भी नाच रहे थे। मैं बड़ी कठिनाई से अपनी आंखों को फोकस कर पाया।

मैंने फर्श पर पड़े-पड़े ही अपने सामने देखा।

मुझे सोफाचेयर पर एक दैत्याकार व्यक्ति बैठा दिखाई दिया। वह इतना लम्बा-चौड़ा था कि सोफाचेयर में फंसा हुआ मालूम हो रहा था। वह बढ़िया सूट पहने था, उसका रंग बहुत गोरा था और नयन-नक्श बहुत साफ-सुथरे थे।

पहली ही निगाह में वह आदमी मुझे पहचाना-पहचाना सा लगा जबकि मेरी गारण्टी थी कि मैं उससे पहले कभी नहीं मिला था।

वह अपलक मेरी तरफ देख रहा था।

''जाग गए?'' – वह व्यंग्यपूर्ण स्वर में बोला।

मैं खामोश रहा।

''देखा, चोरों की तरह किसी के घर में घुसने की कोशिश करने का क्या अंजाम होता है! जी तो चाहा था कि तुम्हें शूट कर दूं।'' – उसने अपना कोट हटाकर पतलून की बैल्ट में खुंसी रिवॉल्वर के मुझे दर्शन कराए – ''लेकिन रहम आ गया मुझे तुम पर।''

मेरे छक्के छूट गए। आज वाकई मेरी जान जा सकती थी, खामखाह जा सकती थी। वह मुझे शूट कर देता तो इसमें उसकी कोई गलती भी न होती।

''उठो।''

कराहता हुआ मैं, बड़ी कठिनाई से उठकर अपने पैरों पर खड़ा हुआ।

''फ्लैट की चाबी कहां से आई तुम्हारे पास?'' – वह मुझे घूरता हुआ बोला।

बोलने की कोशिश में मैंने अपना मुंह खोला तो मेरे कानों में सीटियां बजने लगीं और कनपटियों में खून की धमक पड़ने लगी।

''और तुम हो कौन?''

मैंने अपने सूखे होंठों पर ज़ुबान फेरी।

''मुन्ने, मैंने तुमसे एक सवाल पूछा है। इसका जवाब क्या मुझे जबरन हासिल करना पड़ेगा?''

''मेरा नाम रवि है।'' – मैं बड़ी कठिनाई से बोल पाया – ''रविकुमार! मैं इस फ्लैट की मालकिन का दोस्त हूं।''

''सुषमा का?''

''हां। सुषमा ने ही मुझे यहां की चाबी दी थी।''

''क्यों दी थी?''

''ताकि मैं यहां बैठकर उसका इन्तजार कर पाता। मैं 'जैक एण्ड जिल' में गया था। वह वहां बिजी थी। उसी ने मुझे कहा था कि मैं यहां आकर उसका इन्तजार करूं और इसीलिए उसने मुझे यहां की चाबी दी थी।''

जैसे शराफत से मैं उसके सवालों का जवाब दे रहा था, उससे खुद मुझे विश्वास नहीं हो रहा था कि मैं एक पुलिसिया था। लेकिन मैं उस पर अपनी हकीकत जाहिर भी तो नहीं करना चाहता था! क्या जवाब देता मैं उसे अपनी हरकत का कि मैंने – एक पुलिस अधिकारी ने – चोरों की तरह फ्लैट में घुसने की कोशिश की थी?

''फिर तो मुझे अफसोस है कि मैंने तुम पर वार किया'' – वह तनिक खेदपूर्ण स्वर में बोला – ''अब मुझे क्या पता था कि सुषमा ने ही तुम्हें . . . लेकिन मेरे मुन्ने, फिर भी तुम्हें यूं चोरों की तरह भीतर दाखिल होने की क्या जरूरत थी? जब घर की मालकिन ने ही तुम्हें चाबी दी थी तो धड़ल्ले से दरवाजा खोलकर भीतर घुसते!''

''भीतर रोशनी थी।'' – मैं क्षीण स्वर में बोला – ''मैं समझा था कि भीतर चोर था।''

वह हो-हो करके हंसा।

''वाह! तो तुमने मुझे चोर समझा और मैंने तुम्हें। लेकिन प्यारे मुन्ने, अगर मैं सचमुच चोर होता तो तुम्हारी तो ऐसी-तैसी फिर गई होती।''

मैंने सहमति में सिर हिलाया।

''सॉरी!'' – वह फिर खेदपूर्ण स्वर में बोला – ''मुझे अफसोस है कि मैंने सुषमा के किसी फ्रेंड पर हाथ उठाया।''

''नेवर माइण्ड।'' – मैं बोला।

''लेकिन साथ ही खुशी भी है कि गोली नहीं चला बैठा, हालांकि ऐसा करने का इरादा मेरा था।''

मैं खामोश रहा।

''बन्दे को कुमार कहते हैं।'' – वह यूं बोला था जैसे उसका वह संक्षिप्त नाम ही उसका मुकम्मल परिचय था – ''तुम यहां इत्मीनान से बैठो। मैं तो बस जाने ही वाला था।''

''सुषमा से क्या सम्बन्ध है तुम्हारा?''

''यह सवाल'' – वह मुस्कराया – ''सुषमा से ही पूछना। उसने बताना होगा तो बता देगी।''

''पिस्तौल हमेशा पास रखते हो?''

उसने एक क्षण बड़ी सर्द निगाह से मुझे देखा।

''हां।'' – फिर वह बोला – ''कोई ऐतराज?''

मैंने इनकार में सिर हिलाया।

''तुम्हारी नाक में से खून बह रहा है। बाथरूम में गर्म पानी आ रहा है। जाकर मुंह धो लो और हुलिया सुधार लो, नहीं तो सुषमा क्या कहेगी!''

मैं बाथरूम में पहुंचा।

मैंने सिंक के ऊपर लगे शीशे में अपनी सूरत देखी।

मेरी नाक में से खून बह नहीं रहा था लेकिन बहा जरूर था और वहां से टपककर मेरे कोट पर भी गिरा था। मेरी बाई आंख का निचला भाग सूजने लगा था और काला भी पड़ने लगा था।

मैंने जेब से रूमाल निकाला और उसे गर्म पानी में गीला कर-करके अपने चेहरे की मरम्मत करने लगा।

मैंने कोट पर टपके खून को भी साफ करने की कोशिश की।

पांच मिनट बाद जब मैं बाथरूम से बाहर निकला तो कुमार नाम का वह राक्षस मुझे दिखाई न दिया। वह जा चुका था।

मैंने एक सिगरेट सुलगा लिया और दिमाग पर जोर देकर सोचने लगा कि उस सर्वदा अपरिचित व्यक्ति की सूरत क्यों मुझे पहचानी हुई लग रही थी!

इतना लम्बा-चौड़ा आदमी आसानी से तो भुलाया जा नहीं सकता था! मैं पहले कभी उससे मिला होता तो मुझे उसकी याद होती! लेकिन मुझे तो गारण्टी थी कि पहले कभी मेरा उससे आमना-सामना नहीं हुआ था!

फिर वह मुझे जाना-पहचाना क्यों लग रहा था?

कोई वजह मेरी समझ में न आई।

मेरी खोपड़ी में अभी भी सांय-सांय हो रही थी और आखें अभी भी धुंधला जाती थीं।

साले का हाथ था या हथौड़ा!

एक ही वार से बाजा बज गया था मेरा।

एकाएक मेरी निगाह सेण्टर टेबल के नीचे पड़े एक लिफाफे पर पड़ी।

वह एक सफेद रंग का आयताकार लिफाफा था जिसके निचले बायें कोने पर मेरी बीवी का नाम और मेरा अशोक विहार का पता छपा हुआ था।

मुझे जैसे सांप सूंघ गया।

आगे बढ़कर मेज के नीचे से वह लिफाफा मैंने यूं उठाया जैसे वह मुझे करण्ट मार सकता हो।

उस लिफाफे को मेरे से बेहतर कौन पहचान सकता था?

जोगिया रंग की छपाई और 'रेज़' हुए अक्षरों वाले वैसे लिफाफे मैंने खास तौर से निशा की स्पेशल फरमाइश पर उसे छपवाकर दिए थे।

उसमें से उस सैंट की खुशबू तक आ रही थी जो कि मेरी बीवी को बहुत पसन्द था और जिसे वह तभी लगाती थी जब वह घर से बाहर कहीं निकलती थी।

लिफाफा फटा हुआ था और उस वक्त खाली था। उस पर पाने वाले का कोई नाम या पता नहीं लिखा हुआ था और न ही उस पर डाक टिकट लगी हुई थी।

यानी कि वह लिफाफा डाक से भेजे जाने के स्थान पर दस्ती किसी को सौंपा गया था।

वह लिफाफा, वह इतना व्यक्तिगत लिफाफा, वहां कैसे पहुंचा?

मेरे पास उस सवाल का एक ही जवाब था और वह जवाब मेरे तन-बदन में आग लगाए दे रहा था।

मेरी बीवी वहां आई थी।

मेरे आगमन से पहले वह वहां थी।

उस दैत्याकार व्यक्ति के साथ।

जरूर वही पटेल था।

उसका पुराना यार। पूना की डकैती का उसका सहयोगी।

उसका राजेश।

पटेल का नाम आर.के. पटेल था।

'आर' से राजेश बनता था तो 'के' से कुमार बनता था।

कुमार ही राजेश था।

राजेश ही पटेल था।

पटेल ही वह दैत्याकार व्यक्ति था जो मेरे चेहरे का कचूमर निकालकर अभी-अभी वहां से गयो था।

मेरी बीवी का यार!

ईर्ष्या और क्रोध से एकाएक मेरा सारा जिस्म कांपने लगा।

मैं दीवान पर ढेर हो गया।

अब मेरी बीवी की मौत निश्चित थी।

अपनी बीवी के बेपनाह हुस्न की वजह से अब मेरा दिल पसीजने वाला नहीं था।

अब तो उसकी हत्या होनी ही थी।

फौरन!

कल!

□□□

सुषमा सवा बारह बजे लौटी।

''हे भगवान!'' – मेरे चेहरे पर निगाह पड़ते ही वह बोली – ''तुम्हारे थोबड़े को क्या हुआ? रोड़ी कूटने वाले इंजन से टकराए थे क्या?''

''यही समझ लो।'' – मैं बोला।

''समझ लो क्या? ठीक से बताओ, क्या हुआ?''

''वही हुआ जो तुम कह रही हो। रोड़ी कूटने वाला इंजन आ टकराया था मेरे थोबड़े से।''

वह फिक्र, हैरानी और हमदर्दी से मिले-जुले भाव चेहरे पर लिए मुझे अपलक देखती रही।

''तुमने मुझे बताया होता!'' – मैं बोला।

''क्या?''

''यही कि तुम्हारे सारे ब्वायफ्रेंड्स गैंगस्टर थे।''

वह हड़बड़ाई।

''तुम'' – वह सन्दिग्ध भाव से बोली – ''कब से यहां आए हुए हो?''

''दो घण्टे हो गए हैं।''

''यानी कि पौने ग्यारह से पहले आए थे?''

''हां।''

''मैंने तुम्हें मना किया था।'' – वह अप्रसन्न स्वर में बोली।

मैंने लापरवाही से कन्धे उचकाये।

''कुमार यहां था?''

''हां।''

''तुम्हारी यह गत उसने बनाई?''

''हां।''

''क्यों?''

''वजह तो उसी से पूछना।''

''खामखाह तो उसने ऐसा किया नहीं होगा!''

''खामखाह ही किया था।''

''वह साढ़े दस यहां से चला जाने वाला था। मैंने तुम्हें पौने ग्यारह यहां आने के लिए इसीलिए कहा था ताकि तुम्हारा उससे आमना-सामना न होने पाता। जब मैंने खास तौर से तुम्हें मना किया था तो तुम्हें वक्त से पहले यहां नहीं आना चाहिए था।''

''मना करने की कोई वजह भी तो बताई होती!''

''क्यों बताई होती? मैं तुम्हें अपनी लाइफ स्टोरी सुनाने के लिए बाध्य नहीं हूं। तुम भी यहां आने के लिए बाध्य नहीं हो, खास तौर से तब जबकि मैं तुम्हें पहले ही बता चुकी हूं कि मैं पुलिसियों को नापसन्द करती हूं।''

मैं खामोश रहा। वह ठीक कह रही थी। गलती सरासर मेरी थी।

''और फिर कैसे पुलिसिए हो जो इतनी आसानी से किसी से मार खा गए? जो पुलिस वाला अपनी हिफाजत नहीं कर सकता, वह किसी नागरिक की हिफाजत क्या करेगा?''

''अब मुझे क्या पता था कि तुम्हारे घर पर तुम्हारा कोई ब्वायफ्रेंड बैठा होगा! मालूम होता तो मैं सावधान होता।''

''तो भी तुम कुमार से मार ही खाते। देख ली मैंने तुम्हारी पुलिसबाजी।''

''अब कम-से-कम यह मेरी समझ में आ गया है कि तुम मुझे घास क्यों नहीं डालती!''

''क्या समझ में आ गया है तुम्हारे?''

''यही कि तुम्हें राक्षसों जैसे मर्द पसन्द हैं।''

''तुम्हारा इशारा कुमार की तरफ है?''

''और किसकी तरफ होगा?''

''स्टूपिड! डमडम! कुमार मेरा भाई है। सगा। मांजाया।''

तब मेरी समझ में आया कि मुझे उस राक्षस की शक्ल जानी-पहचानी क्यों लगी थी। मुझे उसकी शक्ल इसलिए जानी-पहचानी लगी थी क्योंकि वह हूबहू सुषमा से मिलती थी।

दोनों के नयन-नक्श सरासर एक जैसे थे। फर्क था तो उनके आकार में या इस बात में था कि सुषमा के चेहरे से सौम्यता और मिठास झलकती थी जबकि उसके भाई का चेहरा कठोर और क्रूर था।

वह अब साफ-साफ मुझसे खफा लग रही थी जबकि मेरा उससे कोई मतलब तभी हल हो सकता था जबकि वह अच्छे मूड में होती और मुझ पर मेहरबान दिखाई देती – वैसे ही जैसे वह तब थी जब उसने मुझे अपने फ्लैट की चाबी दी थी।

''तुम ठीक कह रही हो।'' – मैं अनुनयपूर्ण स्वर में बोला – ''मैं वाकई स्टूपिड हूं। डमडम भी – जो भी इसका मतलब होता है – और और भी बहुत

कुछ। मैं माफी चाहता हूं। मुझे वक्त से पहले यहां नहीं आना चाहिए था। मुझसे गलती हुई।''

वह खामोश रही।

''अपनी गलती की सजा तो तुम देख रही हो कि मुझे मिल ही गई है। कोई और सजा तुम्हारी निगाह में हो तो मुझे वह भी कबूल है।''

उसके चेहरे के भाव बदले।

''छोड़ो।'' – वह बदले स्वर में बोली – ''जो हुआ, सो हुआ। कुमार मेरा भाई है। उसके मांगने पर मैं उसे चाबी देने से इनकार तो नहीं कर सकती थी!''

''दुरुस्त।''

''उसने किसी से मिलना था यहां।'' – मेरे पूछे बिना ही उसने बताया – ''और उसने पक्के तौर से कहा था कि वह साढ़े दस बजे यहां से चला जाने वाला था। मैंने तुम्हें पन्द्रह मिनट का मार्जन भी दिया था लेकिन तुम . . .''

''सॉरी! सॉरी!''

वह खामोशी हो गई।

''किससे मिलना था उसने?'' – मैंने उत्सुक भाव से बोला।

''क्या पता किससे मिलना था!''

''शायद किसी गर्लफ्रेंड से!''

''हो सकता है।''

हो सकता है – मैंने मन-ही-मन दोहराया – हो क्या सकता है, बात ही यही थी। उसने यहां मेरी बीवी से मिलना था। इसीलिए जब मैंने अपने घर फोन किया था तो मेरी बीवी ने फोन नहीं उठाया था। कैसे उठाती? उस वक्त तो वह यहां उस कुमार उर्फ राजेश उर्फ पटेल नाम के राक्षस के आगोश में लेटी उसके साथ रंगरलियां मना रही थी।

मेरी बीवी सुषमा सोनी के अपराधी जीवन की सहेली थी और उसके भाई की माशूका थी।

मेरा दिमाग भन्ना गया।

मुझे लगने लगा कि मैं पागल हो जाने वाला था।

''एक बात पूछूं?'' – एकाएक मैं बोला।

''पूछो।'' – वह सशंक स्वर में बोली।

''मुझे एक ड्रिंक हासिल हो सकता है?''

''ओह! वह! मैं तो समझी थी कि तुम . . . ड्रिंक की क्या बात है, वह तो हासिल ही हासिल है, हाजिर ही हाजिर है। मैं अभी आई।''

तीन मिनट में उसने सेण्टर टेबल पर पीटर स्कॉट की नई बोतल और गिलास वगैरह सजा दिए।

''तुम ड्रिंक बनाओ'' – वह बोली – ''मैं कपड़े बदलकर आई।''

मैंने सहमति में सिर हिलाया।

मैंने उसके निगाह से ओझल होने तक इन्तजार किया फिर कोने की एक टेबल पर रखे टेलीफोन के करीब पहुंचा।

मैंने अपने घर का नम्बर डायल किया।

कुछ क्षण बाद निशा ने फोन उठाया। वह बोली तो मुझे उसका स्वर उनींदा-सा लगा। लेकिन वह नींद की खुमारी थोड़े ही हो सकती थी! वह तो अभिसार की थकावट थी जो उसके स्वर से झलक रही थी।

मैंने उससे यह नहीं पूछा कि वह कहां गई हुई थी। न ही मैंने उसे बताया कि मैंने पहले भी फोन किया था। मैंने उसे यही कहा कि कैब्रे डान्सर की हत्या वाले केस में मैं अभी भी व्यस्त था।

''थोड़ी देर पहले टोकस का फोन आया था।'' – उसने बताया – ''वह बड़ा हैरान हुआ था कि तुम घर पर नहीं थे।''

''मैं घर ही आ रहा था लेकिन मुझे एकाएक केस से सम्बन्धित एक ऐसी टिप मिल गई थी जिस पर तुरन्त काम करना निहायत जरूरी था।''

''अब घर आ रहे हो?''

''अभी नहीं। तुम सो जाओ। मैं पता नहीं कब लौट पाऊंगा।''

''फिर भी जल्दी आने की कोशिश करना।''

''अच्छा।''

मैंने फोन रख दिया।

वैसा तो वह हमेशा ही कहती थी और मैं विश्वास भी कर लेता था कि वह चाहती थी कि मैं जल्दी आऊं।

साली! – मैं नफरत में बुदबुदाया – दिल से तो चाहती होगी कि मैं न ही आऊं।

मैं सोफे पर जा बैठा और सुषमा के लौटने की प्रतीक्षा करने लगा।

इस बार वह एक गले से लेकर टखनों तक आने वाला कफ्तान पहनकर प्रकट हुई। वह मेरे करीब सोफे पर आ बैठी। मैंने उसके हाथ में व्हिस्की का गिलास थमा दिया। उसके गिलास में मैंने जान-बूझकर ज्यादा व्हिस्की डाली थी। हम दोनों ने चियर्स बोला।

एकाएक उसने अपनी कोमल उंगलियों से मेरे चेहरे के सूजे हुए भाग को छुआ।

''मुझे अफसोस है'' – वह खेदपूर्ण स्वर में बोली – ''कि कुमार ने तुम पर हाथ उठाया।''

''जाने दो।'' – मैं बोला – ''गलती मेरी थी।''

''उसे मालूम तो नहीं हुआ होगा कि तुम पुलिसिए थे?''

''नहीं।''

''अच्छा हुआ। मालूम हो जाता तो उसके छक्के छूट जाते। दादा-वादा कुछ नहीं है वो।''

''अच्छा!''

''और नहीं तो क्या!''

उसने अपना गिलास खाली करके मेज पर रख दिया।

दूसरी बार भी मैंने अपने से कहीं ज्यादा व्हिस्की उसके गिलास में डाली।

मैं चाहता था कि उसे नशा हो जाता और फिर मैं अपने मतलब की बात उससे पूछ पाता।

''पुराने जमाने में'' – वह बोली – ''लोग जब सच्चे दोस्त बन जाते थे तो अपनी पगड़ियां बदल लेते थे।''

''तो?'' – मैं सकपकाकर बोला।

''हम पगड़ियां तो बांधते नहीं! क्यों न हम व्हिस्की के जाम बदलकर अपनी सच्ची दोस्ती का इजहार करें?''

मैं समझ गया कि वह मेरी ट्रिक समझ गई थी कि मैं उसे ज्यादा व्हिस्की पिलाने की कोशिश कर रहा था।

उसने जबरन मुझसे गिलास बदल लिया और आदेशपूर्ण स्वर में बोली – ''कम ऑन! बॉटम्स अप।''

मजबूरन मुझे उसके साथ एक सांस में गिलास खाली करना पड़ा।

''तुम मुझे टुन्न करके'' – वह बोली – ''मेरे साथ कोई ज्यादती करने का इरादा तो नहीं रखते?''

''सच पूछो तो'' – मैं मजाकभरे स्वर में बोला – ''मेरा यही इरादा था।''

''सच कह रहे हो?'' – वह संदिग्ध भाव से बोली।

''व्हिस्की पीकर भला कोई झूठ बोलता है?''

''वैरी गुड। फिर तो जल्दी टुन्न होने की कोशिश करते हैं।''

मैंने यही समझा कि वह मजाक के बदले में मजाक कर रही थी।

मुझे बाद में लगा कि वह मजाक नहीं कर रही थी।

एक कोने में टू-इन-वन पड़ा था। उसने उसमें एक टेप डाला और उसे ऑन कर दिया।

वातावरण संगीतमय हो उठा।

कुछ क्षण बाद मैंने अनुभव किया कि वह उसी के गाए हुए गानों का कैसेट था।

अगले एक घण्टे में मैंने कई बार उससे वे बातें चलाने की कोशिश की जिनकी खातिर मैं वहां आया था लेकिन उसने हर बार मुझे 'अभी संगीत का मजा लो', 'अभी ड्रिंक का मजा लो' जैसी कोई बात कहकर टाल दिया। शीला अत्रे की बाबत किसी बात की मैं शुरुआत भी न कर पाया।

फिर व्हिस्की का नशा मुझ पर भी हावी होने लगा।

''आओ, डांस करें।'' – एकाएक वह बोली।

"क्या?" – मैं हड़बड़ाया।

"डांस! डांस!"

"मुझे डांस करना नहीं आता।"

"मैं सिखा दूंगी! उठो।"

मैं उठा। हम दोनों एक-दूसरे की बांहों में आ गए। नशे के उस आलम में नौजवान जिस्म की बांहों में आने से मुझे बड़ी सुखद अनुभूति हुई।

अपने ही गीत के तालमेल पर वह मुझे नाचना सिखाने लगी।

फिर मुझे भूल ही गया कि मैं वहां तफरीह के लिए नहीं, किसी मिशन की खातिर, किसी पूछताछ की खातिर, आया था।

पता नहीं कब बोतल खतम हुई।

पता नहीं कब मैं आउट हुआ और कहां ढेर हुआ।

□□□

जब मुझे होश आया तो खिड़की के रास्ते भीतर दाखिल होती हुई धूप मेरे मुंह पर पड़ रही थी।

बड़ी मुश्किल से मैं आंखें खोल पाया और फिर उन्हें खुली रख पाया।

अजीब हालत थी मेरी।

मुझे यह याद करने में भी तकलीफ हो रही थी कि मैं कहां था।

मेरा सिर फोड़े की तरह दुख रहा था और जुबान सूखे चमड़े की तरह मुंह में रखी मालूम हो रही थी। मुझे अपनी आंखें खोलना दूभर लग रहा था। मुझे सांस फंस-फंसकर आ रही थी और मुझे अपना जिस्म पसीने से चिपचिपा रहा महसूस हो रहा था।

फिर मुझे अनुभव हुआ कि मैं पलंग पर लेटा हुआ था। मेरे पैरों में जूते नहीं थे और मेरा खुला गला बता रहा था कि मैं टाई भी उतार चुका था।

मेरे पहलू में कोई स्त्री लेटी हुई थी।

जरूर नशे की हालत में ही किसी तरह मैं घर पहुंच गया था।

मैंने चारों तरफ निगाह दौड़ाई।

मुझे वहां की एक भी चीज परिचित न लगी।

मैंने एक कोहनी के सहारे उचककर अपने करीब डबलबेड पर लेटी औरत पर निगाह डाली।

तब मुझे सूझा कि मैं घर नहीं पहुंचा था, मैं वहीं था जहां पिछली रात मैंने जश्न मनाया था और मेरे करीब लेटी औरत सुषमा सोनी थी।

वह पीठ के बल पलंग पर पड़ी थी। उसकी टांगें फैली हुई थीं और उसका कफ्तान उसकी जांघों के ऊपर तक उठा हुआ था। उसके गले के पास कफ्तान के बटन खुले हुए थे और गिरहबान के रास्ते उसकी अंगिया का एक कप बाहर निकला हुआ था। उसकी लिपस्टिक पुंछी हुई थी और उसके बाल बिखरे हुए थे। उसकी सांस यूं चल रही थी कि हर दूसरी-तीसरी बार उसकी नाक से सीटी निकल जाती थी। उसके होंठों की कोरों पर उसके मुंह से बहकर निकल आई झाग जम गई मालूम होती थी। उसकी आंखों के नीचे काले दायरे दिखाई दे रहे थे।

उस वक्त वह मुझे डायन जैसी लगी। मुझे हैरानी हो रही थी कि वही औरत लीपापोती के बाद खूबसूरत भी लग सकती थी।

कांपता-लड़खड़ाता मैं पलंग पर से उठा।

मेरी नशे की उस हालत में जरूर उस पव्वे का भी हाथ था जो मैंने ''जैक एण्ड जिल'' पहुंचने से पहले पिया था। तब उसका नशा मुझे नहीं था लेकिन उसने पेट में और नशे की ग्राउण्ड तो तैयार कर ही दी थी।

अपने जूते मैंने कहीं से उठाए तो जुर्राबें कहीं से। टाई कहीं से उठाई तो कोट कहीं से।

मैंने जूते-जुर्राबें पहनीं, कोट पहना, टाई उसकी जेब में ठूंसी और बाथरूम में दाखिल हो गया।

वहां मुझे इतनी जोर से उल्टी हुई कि मेरी आंखें फट पड़ीं और मेरा सूजा हुआ

चेहरा बुरी तरह से दुखने लगा।

दस मिनट बाद मैं कहीं किसी काबिल हो पाया।

तब मैंने कलाईघड़ी पर निगाह डाली।

साढ़े आठ बजे थे।

मैं बाहर निकला।

अनायास मेरी निगाह वॉल-क्लॉक की तरफ उठ गई।

वह सवा आठ बजा रही थी।

पता नहीं, सही वक्त क्या था!

तब मुझे अपनी कलाईघड़ी से ऐसी झुंझलाहट हुई कि मेरा जी चाहा कि मैं अभी उसे उतारकर कहीं फेंक दूं।

मैंने सुषमा की तरफ निगाह उठाई।

वह दीन-दुनिया से बेखबर सोई पड़ी थी और दोपहरबाद तक भी उठने वाली नहीं मालूम होती थी।

मैं बाहर को चल दिया।

ड्राइंगरूम की टेबल पर मुझे पीटर स्कॉट की दो खाली बोतलें दिखाई दीं।

मेरे छक्के छूट गए।

दो!

पिछली रात हम दो बोतलें पी गए थे?

नहीं। दूसरी बोतल पहले से ही खुली होगी और उसमें थोड़ी-बहुत ही व्हिस्की रही होगी।

वह झूठी तसल्ली थी।

मेरी हालत कह रही थी कि हमने दो बोतलें पी हों, यह सरासर हो सकता था।

पिछली रात कैसे बीती थी, हम दोनों के बीच क्या कुछ हुआ था, इस बारे में मुझे कतई कुछ याद नहीं आ रहा था। अपनी पुलिस की नौकरी में दर्जनों बार मैंने ऐसे गवाहों का बयान, दर्ज किया था जो कि कसम खाकर कहते थे कि नशे की वजह से उन्हें कुछ याद नहीं था कि पिछली रात क्या हुआ था, लेकिन मैंने कभी

ऐसे किसी गवाह की बात पर विश्वास नहीं किया था। आज मैं खुद इस बात का गवाह था कि ऐसा हो सकता था।

और तो और, मुझे यही याद नहीं आ रहा था कि मैं ड्राइंगरूम से बैडरूम में कब को पहुंच गया था और मैंने सुषमा के साथ कुछ किया था या नहीं।

ग्रीनपार्क में ही मैंने एक हलवाई की दुकान तलाश की।

मैंने उससे कम-से-कम आधा किलो दही लेकर खाया।

मुझे कुछ राहत महसूस हुई।

फिर मैंने एक नाई के पास जाकर शेव और बालों में शैम्पू करवाया। उसी ने मेरे कोट को अच्छी तरह से झाड़ दिया। और वहां मैंने गले में टाई भी पहन ली। अब मैं कम-से-कम कहीं मोरी में गिर-पड़के आया शराबी नहीं लग रहा था। मेरा चेहरा अभी भी सूजा हुआ था और मेरी आंख के नीचे काला निशान भी अभी था लेकिन फिर भी अब मैं कम-से-कम एक संभ्रान्त व्यक्ति लगने लगा था।

मैं अपने-आपको अपनी इस अलगर्जी के लिए हजार-हजार गालियां दे रहा था कि गया था मैं सुषमा सोनी से अपनी बीवी की पिछली जिन्दगी के बारे में जानकारी हासिल करने और बैठ गया था मैं उसके साथ शराब पीने।

साढ़े नौ के करीब मैंने अपने घर फोन किया।

''कहां हो तुम?'' – निशा बड़े फिक्रभरे स्वर में बोली – ''खैरियत तो है?''

''खैरियत है। मुझे अफसोस है कि मैं रात को घर नहीं लौट सका लेकिन यह केस ही कुछ ऐसा है कि . . .''

''उस पर रात-रात भर काम करना पड़ता है!'' – उसके स्वर में व्यंग्य का पुट था।

''हां। और . . .''

''तुम्हारी जानकारी के लिए तुम्हारा ए.सी.पी. और टोकस दोनों सुबह से दो-दो बार फोन कर चुके हैं।''

''मेरे बारे में क्या कहा तुमने उन्हें?''

''यही कि रात को तुम्हारा फोन आया था और तुम उस कैब्रे डांसर की हत्या के केस पर ही काम कर रहे थे, यही कि तुम्हें कोई बड़ी हॉट टिप मिल गई थी।''

उसके कहने के ढंग से ऐसा लग रहा था जैसे उसे खुद उस बात पर विश्वास नहीं था।

''मैं अभी उनसे बात करता हूं।'' – मैं बोला।

''वो तो तुम करते हो'' – वह व्यग्र भाव से बोली – ''लेकिन घर कब आओगे?''

''जल्दी। बहुत जल्दी।''

''ऐसे तो तुम बीमार पड़ जाओगे! घर आओ और आकर आराम करो।''

''अच्छा। तुम भी कोशिश करना मुझे घर पर ही मिलने की।''

कहते ही मैंने लाइन काट दी।

मेरी अक्ल यही कह रही थी कि मुझे थाने फोन करना चाहिए था लेकिन मैंने जानबूझकर ऐसा न किया।

मैं एक थ्री-व्हीलर पर सवार हो गया।

मैंने ड्राइवर को काका नगर चलने के लिए कहा।

काका नगर में विपिन कुमार रहता था।

मैंने थ्री-व्हीलर मेन रोड पर ही छोड़ दिया और उसका पता तलाश करना आरम्भ किया।

उसके घर वाली गली में दाखिल होते ही मैं ठिठक गया।

गली में एक पुलिस की जीप खड़ी थी।

तभी जिस इमारत के सामंने जीप खड़ी थी, उसमें से टोकस बाहर निकला।

मुझे देखते ही वह ठिठक गया।

हम दोनों की निगाहें मिलीं।

फिर वह लपककर मेरे समीप पहुंचा।

''रवि!'' – वह मेरा एक कन्धा पकड़कर मुझे झिंझोड़ता हुआ बोला – ''कहां थे तुम? रात को घर भी नहीं पहुंचे। और यह हालत क्या बना रखी है तुमने अपनी?''

मैं खामोश रहा। मैंने अपलक उसकी तरफ देखा।

''मेरा बाप कहा करता था'' – वह बोला – ''कि रात से लगाव या तो

आशिक को होता है या उल्लू को। तुम इन दोनों में से . . .''

''तुम यहां कैसे आए?'' – मैं उसकी बात काटकर बोला।

''मैं तो तुम्हारी तलाश में जैसे और जगह भटक रहा था, वैसे ही यहां भी आया था। तुम बताओ, तुम यहां कैसे आए?''

''यहां तुम विपिन कुमार के पास आए थे?''

''हां। मैंने सोचा, शायद तुम यहां आए होवो और उसे तुम्हारे बारे में कुछ मालूम हो।''

''वह घर पर था?''

''हां। तुम यहां कैसे आए?''

मैंने जवाब न दिया।

''चलो, जीप में बैठो। रास्ते में बात करेंगे।''

हम दोनों जीप पर सवार हो गए।

हम मेन रोड पर पहुंचे तो मैंने उसे जीप रोकने को कहा। उसने जीप को फुटपाथ के साथ लगाकर रोका।

''रवि'' – वह चिन्तित भाव से बोला – ''किस फिराक में हो तुम? जानते हो, तुम्हारे यूं गायब हो जाने की वजह से ए.सी.पी. तुम पर कितना खफा है? और यह तुम्हारे चेहरे को क्या हुआ है? कहां थे तुम रात को?''

''विपिन कुमार से'' – मैं बोला – ''तुम मेरे ही बारे में पूछकर चले आए थे या तुमने उससे कुछ और भी पूछा था?''

''और क्या पूछता मैं उससे?''

''तुम बताओ।''

''और तो मैंने कुछ नहीं पूछा था उससे!''

''उसने खुद तुम्हें कुछ बताया हो?''

''ना''

''आई सी।''

''दरअसल वह अभी-अभी काम से लौटा था और सोने की तैयारी कर रहा था।''

"हूं।"

"अब तुम मेरे साथ हैडक्वार्टर चल रहे हो?"

मैंने इनकार में सिर हिलाया।

"नहीं?" – वह हैरानी से बोला।

मैंने फिर इनकार में सिर हिलाया।

"ए.सी.पी. तुम्हारी ऐसी-तैसी फेर देगा।"

"ए.सी.पी. की मां की . . ."

उसने और भी सख्त हैरानी से मेरी तरफ देखा।

"उसे कह देना कि मैं अभी तुम्हें नहीं मिला।" – मैं बोला – "अगर मेरी खातिर झूठ न बोल सको तो कह देना कि मैं कबड्डी नहीं खेल रहा हूं, इस केस पर काम कर रहा हूं। उसे याद दिला देना कि मेरी ही वजह से अग्रवाल और निशा वाले नेगेटिव निशा के फ्लैट से बरामद हुए थे।"

"तुम्हारी वजह से कैसे?"

मैंने अपने होंठ काटे। गलत बात मेरे मुंह से निकल गई थी।

फिर मैंने बात बनाई।

"उसका भेजा सब-इन्सपेक्टर कुन्दनलाल तो वहां से बैरंग वापिस लौट रहा था। मैंने ही उसे सुझाया था कि नेगेटिव टॉयलेट में पानी की टंकी में भी हो सकते थे।"

"ओह! लेकिन ए.सी.पी. को रिपोर्ट तो तुम्हें फिर भी देनी चाहिए!"

"दे दूंगा रिपोर्ट भी।"

"कब दोगे?"

"जब थाने आऊंगा।"

"कब आओगे?"

मैं केवल मुस्कराया।

"मेरा बाप कहा करता था कि . . ."

"छोड़ो, यार! कान पक गए मेरे तुम्हारे बाप की बातें सुन-सुनकर। कभी चुप

भी बैठता था वो?''

उसने आहत भाव से मेरी तरफ देखा।

''सॉरी।'' – मैं तुरन्त उसका कन्धा दबाता खेदपूर्ण स्वर में बोला – ''यार, मेरा मूड ठीक नहीं है।''

''वह तो दिखाई दे रहा है मुझे!''

मैं जीप से उतर पड़ा।

''तुम विपिन कुमार के पास जा रहे हो?'' – उसने पूछा।

''हां।''

''मैं भी चलूं?''

''नहीं। कोई जरूरत नहीं।''

मेरे स्वर में ऐसा सख्ती का पुट था कि वह हैरानी से मेरा मुंह देखने लगा।

मैं भी क्या करता! उसे भला कैसे मैं अपने साथ ले जा सकता था? मैं उसे कैसे समझा सकता था कि उस केस के हल को ही मैं अपनी व्यक्तिगत समस्या का भी हल बनाना चाहता था? उसका यूं विपिन कुमार के पास पहुंच जाना तो मेरी सारी योजना ही चौपट कर सकता था। गनीमत थी कि वो वहां सिर्फ मेरे बारे में पूछताछ करने आया था।

जीप के वहां से रवाना होने तक मैं वहीं खड़ा रहा। फिर मैं वापिस लौटा।

विपिन कुमार जिस कमरे में रहता था, वह इमारत के गैरेज के ऊपर था। लोहे की गोल सीढ़ियां चढ़कर मैं उस तक पहुंचा। मैंने बन्द दरवाजे पर दस्तक दी।

विपिन कुमार ने दरवाजा खोला।

मुझे देखकर वह सकपकाया। फिर फौरन वह पीछे हट गया।

मैं भीतर दाखिल हुआ।

वह एक छोटा-सा कमरा था और वहां बेतरतीबी का बोलबाला था।

एक कुर्सी पर पड़ा ढेर सारा सामान उठाकर उसने मेरे लिए बैठने की जगह बनाई।

''अभी आपका साथी भी यहां आया था।'' – वह बोला।

''मुझे मालूम है।'' – मैं बोला – ''मिला था वो मुझे।''

''ओह!''

''कपड़े-वपड़े बदलने हों तो बदल ले। तू मेरे साथ चल रहा है।''

''कहां?'' – वह सशंक स्वर में बोला।

''मालूम हो जाएगा।''

''लेकिन माई-बाप, मैं . . .''

''सुना नहीं?'' – मैं कर्कश स्वर में बोला।

''मैं अभी काम से लौटा हूं।''

''कोई बात नहीं।''

''मैं शेव कर लूं?''

''कर ले।''

कमरे से ही जुड़ा एक छोटा-सा बाथरूम था, शेव करने के लिए जिसमें वह दाखिल हो गया। अपने पीछे उसने दरवाजा बन्द कर लिया।

उसकी वह हरकत मुझे बहुत रास आई।

मैं कुर्सी पर से उठा और दबे पांव उसके पलंग के करीब पहुंचा। पलंग के नीचे एक सूटकेस पड़ा था। मैंने सूटकेस को थोड़ा-सा बाहर खींचा और उसका ताला ट्राई किया।

ताला खुला था।

मैंने अपने कोट की भीतरी जेब से एक खाकी लिफाफा निकालकर हाथ में ले लिया। मैंने सावधानी से एक बार बाथरूम के बन्द दरवाजे की तरफ देखा और फिर हौले से सूटकेस का ढक्कन उठाया। अपने हाथ का लिफाफा मैंने सूटकेस में मौजूद कपड़ों के नीचे रख दिया और ढक्कन वापिस गिरा दिया। मैंने उसे पूर्ववत् बन्द किया और वापिस यथास्थान धकेल दिया।

मैं वापिस कुर्सी पर आ बैठा।

मैंने एक सिगरेट सुलगा लिया और उसके छोटे-छोटे कश लगाता उसके

बाथरूम से बाहर निकलने की प्रतीक्षा करने लगा।

मैं दूसरा सिगरेट सुलगा रहा था जबकि वह बाहर निकला।

''मुझे तीन बजे उठना पड़ता है।'' – वह कपड़े तब्दील करता बोला – ''यह मेरे सोने का वक्त होता है।''

''ज्यादा नखरे झाड़ने की जरूरत नहीं है।'' – मैं सख्ती से बोला।

''लेकिन साहब, मैं तो समझ रहा था कि मेरी तरफ से आपकी हर तरह की तसल्ली हो चुकी थी!''

''हर तरह की नहीं। अभी मैंने यह चैक करना है कि अपनी गवाही के मामले में तूने सच बोला था या नहीं!''

''मैंने सच बोला था।''

''तू कहता ही तो है!''

''मैं तो . . .''

''अगर तूने सच बोला था तो तू डरता किस बात से है?''

वह खामोश रहा।

उसे कपड़े बदल चुका पाकर मैं उठ खड़ा हुआ।

सड़क पर आकर हम एक थ्री-व्हीलर पर सवार हो गए।

वह मुझसे परे हटकर अपने कोने में यूं सिमटकर बैठा जैसे मुझे छूत की बीमारी हो।

''मिन्टो रोड।'' – मैं ड्राइवर से बोला।

''हम'' – वह सशंक स्वर में बोला – ''संतरा के यहां चल रहे हैं?''

''हां।'' – मैं बोला – ''तू कहता है न, कि सोमवार दोपहर से रात के ग्यारह बजे तक तू उसके साथ था! अब देखते हैं वह क्या कहती है!''

''वह भी यही कहेगी।''

''ठीक है। अभी दूध का दूध और पानी का पानी हुआ जाता है।''

''मैंने आपसे रत्ती भर भी झूठ नहीं बोला, माई-बाप।''

''वैसे तुझे याद है न?''

‘‘क्या?’’

‘‘कि तूने संतरा से नहीं मिलना था?’’

‘‘मैं नहीं मिला। मैं उसके पास भी नहीं फटका।’’

‘‘उसे पहले से सिखा-पढ़ा तो नहीं आया कि तेरे बारे में उसने क्या कहना था?’’

‘‘माई-बाप’’ – वह दीन-हीन स्वर में बोला – ‘‘आपसे मुलाकात के बाद से तो मैं मिन्टो रोड से ही नहीं गुजरा। आप बेशक संतरा से पूछ लेना।’’

‘‘पूछूंगा।’’

संतरा ने दरवाजा खोला।

मुझे विपिन के साथ आया देखकर उसके चेहरे पर सख्त हैरानी के भाव आए।

जबकि उसे मालूम था कि मैं विपिन के साथ वहां आने वाला था।

वह मेरी उम्मीद से ज्यादा अच्छी अभिनेत्री थी।

हम दोनों भीतर दाखिल हुए।

‘‘ये’’ – विपिन बोला – ‘‘इन्सपेक्टर शर्मा साहब हैं और साहब, यह संतरा है।’’

संतरा ने बड़ी गम्भीरता से मेरा अभिवादन किया। मैंने अभिवादन का जवाब दिया और बोला – ‘‘बहनजी, मैं एक कत्ल के केस की तफ्तीश कर रहा हूं। उस केस में इस शख्स का दखल हो भी सकता है और नहीं भी हो सकता। अपनी सफाई में इसने एक बयान दिया है जिसकी तसदीक आपसे करने के लिए मैं यहां आया हूं।’’

संतरा ने बड़ी संजीदगी से सहमति में सिर हिलाया। उसने एक उड़ती-सी निगाह विपिन पर डाली।

विपिन के चेहरे पर पूरे इत्मीनान के भाव थे।

‘‘आप’’ – मैं आगे बढ़ा – ‘‘जरा सोमवार के दिन को याद कीजिए। उस दिन . . .’’

‘‘संतरा’’ – विपिन बोला – ‘‘साहब को बताओ कि उस रोज मैं . . .’’

मैंने कहरभरी निगाह से विपिन की तरफ देखा।

वह हड़बड़ाकर चुप हो गया।

''तुम अपना थोबड़ा बन्द रखो।'' – मैं बोला – ''जो कहना है इन्हें कहने दो। समझ गए?''

विपिन ने सहमति में सिर हिलाया।

''हां, तो बहनजी, जरा सोमवार के दिन को याद कीजिए और याद करके बताइए कि क्या विपिन उस रोज यहां आया था? आया था तो कब आया था और कब तक यहां ठहरा था?''

''यह सोमवार को'' – संतरा गम्भीरता से बोला – ''दोपहर के आसपास यहां आया था।''

''दोपहरबाद या पहले?''

इतने सवाल मैं इसलिए कर रहा था ताकि विपिन को शक न हो कि मैं पहले यहां आ चुका था और संतरा को कोई पट्टी पढ़ा चुका था।

''पहले।'' – संतरा बोली – ''लेकिन जरा ही पहले। दोपहर ही समझो।''

''फिर?''

''फिर क्या?''

''यहां आकर क्या किया इसने?''

''उस दिन हमने यहां किराये का वीडियो मंगाया हुआ था। वही देखने यह यहां आया था। हम वीडियो देखते रहे थे।''

''सारा दिन।'' – विपिन बोला।

''तुम फिर बीच में बोले?'' – मैं दांत पीसता बोला।

विपिन सहमकर चुप हो गया।

''फिर?'' – मैं वापिस संतरा की तरफ आकर्षित हुआ।

''फिर जितनी फिल्में यहां थीं, वे खत्म हो गईं और यह और फिल्में लाने की नीयत से यहां से चला गया।''

''संतरा! संतरा!'' – विपिन घबराकर बोला – ''तुझे गलती लग रही है। मैं तो . . .''

मैंने आगे बढ़कर उसका गिरेबान पकड़ लिया।

''अगर'' – मैं उसे झिंझोड़ता हुआ बोला – ''अब दोबारा मुंह फाड़ा तो बत्तीसी बाहर निकाल दूंगा।''

वह घिघियाया।

''साला!'' – मैंने एक झटका देकर उसका गिरेबान छोड़ दिया – ''दो मिनट चुप नहीं खड़ा हो सकता!''

''हां तो'' – मैं संतरा से बोला – ''आप कह रही थीं . . .''

''मैं कह रही थी'' – संतरा बोली – ''कि विपिन और कैसेट लाने के लिए यहां से चला गया था।''

''कितने बजे गया था?''

''पांच बजे।''

''वक्त ठीक से याद है आपको?''

''हां।''

''और लौटा कितने बजे था?''

''साढ़े सात बजे के बाद।''

विपिन के छक्के छूट गए। मेरी चेतावनी के बावजूद वह बोले बिना न रह सका।

''संतरा! संतरा!'' – वह विक्षिप्तों की तरह चिल्लाया – ''तू गलत कह रही है। साढ़े सात बजे कहां, मैं तो उल्टे पांव वापिस लौट आया था। मैं तो . . .''

मैंने एक जोर का झांपड़ विपिन के चेहरे पर रसीद किया।

''यह गलत कह रही है।'' – अपना गाल सहलाता वो बद्हवास स्वर में बोला – ''संतरा! मैं तो मुश्किल से आधे घण्टे में वापिस लौट आया था!''

''तू साढ़े सात के बाद आया था।'' – संतरा दृढ़ स्वर में बोली।

''आपको इतना ठीक से टाइम कैसे याद है?'' – मैंने संतरा से पूछा।

''क्योंकि मैं इसके फिल्म लाने के इन्तजार में टेलीविजन प्रोग्राम देख रही थी। जब यह लौटा था, उस वक्त टेलीविजन पर हिन्दी समाचार आ रहे थे। और आप जानते ही होंगे कि हिन्दी समाचार साढ़े सात बजे से शुरू होते हैं . . .''

विपिन हत्थे से उखड़ गया।

''साली! हरामजादी!'' – वह संतरा पर झपट पड़ा – ''धोखेबाज! कमीनी!''

मैंने उसे जबरन संतरा से अलग न किया होता तो उसने जरूर उसका गला घोंट डाला होता।

''जान से मार डालूंगा!'' – वह दहाड़ा – ''खून पी जाऊंगा! साली, कुतिया!''

लेकिन मेरे हटाते-हटाते भी वह संतरा पर दो प्रहार कर चुका था।

संतरा धराशायी हो गई थी। उसकी नाक से खून बहने लगा था।

विपिन को मैंने अपनी भुजाओं में जकड़ा हुआ था लेकिन वह ज्वालामुखी की तरह धधकता हुआ अभी भी गालियां बक रहा था। गुस्से के अतिरेक में उसमें अद्वितीय शक्ति आ गई थी और वह मेरी गिरफ्त से छूट-छूट जाता था।

तंग आकर मैंने उसकी पसलियों में एक भीषण प्रहार किया। वह तुरन्त गैस निकले गुब्बारे की तरह पिचक गया। मैंने उसे एक सोफाचेयर पर धकेल दिया।

संतरा एकाएक फर्श से उठी और अपनी नाक से बहते खून को पोंछती हुई किचन में घुस गई। जब वह वापिस लौटी तो उसके हाथ में गोश्त काटने वाली छुरी थी।

''हरामी के पिल्ले!'' – वह बड़े हिंसक स्वर में गुर्राई – ''रण्डी के जने! उस कैब्रे डांसर का खून कर लिया तो समझता है संतरा को भी ठिकाने लगा सकता है! ठहर जा, हरामजादे! चखाती हूं मजा!''

मैं समझ रहा था कि वह महज जुबानी जमाखर्च कर रही थी, इसी वजह से उसके हाथ में थमी छुरी मुझे तब दिखाई दी जब वह विपिन के ऐन सिर पर पहुंच गई।

मैंने झपटकर समय रहते उसका छुरी वाला हाथ थाम लिया। अपनी दूसरी बांह मैंने उसके जिस्म के गिर्द लपेट दी और उसे विपिन से परे कमरे के दूसरे सिरे तक घसीटता ले गया।

''इस पर वार करके'' – मैं उसे पुचकारता हुआ बोला – ''तुम क्यों अपनी जान का जोखम उठाती हो? इसे मैं ही सीधा कर दूंगा।''

वह खामोश हो गयी। उसकी धौंकनी की तरह चलती सांस की वजह से उसकी छातियां जोर-जोर से उठ-गिर रही थीं।

''जाओ, मुंह धो लो। इसे मैं संभालता हूं।''

उसने सहमति में सिर हिलाया तो मैंने उसे छोड़ दिया।

वह लड़खड़ाती-सी चलती बाथरूम में चली गई।

मैं विपिन की तरफ आकर्षित हुआ।

अब वह शान्त हो चुका था। अब वह बद्‌हवास अपने हाथों में अपना चेहरा लिए बैठा था। उसकी निगाह फर्श पर अपने जूतों के पास कहीं टिकी हुई थी।

मैंने रेफ्रीजरेटर में से पानी की एक बोतल निकाली और रेफ्रीजरेटर के ऊपर ही रखे एक खाली गिलास को पानी से भरा।

गिलास लेकर मैं विपिन के पास पहुंचा।

विपिन ने सिर न उठाया।

मैंने उसकी टांग पर अपने पांव की हल्की-सी ठोकर जमाई।

उसने हड़बड़ाकर सिर उठाया।

''ले'' – मैं बोला – ''पानी पी ले।''

उसने गिलास थाम लिया। कांपते हाथों से उसने गिलास को होंठों तक पहुंचाया। उसने मुश्किल से एक घूंट भरा और दो घूंट बाहर छलकाए।

तभी संतरा बाथरूम से बाहर निकली। उसने आग्नेय नेत्रों से विपिन की ओर देखा। उसका चेहरा घृणा और क्रोध से विकृत हुआ लग रहा था।

अपरम्पार थी औरतजात की लीला भी। मेरे कहने पर झूठी गवाही देकर उसने विपिन की मौत का सामान किया था लेकिन अपनी इस करतूत पर शर्मिन्दा होने की जगह वह उसे यूं देख रही थी जैसे आंखों-ही-आंखों में उसे भस्म कर देना चाहती हो। और वह वो औरत थी जो अभी कल तक विपिन के साथ सोती थी।

उसकी नवाजिशों के मोहताज, उसके रहमोकरम पर पलने वाले उसके आशिक ने उस पर हाथ उठाया था, प्रत्यक्षत: यह बात उसे बर्दाश्त नहीं हुई थी।

उसके हाथ में गिलास देखकर वह भड़की।

''इसे मेरी व्हिस्की किसने दी?'' – वह चिल्लाई।

''पानी है, बेवकूफ।'' – मैं घुड़ककर बोला।

''पानी भी क्यों दिया हरामजादे को? यह मेरा घर है। मैं इसे यहां मौजूद नहीं देखना चाहती। इसे फौरन यहां से बाहर निकालो।''

''चुप हो जा।'' – मैं बोला।

''क्यों चुप हो जाऊं? मैं क्या इस हत्यारे से डरती हूं? मैं क्या . . .''

''ठीक है। भौंकती रह।''

तब वह चुप हो गई।

विपिन ने सिर उठाया और बड़े आहत भाव से संतरा की तरफ देखा।

मुझे डर लगने लगा कि कहीं वह रो न पड़े।

''उठ।'' – मैं उससे बोला।

वह बड़ी कठिनाई से उठकर अपने पैरों पर खड़ा हुआ।

''चल।'' – मैं बोला।

लड़खड़ाती चाल चलता वह दरवाजे की तरफ बढ़ा।

''फांसी पर लटकाकर आना साले को'' – संतरा बोली – ''और लौटकर अपना इनाम मुझसे लेना।''

''तू क्या इनाम देगी?'' – मैं बोला।

''ऐसी सवारी कराऊंगी, दरोगाजी, जैसी जिन्दगी में कभी नहीं की होगी।''

''कुतिया!'' – विपिन कांपती आवाज में बोला – ''कुतिया!''

उसने जोर का अट्टहास किया।

मैं विपिन को लगभग धकेलता फ्लैट से बाहर ले गया।

बांह पकड़कर मैं उसे नीचे तक लाया।

वह मेरे साथ यूं खिंचता चला गया जैसे किसी सम्मोहन से वशीभूत हो।

सड़क पर आकर हम फिर एक थ्री-व्हीलर पर सवार हो गए।

वापिस काका नगर उसके घर तक का सारा सफर मुकम्मल खामोशी में कटा।

वहां मैंने उसे थ्री-व्हीलर से उतरने को कहा तो उसने सिर उठाया। अपने को

काका नगर पहुंचा पाकर उसने हैरानी से मेरी तरफ देखा। जरूर वह संतरा के फ्लैट से सीधा थाने ले जाया जाने की उम्मीद कर रहा था।

मैं उसके साथ उसके कमरे तक पहुंचा।

वह दीन-हीन सा पलंग पर बैठ गया।

मैं उसके सामने बैठ गया। मैंने एक सिगरेट सुलगा लिया और प्रतीक्षा करने लगा।

मैं जानता था कि मेरी उस मौन उपस्थिति का सस्पेंस उससे बर्दाश्त नहीं होने वाला था और देर-सवेर उसने अपनी सफाई देनी शुरू कर देनी थी।

वही हुआ।

दो मिनट बाद ही उसने सिर उठाया।

''हे भगवान!'' – वह होंठों में बुदबुदाया – ''हे भगवान!''

मैं निर्विकार भाव से खामोश बैठा सिगरेट के कश लगाता रहा।

''इन्सपेक्टर साहब'' – वह कातर भाव से बोला – ''मेरा विश्वास करो। भगवान के लिए मेरा विश्वास करो। संतरा झूठ बोल रही है। मैंने उस लड़की का खून नहीं किया। संतरा पता नहीं क्यों एकाएक मेरे खिलाफ हो गई है और झूठ बोलकर मेरी मौत का सामान करने लगी है, लेकिन हकीकत यही है कि मैं सोमवार दोपहर से रात के ग्यारह बजे तक उसके साथ था। मैं सिर्फ आधे घण्टे के लिए शंकर मार्केट तक गया था। मिन्टो रोड से शंकर मार्केट आदमी पैदल भी जाए तो आधे घण्टे में वापिस आ सकता है लेकिन आधे घण्टे में कोई सुन्दर नगर से खून करके वापिस नहीं लौट सकता।''

''तू जानता है कि जो कुछ तू कह रहा है, उसे तू साबित नहीं कर सकता। तेरा वाहिद सबूत संतरा थी और उसका बयान तूने सुन ही लिया है।''

''उसका बयान झूठा है। उसमें कोई फरेब है। मुझे फंसाया जा रहा है। माई-बाप, आप तो कानून के रखवाले हैं! आप क्या एक बेगुनाह आदमी को फांसी पर चढ़ जाने देंगे?''

''कानून सबूत मांगता है। अगर तू बेगुनाह है तो साबित करके दिखा।''

''अब मैं'' – वह असहाय भाव से बोला – ''कैसे साबित करके दिखाऊं अपने-आपको बेगुनाह? वह औरत पता नहीं क्यों एकाएक मेरी दुश्मन हो गई है?''

मैंने लापरवाही से धुआं उगला।

''लेकिन'' – एकाएक वह तनिक आवेशपूर्ण स्वर में बोला – ''मुल्क में इतना अन्धेर नहीं हो सकता कि सिर्फ एक हिस्ट्रीशीटर की बद्कार बीवी की गवाही पर मुझे सजा हो सके। अगर मैं झूठा हो सकता हूं तो वह भी झूठी हो सकती है। उसके झूठे बयान के अलावा आपके पास मेरे खिलाफ कुछ नहीं है।''

''शायद हो।''

''क्या मतलब?''

''मेरा मतलब है कि अभी नहीं है तो आगे हो सकता है।''

''आगे क्या हो सकता है?''

''तेरे खिलाफ कोई और सबूत हासिल हो सकता है।''

''नहीं हो सकता।''

''तूने यह नहीं पूछा कि मैं तुझे यहां वापिस क्यों लाया हूं?''

''क्यों लाए हो?''

''मैं यहां की तलाशी लेना चाहता हूं।''

''वह किसलिए?'' – वह बौखलाया।

''हत्प्राण के घर से जो जेवरात चोरी गए थे, वे अभी तक बरामद नहीं हुए हैं।''

''तो क्या हुआ? आप समझते हैं कि वे जेवर यहां से बरामद होंगे?''

''हो सकते हैं।''

''माई-बाप, अगर मैं सचमुच हत्यारा होता तो क्या हत्या के इतने दिन बाद तक वे जेवर मैं अपने घर में छुपाकर रखता?''

''तुझे संतरा की गवाही पर जरूरत से ज्यादा भरोसा था इसलिए तू वे जेवरात रखे रह सकता था। अब संतरा की गवाही उलटी पड़ जाने बाद तू उन जेवरात को ठिकाने लगाने की कोशिश कर सकता है। मैं तुझे ऐसा मौका नहीं देना चाहता, इसीलिए मैं यहां तेरे साथ आया हूं।''

''जनाब, उन जेवरात की यहां मौजूदगी का कतई कोई सवाल पैदा नहीं होता। मैंने निशा का कत्ल नहीं किया।''

''फिर तो तुझे मेरे यहां की तलाशी लेने से कोई ऐतराज होना ही नहीं चाहिए।''

''मेरे ऐतराज से होगा भी क्या? मेरे ऐतराज करने से आप बाज तो आ नहीं जाएंगे तलाशी लेने से।''

''समझदार आदमी है।''

''वैसे आप ऐसे तलाशी ले सकते हैं? मैंने सुना है तलाशी के लिए सर्चवारण्ट होना चाहिए।''

''तूने ठीक सुना है। लेकिन सर्चवारण्ट हासिल कर लेना मेरे लिए क्या बड़ी बात है?''

वह खामोश रहा।

''अब जल्दी बोल, क्या मर्जी है तेरी?''

''हुजूर, यहां की तलाशी में आप अपना वक्त बर्बाद करना चाहते हैं तो शौक से कीजिए लेकिन हासिल आपको कुछ नहीं होने वाला।''

''देखते हैं।''

मैंने जानबूझकर तलाशी उस तरीके से लेने की कोशिश नहीं की जैसे कि ली जाती है। उस कमरे का कोना-खुदरा खुद टटोलने के स्थान पर मैंने उसे हुक्म देना शुरू किया कि वह फलां अलमारी खोलकर दिखाए, फलां कंटेनर खाली करके दिखाए, फलां सामान उलटकर दिखाए।

इस तरीके से उसने पलंग के नीचे रखे सूटकेस तक भी पहुंचना ही था, वह पहुंचा।

उसने सूटकेस निकाला और उसे ऊपर पलंग पर रख दिया। उसने उसका ढक्कन हटाया और फिर उसकी एक-एक चीज बाहर निकालने के स्थान पर उसे उठाकर पलंग पर उल्टा कर दिया।

सूटकेस का सारा सामान पलंग पर ढेर हो गया।

सामान में से वह खाकी लिफाफा, जो मैंने खुद सूटकेस में डाला था, छिटककर सामान से थोड़ा परे जाकर गिरा।

लिफाफे पर निगाह पड़ते ही उसके चेहरे पर सख्त हैरानी के भाव आए।

उसने लिफाफे को खोलकर भीतर झांका।

फिर उसने यूं लिफाफा अपने हाथ से छोड़ा जैसे सांप पकड़ लिया हो।

लिफाफे के भीतर का सामान बाहर पलंग पर बिखर पड़ा।

हीरे की अंगूठी और टॉप्स!

घड़ी वाला सोने का कड़ा!

मोतियों की माला!

यानी कि निशा के फ्लैट से चोरी हुआ मुकम्मल सामान!

कमरे में सन्नाटा छाया हुआ था।

विपिन मेरे सामने बैठा था। उसका चेहरा कागज की तरह सफेद था और आंखों में ऐसा भाव था जैसे उसकी मौत उसे सामने खड़ी दिखाई दे रही हो।

मैंने लापरवाही से नया सिगरेट सुलगाया।

''अब क्या कहता है?'' – मैं बोला।

''अब मैंने क्या कहना है?'' – वह क्षीण स्वर में बोला – ''अब तो जो कुछ कहना है, आप ही कहिए।''

''मैं कहूं?''

''और कौन कहेगा? फंसा तो एकदम फिट लिया ही है आपने मुझे। अब लगे हाथों अपने स्टैण्डर्ड सवाल भी पूछ डालिए कि मैंने कत्ल क्यों किया? कैसे किया? कब किया? या ये तमाम जवाब पहले ही मालूम हैं आपको? आखिर यह भी तो आपको पहले ही मालूम था कि चोरी के जेवरात यहां से बरामद होने वाले थे।''

''साले!'' – मैंने आगे को झुककर उसे एक झांपड़ रसीद किया – ''जुबान लड़ाता है!''

झांपड़ की कतई कोई प्रतिक्रिया मुझे विपिन पर दिखाई न दी। लगता था, अब वह अपने अंजाम के प्रति पूर्णतया उदासीन हो गया था।

''अब यह तो बता दो'' – वह अपना गाल सहलाता बोला – ''यूं फंसाने के लिए मुझे ही कैण्डीडेट क्यों चुना गया?''

''तुझे'' – मैं आंखें निकालता बोला – ''फंसाया गया है?''

''हां।'' – वह निडर स्वर में बोला – ''खास तौर से। चुनकर।''

''अब तू बच नहीं सकता।''

''वह तो जाहिर है! लेकिन माई-बाप, मुझ निर्दोष को फांसी पर चढ़ाकर आपको क्या मिलेगा?''

''फांसी पर चढ़ाकर'' – मैं अर्थपूर्ण स्वर में बोला – ''कुछ नहीं मिलेगा।''

वह सकपकाया।

''लेकिन फांसी पर चढ़ाए बिना शायद कुछ मिले!''

उसने हैरानी से मेरी तरफ देखा।

''तू बच सकता है। अभी भी बच सकता है।''

''कैसे?'' – वह मन्त्रमुग्ध स्वर में बोला।

''अगर तू मेरा कहना मानेगा तो मैं तुझे गिरफ्तार तक नहीं करूंगा और तेरे खिलाफ जो सबूत हैं, उन्हें मैं खुद नष्ट कर दूंगा। मैं ये जेवरात गायब कर दूंगा और संतरा को भी यह कहने के लिए मना लूंगा कि सोमवार दोपहर से रात ग्यारह बजे तक हर क्षण तू उसके साथ था।''

उसने अविश्वासपूर्ण भाव से मेरी तरफ देखा।

''मैं सच कह रहा हूं।'' – मैं बोला – ''समझ ले, तेरे खिलाफ कोई केस नहीं। तेरे खिलाफ जो कुछ भी है, उसका मैं खुद बाजा बजा दूंगा।''

''मेरे पास'' – वह धीरे से बोला – ''दस हजार रुपये हैं जो कि मैं फौरन . . .''

''बेवकूफ!''

वह बोलता-बोलता रुक गया।

''साले, गधे! मैं तेरे से कोई नावां पत्ता झटकने की कोशिश नहीं कर रहा।''

''तो – तो?''

''देख। बात को, हालात को, फिर से समझ। तू एक सजायाफ्ता मुजरिम है।

तू प्रोबेशन पर छूटा हुआ है और पुलिस तेरे से उम्मीद करती है कि तू अपराध करेगा यानी कि तेरा किसी अपराध में उलझना भी तेरी मौत है। क्या पुलिस, क्या मैजिस्ट्रेट, क्या खुद तेरा वकील, सब खट मान लेंगे कि तूने फिर कोई करतब दिखा दिया है अपना। ऊपर से संतरा की गवाही का खयाल कर। और ऊपर से इन कीमती जेवरात की यहां से बरामदी का खयाल कर जो कि हत्या का उद्देश्य हो सकते हैं। भाई मेरे, तेरे को तो भगवान भी नहीं बचा सकता।''

''लेकिन वो आदमी बचा सकता है'' – आशा और निराशा के बीच झूलता हुआ विपिन बोला – ''जिसने कि वास्तव में कत्ल किया है। वह पकड़ा जा सकता है। वह खुद अपना अपराध कबूल कर सकता है। शायद उसकी अन्तरात्मा को यह गवारा न हो कि उसकी करतूत की वजह से फांसी पर कोई बेगुनाह आदमी चढ़ जाए।''

''ऐसा कोई करिश्मा तेरे साथ नहीं होने वाला।''

''क्यों नहीं होने वाला?''

''क्योंकि मैं हत्यारे को जानता हूं। एक नम्बर का हरामजादा आदमी है वो। एक नम्बर का खुदगर्ज। विवेक से कतई कोरा। उसकी करतूत की सजा एक बेगुनाह आदमी पा रहा है जैसी कोरी भावुकता के वशीभूत होकर वह हरगिज-हरगिज भी अपना अपराध कबूल नहीं करने वाला।''

''शायद कर ले!''

''करेगा तो मैं उसे करने नहीं दूंगा। बेटा, यह मत भूल कि अगर मैं किसी बेगुनाह को फंसाने में होशियारी दिखा सकता हूं तो किसी गुनहगार को बचाने में भी होशियारी दिखा सकता हूं। तेरा बाजा तो, पट्ठे, बजे ही बजे।''

''माई-बाप, क्या कहानी है?''

''कहानी यह है कि जैसे मैं गारण्टी के साथ तुझे ऐसे कत्ल की सजा दिलवा सकता हूं जिसे हम दोनों जानते हैं कि तूने नहीं किया, वैसे ही गारण्टी के साथ तुझे ऐसे कत्ल की सजा से बचाए रख सकता हूं जो कि तूने किया होगा।''

''आप मुझसे कत्ल करवाना चाहते हैं?''

''हां।''

कमरे में फिर सन्नाटा छा गया।

उसके भीतर चलती उधेड़बुन उसके चेहरे पर साफ परिलक्षित हो रही थी।

''इस वक्त'' – मैं सहज संतुलित स्वर में बोला – ''तू मन-ही-मन जरूर कोई ऐसी उस्तादी सोच रहा है जिससे कि मैं फंस जाऊं। लेकिन तू मुझे सात जन्म नहीं फंसा सकता। इस वक्त यहां हम अकेले हैं और जो कुछ मैं तुझे कह रहा हूं, उसका कोई गवाह नहीं। मेरी कही बातें तू किसी के सामने दोहराएगा तो कोई तेरा विश्वास नहीं करेगा। मैं एक क्लियर रिकॉर्ड वाला जिम्मेदार पुलिस अधिकारी हूं और तू एक हिस्ट्री शीटर और मर्डर सस्पैक्ट है। मेरे खिलाफ तेरी बात कोई नहीं सुनने वाला।''

फिर सन्नाटा!

''आप'' – कई क्षण बाद वह यूं बोला जैसे अभी भी उसे अपने कानों पर विश्वास नहीं हो रहा था – ''मुझसे कत्ल करवाना चाहते हैं?''

''हां।'' – मैं एक-एक शब्द पर जोर देता बोला – ''लेकिन यह न समझ कि वह कत्ल करके तू मेरे ऊपर कोई अहसान करेगा। कत्ल तूने मेरे लिए नहीं, अपने लिए करना है। नहीं करेगा तो निशा के कत्ल के इल्ज़ाम में शर्तिया फांसी की सजा पायेगा। अब जल्दी फैसला कर कि तू बेगुनाह होते हुए भी फांसी पर झूलना चाहता है या गुनाह करके भी आजाद पंछी की तरह विचरना चाहता है?''

बात उसे ठीक से हजम होने में पूरा एक घण्टा लगा। पूरे एक घण्टे में मैं उसके मोटे दिमाग में यह बात बिठा पाया कि मेरी बात मानने के अलावा उसके पास और कोई चारा नहीं था। यह हालत तब थी जबकि वह कोई आदमी नहीं था। वह अपराधी प्रवृत्ति का व्यक्ति था, सजायाफ्ता मुजरिम था और उसकी विचारधारा में असामाजिक तत्वों का बोलबाला था। ऐसा आदमी मेरी बात को बेहतर समझ सकता था। सबसे अधिक देर उसने इस बात के प्रति आश्वस्त होने में लगाई कि वह वाकई कत्ल करके पकड़ा जाने वाला नहीं था। यानी उसके लिए खतरा अपराध न करने में था, न कि करने में।

यह शक, कि कहीं मैं ही उसे डबलक्रॉस न करूं, उसके जेहन से तभी

निकला जब मैंने उसे यह बताया कि उसने कत्ल किसका करना था।

''तूने मेरी बीवी का कत्ल करना है।'' – मैंने बताया – ''अब तेरी समझ में आ गया होगा कि मैं तुझे डबलक्रॉस नहीं कर सकता। करूंगा तो तेरे साथ-साथ मेरा भी बाजा बज जाएगा। खुद मेरी भलाई इसी में है कि तू–मेरी बीवी का हत्यारा – कभी न पकड़ा जाए।''

अब तक उसके मन में मेरे लिए भय तथा घृणा के भाव थे लेकिन वह बात सुनकर उसने यूं मेरी तरफ देखा जैसे मेरे दिमाग में कोई नुक्स था। अब तक वह मुझे एक भ्रष्ट पुलिसकर्मी मात्र समझता था, अब मैं उसे कोई खतरनाक राक्षस लगने लगा।

''तुम'' – वह बोला – ''खुद तो मरोगे ही, मुझे भी मरवाओगे।''

''न तुझे कुछ होगा और न मुझे। तेरी गारण्टी मैं हूं। और मेरी गारण्टी तू है।''

''मैं तुम्हारी गारण्टी कैसे हूं?''

''क्योंकि तेरे पास मेरी बीवी का, अपने लिए एक नितान्त अजनबी का, कत्ल करने की कोई वजह नहीं है। हर अपराध का उद्देश्य होता है, इस कत्ल में उद्देश्य ही वह चीज है जो लाख सिर पटकने पर भी किसी के पल्ले नहीं पड़ने वाली। कोई उद्देश्य नहीं, कोई गवाह नहीं, कोई सूत्र नहीं, कत्ल की कोई वजह नहीं। तूने कभी मेरी बीवी की सूरत तक नहीं देखी। अभी दो मिनट पहले, मेरी बीवी का जिक्र आने से पहले, तुझे यह तक नहीं मालूम था कि मैं शादीशुदा था। तूने ऐसी औरत का कत्ल करना है जिससे तेरी कोई अदावत नहीं, जिसके अस्तित्व तक का तुझे ज्ञान नहीं। भला कैसे जाएगी किसी की तवज्जो तेरी तरफ?''

वह खामोश रहा।

''और मेरी तरफ देख। इस कत्ल की योजना उस शख्स ने बनाई है जिसका काम ही हत्यारों को पकड़ना है। मेरे से बेहतर भला कौन जानता है कि हत्यारा कैसे गिरफ्त में आता है! अपनी इतने सालों की पुलिस की नौकरी में आखिर मैं घास तो नहीं खोदता रहा! मैं ऐसा कोई काम होने ही नहीं दूंगा जिसकी वजह से हत्यारा पकड़ में आता है।''

''कत्ल कब होगा, कहां होगा?''

''यह भी बताऊंगा, लेकिन कत्ल जहां भी होगा, वहां तेरे और मरने वाली के अलावा कोई नहीं होगा, इसकी मैं गारण्टी करता हूं।''

''इत्तफाक से कोई वहां हो सकता है?''

''नहीं हो सकता। यह मेरी गारण्टी है। मैंने सारे इत्तफाकों पर विचार कर लिया हुआ है।''

''ओह!''

''तू तो सिर्फ वहां पहुंचेगा, कत्ल करेगा और चलता बनेगा। कोई तुझे देखेगा नहीं, किसी को कुछ पता नहीं लगेगा। तेरी करतूत की खबर सिर्फ मुझे होगी और मैं तो अपनी जुबान खोलने से रहा! वैसे ही जैसे तू अपनी जुबान नहीं खोलेगा।''

''कत्ल मैं करूंगा कैसे?''

''पिस्तौल से। गोली मारकर। पिस्तौल तेरे लिए मैं मुहैया करूंगा। कत्ल के बाद पिस्तौल जमुना की तलहटी में ऐसी जगह पहुंच जाएगी जहां से कि वह कभी बरामद नहीं हो सकेगी।''

''कत्ल होगा कहां?''

''मेरे घर में। कल शनिवार है। शनिवार की रात को मेरी बीवी कभी घर पर नहीं होती। हर शनिवार शाम को पांच बजे वह घर से निकल जाती है और तिमारपुर में अपनी एक ऐसी सहेली के यहां चली जाती है जहां उस रोज रात के ग्यारह बजे तक भजन-कीर्तन का नियम है। यह एक पक्का हफ्तावार प्रोग्राम है जिसमें मेरी बीवी जरूर शामिल होती है। औरतों का यह सत्संग हमेशा ग्यारह बजे तक ही चलता है। वहां से वह हमेशा साढ़े ग्यारह बजे तक घर लौट पाती है। इस बार की मैं और भी गारण्टी कर दूंगा कि वह साढ़े ग्यारह बजे तक घर लौट आए। मैं उसे कह दूंगा कि कल मैं ड्यूटी से साढ़े ग्यारह बजे घर लौटूंगा और उसके लिए एक ऐसा प्रेजेण्ट लेकर आऊंगा जो उसे हैरान कर देगा। वह शर्तिया साढ़े ग्यारह बजे घर पहुंच जाएगी। फर्क सिर्फ इतना होगा कि घर पर मेरी जगह तू होगा, उसकी मौत के प्रेजेण्ट के साथ।''

''हैरान कर देने वाले प्रेजेण्ट के चक्कर में अगर वह घर से गई ही न तो?''

''वह जरूर जाएगी। वह आंधी-तूफान में भी उस साप्ताहिक सत्संग में जाती रही है। और फिर जब मैंने प्रेजेण्ट के साथ साढ़े ग्यारह ही घर पहुंचना होगा तो वह पहले से घर बैठकर क्या करेगी? तू यह बात छोड़, कल घर से तो वह जरूर जाएगी।''

''हूं।''

''कल तू मेरे घर जाएगा। घर का सारा जुगराफिया और उसका पता मैं तुझे समझा दूंगा। तू गैरेज के रास्ते घर में घुसेगा। गैरेज का दरवाजा मैं खुला छोड़ जाऊंगा। उसके आगे किचन का दरवाजा है। उसकी मैं तुझे चाबी दे दूंगा। कम्पाउण्ड में तू पिछवाड़े की अन्धेरी गली के रास्ते कदम रखेगा इसलिए वहां तुझे देखने वाला कोई नहीं होगा। तू अंधेरे में किचन के रास्ते घर में घुसेगा। तू निचली मंजिल की किसी खिड़की को इस प्रकार जबरन खोलेगा कि देखने पर लगे कि हत्यारा उस रास्ते से घर में दाखिल हुआ था – किचन वाले रास्ते को तू बाद में ताला जो लगा देगा! इस तरह मेरी बीवी का कत्ल किसी चोर का काम लगेगा। यह काम तेरे लिए कोई मुश्किल नहीं होगा। आखिर तू है ही चोर। इस प्रकार खिड़कियां खोलने का तुझे खूब तजुर्बा है।''

उसने बुरा-सा मुंह बनाया।

''तू'' – मैं आगे बढ़ा – ''ऊपर बैडरूम में जाएगा जहां कि तू एक-दो दराज खोलेगा, एक-दो अलमारियों को अस्त-व्यस्त कर देगा। इससे यूं लगेगा कि जब तू चोरी के लिए वे जगह टटोल रहा था, तब एकाएक बड़े अनपेक्षित, बड़े अप्रत्याशित रूप से मेरी बीवी ऊपर से वहां आ गई थी और तुझे उसका खून करके वहां से भागना पड़ा था। ये तमाम काम तू मेरी बीवी के आने से कोई दस मिनट पहले तक, यानी कि ग्यारह बीस तक कर चुका होगा। दस मिनट तुझे मेरी बीवी का इन्तजार करना पड़ेगा। ऊपर बैडरूम में नीचे की आवाजें नहीं पहुंचतीं इसलिए तुझे मेरी बीवी के कार पर आगमन की तथा कार को गैरेज में लाकर खड़ी की जाने की आहट नहीं मिलेगी लेकिन इस आहट की तुझे जरूरत नहीं।

क्योंकि वह जब रात को घर आती है तो नीचे कभी नहीं टिकती। वह सीधी ऊपर आती है और बैडरूम के साथ अटैच्ड बाथरूम में जाती है जहां कि वह पहले कपड़े बदलती है और फिर हाथ-मुंह धोती है। वह हमेशा ऐसा ही करती है इसलिए उस रोज भी ऐसा ही करेगी। कल तू बाथरूम में छुपा होगा और उसके बन्द दरवाजे की ओट में से बाहर झांक रहा होगा। उसके आगमन की खबर तुझे उसके सीढ़ियों पर पड़ते कदमों से नहीं तो गलियारे में पड़ते कदमों से मिल जाएगी। तुझे वह बैडरूम में दाखिल होते ही दिखाई दे जाएगी। यही वो घड़ी होगी जब तू उसे शूट कर देगा।''

''रात के सन्नाटे में चली गोली की आवाज किसी को सुनाई नहीं देगी?''

''नहीं सुनाई देगी। उस बैडरूम में एक बार मेरे से मेरी सर्विस रिवॉल्वर में से गोली चल गई थी जिसकी आवाज ग्राउण्ड फ्लोर पर ही मौजूद मेरे दो मेहमानों को सुनाई नहीं दी थी, इमारत से बाहर तो आवाज क्या सुनाई देगी! दरअसल वे कोठियां बहुत बड़े-बड़े प्लाटों में बनी हुई हैं जिनकी वजह से वे एक-दूसरे से काफी फासले पर हैं। ऊपर से बैडरूम और बाथरूम की खिड़कियां बन्द होंगी। तू इस बात की कतई फिक्र मत कर। गोली की आवाज किसी को सुनाई नहीं देने वाली।''

''फिर?''

''फिर क्या? खेल खतम। फिर तू इमारत से बाहर निकलेगा और जैसे चुपचाप वहां पहुंचा था, वैसे ही चुपचाप वहां से खिसक जाएगा।''

''ओह!''

अगले दो घण्टे हम हत्या की उस योजना को बार-बार दोहराकर उसके नुक्स निकालते रहे, उसकी नोक-पलक सुधारते रहे। उस दौरान मैंने विपिन की दर्जनों शंकाओं और दर्जनों आपत्तियों के जवाब दिए।

''आजकल रात को'' – उसकी एक आपत्ति थी – ''पुलिस की गश्त बहुत होती है। ऊपर से सर्दियों के दिन होने की वजह से रास्ते बहुत जल्द सुनसान हो जाते हैं। फर्ज करो कि आपकी कोठी से तो मैं सुरक्षित निकल आता हूं लेकिन अगर मुझे गश्ती पुलिस पकड़कर सवाल करना शुरू कर देती है तो?''

''ऐसा हो सकता है।'' – मैंने स्वीकार किया – ''वे तेरे से पूछ सकते हैं कि इतनी रात गए तू कहां से आ रहा था! लेकिन अगर तेरा उत्तर संतोषजनक होगा तो वे तुझे कुछ नहीं कहेंगे।''

''मेरा उत्तर संतोषजनक कैसे होगा?''

''अशोक विहार में तेरा कोई यार-दोस्त रहता है?''

''नहीं।''

मैं सोचने लगा।

''माई-बाप'' – वह बोला – ''जवाब इस बात को निगाह में रख के देना कि मैं प्रोबेशन पर छूटा हुआ अपराधी हूं।''

''सुन।'' – एकाएक मैं निर्णयात्मक स्वर में बोला – ''अशोक विहार में जो दीप सिनेमा है, वह मेरे घर से मुश्किल से एक फर्लांग दूर है। तू आज ही वहां जाकर कल नाइट शो की एक टिकट ले आ। कल तू सिनेमा में जाकर बैठ जाना। . . . खिड़की तू कितनी देर में खोल लेगा?''

''पांच मिनट में। बड़ी हद दस मिनट में।''

''गुड। पांच-सात मिनट का काम बैडरूम को अस्त-व्यस्त करने का है।'' – मैंने मन-ही-मन हिसाब लगाया और फिर बोला – ''तू पौने ग्यारह बजे या उससे भी थोड़ा पहले सिनेमा से निकल आना और मेरे घर में अपना काम समाप्त करके वापिस सिनेमा में जा बैठना। टिकट का आधा टुकड़ा, जो तुझे गेटकीपर से हासिल होगा, सम्भालकर रखना। शो खत्म होने पर भीड़ के साथ सिनेमा से बाहर निकलना और एक थ्री-व्हीलर पर सवार होकर काका नगर अपने घर को कूच कर जाना। अब गश्ती पुलिस द्वारा रोककर पूछे जाने पर तेरे पास बड़ा संतोषजनक जवाब होगा कि तू सिनेमा देखकर आ रहा था।''

''वे यह नहीं पूछेंगे कि जब मैं रहता काका नगर में हूं तो मैं वहां से इतनी दूर अशोक विहार में सिनेमा देखने क्यों आया?''

''यह सवाल तेरे से पूछा जा सकता है लेकिन इसका संतोषजनक जवाब पहले से ही तुझे हासिल है।''

''क्या?''

'' 'दीप' पर आजकल 'मुगलेआजम' चल रही है। यह फिल्म आज की तारीख में दिल्ली में और कहीं नहीं लगी हुई। अपनी पसन्दीदा फिल्म देखने के लिए तो लोग दूसरे शहर पहुंच जाते हैं, तू तो फिर दिल्ली का दिल्ली में ही है!''

वह कुछ क्षण सोचता रहा और फिर बोला – ''ठीक है। मैं आज ही जाकर कल रात की टिकट ले आऊंगा।''

''एक बात और याद रखना।'' – मैं चेतावनीभरे स्वर में बोला – ''फिल्म देखकर घर जाकर लगने में तुझे डेढ़-दो बज सकते हैं। लेकिन अगली सुबह अपनी दूध बांटने की ड्यूटी पर तूने हर हाल में जाना है। ड्यूटी से तूने हरगिज भी नागा नहीं करना है। समझा?''

''हां। समझा।''

''सब काम पूरी चौकसी और पूरी होशियारी से अंजाम देगा तो परसों के अखबार में अपनी आंखों से पढ़ लेगा कि निशा नामक कैब्रे डांसर का हत्यारा गिरफ्तार हो चुका है। उसके बाद तेरी चिन्ता खत्म। उसके बाद यह भी भूल जाना कि कभी कोई इन्सपेक्टर रवि शर्मा तुझे मिला था।'' – मैं उठ खड़ा हुआ – ''पिस्तौल और किचन के दरवाजे की चाबी कल दिन में मैं तुझे यहां पहुंचा जाऊंगा। यहां मौजूद रहना।''

उसने सहमति में सिर हिलाया।

मैंने पलंग पर बिखरे जेवर उठाकर वापिस खाकी लिफाफे में भरे और लिफाफा जेब में रख लिया।

फिर विपिन पर अन्तिम चेतावनीभरी निगाह डालकर मैं वहां से विदा हो गया।

अपनी बीवी की हत्या का – अपनी उस बीवी की हत्या का जिसे में दिलोजान से चाहता था – मैंने मुकम्मल इन्तजाम कर लिया था।

कल रात साढ़े ग्यारह बजे मुझे अपनी बेवफा बीवी से निजात मिल चुकी होगी।

मेरा ईश्वर गवाह है कि मैं अपनी बीवी से बेपनाह मुहब्बत करता था लेकिन जिस बीवी ने मुझसे बेवफाई करके मेरी मुहब्बत पर थूका था, उसे मैं जिन्दा नहीं

छोड़ सकता था। उसकी जिंदगी एक ही सूरत में बच सकती थी कि मैं खुद मर जाऊं और फिर वह मेरी विधवा के तौर पर जैसी चाहे रंगरेलियां मनाए, चाहे किसी राजेश के साथ लेटे या सुरेश के साथ।

लेकिन मेरा आत्महत्या करने का कोई इरादा नहीं था।

□□□

पंडारा रोड के एक रेस्टारेण्ट में बैठा मैं खाना खा रहा था, जबकि मेरी निगाह बगल की मेज पर लावारिस पड़े 'इवनिंग न्यूज' पर पड़ी। अखबार के मुखपृष्ठ की सुर्खी थी :

कैब्रे डांसर का हत्यारा गिरफ्तार

मैंने जल्दी से अखबार उठा लिया। बाईं लाइन में मुझे सूरज जोशी का नाम दिखाई दिया। मैंने जल्दी से सुर्खी के नीचे छपी खबर पढ़नी आरम्भ की।

लिखा था :

> आज दोपहर को स्थानीय पुलिस ने सुन्दर नगर के एक फ्लैट में हुई निशा नामक कैब्रे डांसर की हत्या के लिए कथित रूप से जिम्मेदार व्यक्ति को गिरफ्तार कर लिया है। हत्यारा निशा के फ्लैट वाली इमारत के ही एक फ्लैट में अकेले रहने वाला कृष्ण भार्गव नामक एक अविवाहित व्यक्ति है जो कि आसफ अली रोड पर स्थित एक एडवरटाइजिंग एजेन्सी में पार्टनर है। हत्यारे की पोल उसी की एजेन्सी में काम करती एक युवा आर्टिस्ट गरिमा सहाय ने खोली। इन पंक्तियों के लेखक ने गरिमा सहाय का, जो कि अपने-आपको कृष्ण भार्गव की मंगेतर बताती है, इण्टरव्यू लिया। गरिमा सहाय के बयान के मुताबिक ऐन हत्या के वक्त कृष्ण भार्गव हत्प्राण के फ्लैट में उसके साथ था। गरिमा सहाय के बयान के आधार पर ही पुलिस ने कृष्ण भार्गव को गिरफ्तार किया है। अभी तक यह स्पष्ट नहीं हो पाया है कि पुलिस ने उसे अभी सिर्फ संदेह के आधार पर हिरासत में लिया है या उसे दफा 302 के अन्तर्गत चार्ज

लगाकर गिरफ्तार किया है। रवि शर्मा नामक जो इन्सपेक्टर केस की तफतीश कर रहा है, बहुत कोशिश करने के बाद भी इन पंक्तियों का लेखक उससे सम्पर्क स्थापित नहीं कर सका . . .

मैंने अखबार परे फेंक दिया।

खाने में मेरी रुचि अब कतई नहीं रही थी।

वह खबर मेरा बना-बनाया काम बिगाड़ सकती थी। उसे पढ़कर विपिन कुमार मेरे हाथ से निकल सकता था और मेरा काम करने से इनकार कर सकता था।

अब मैंने ऐसी चाल चलनी थी जिससे या तो कल सुबह के अखबार में कृष्ण भार्गव की रिहाई की खबर छपे और या फिर यह छपे कि उसे केवल 'फरदर क्वेश्चनिंग' के लिए हिरासत में लिया गया था। यानी कि वह गिरफ्तार नहीं था।

आनन-फानन मैं निजामुद्दीन की तरफ रवाना हो गया।

ए.सी.पी. के कमरे में उसके अलावा सब-इन्सपेक्टर कुन्दनलाल और रमेश टोकस मौजूद थे। ए.सी.पी. ने यूं जाहिर किया जैसे मेरे वहां आगमन की तरफ उसकी तवज्जो नहीं गई थी लेकिन मैं जानता था कि अपना आक्रोश जाहिर करने के लिए वह मुझे देखकर भी अनदेखा कर रहा था।

''नमस्ते, साहब।'' – मैं बोला।

ए.सी.पी. ने बड़े यत्न से सिर उठाकर मेरी तरफ देखा।

''नमस्ते।'' – वह व्यंग्यपूर्ण स्वर में बोला – ''याद आ गया आपको यहां आना?''

मैं खामोश रहा।

''तशरीफ रखिए।''

मैं बैठ गया।

''मेरी नॉलेज के बिना आप दिल्ली पुलिस में कमिश्नर तो नहीं लग गए हैं?''

''जी नहीं।'' – मैं अपने स्वर को भरसक सन्तुलित रखने का प्रयत्न करता हुआ बोला।

''मैंने तो यही समझा था। कल से आपके थाने में दर्शन जो नहीं हुए!''

ए.सी.पी. मेरा बाजा बजाने के लिए पूरी तरह से दृढप्रतिज्ञ मालूम होता था।

अब आक्रमण में ही मेरा बचाव था।

''कहां थे आप कल से?'' – ए.सी.पी. ने पूछा – ''और इतने खुफिया तरीके से कौन-सा तीर मार रहे थे?''

''वह भी बताता हूं'' – मैं शुष्क स्वर में बोला – ''लेकिन पहले आप मुझे यह बताइए कि कृष्ण भार्गव को किसकी अक्लमन्दी की बिना पर गिरफ्तार किया गया है?''

''क्या नुक्स है उसकी गिरफ्तारी में?''

''वो बेगुनाह है।''

''तुम्हें कैसे मालूम?''

''मैं हत्यारे को पहचानता हूं, ऐसे मालूम।''

''कौन है हत्यारा?''

''अगले छत्तीस घण्टों में वो आपके सामने होगा।''

''अगले छत्तीस घण्टों में! ऐसी स्टेटमेंट पुलिस पब्लिक के लिए इशु करती है, पुलिस पुलिस के लिए नहीं। इशु करती महकमे की पुड़िया महकमे को ही देने की कोशिश मत करो। जो कुछ जानते हो, साफ-साफ बताओ।''

''अभी मैं कुछ बताने की स्थिति में नहीं।''

''तुम'' – ए.सी.पी. फट पड़ा – ''क्या समझते हो अपने आपको? शरलाक होम्ज? क्या तुम्हें फिर से समझाना होगा कि पुलिस का काम टीमवर्क के बिना नहीं चलता? तुम अपने-आपको महकमे से अलग समझते हो? तुम्हें नहीं मालूम कि अपनी हर हरकत की तुमने ऊपर रिपोर्ट देनी होती है? तुम्हारे जोड़ीदार टोकस तक को मालूम नहीं कि तुम कहां हो, क्या कर रहे हो! इस गुपचुप का मतलब?''

''मैं केस पर ही काम कर रहा था।''

''लेकिन रिपोर्ट? रिपोर्ट क्यों नहीं दी?''

''मौका नहीं लगा। नौबत नहीं आई।''

''अब तो मौका लग रहा है। अब तो नौबत आई हुई है।''

''लेकिन अभी मेरी तफतीश अधूरी है। अगले छत्तीस घण्टों में . . .''

''तुम अपराधी को मेरे सामने ला खड़ा करोगे। यही न?''

मैं खामोश रहा।

''रिपोर्ट पूरी है या अधूरी, मैं सुनना चाहता हूं।''

''पहले आप यह तो बताइए कि कृष्ण भार्गव को क्यों गिरफ्तार किया गया?''

''मजबूरन गिरफ्तार किया गया। न करते तो प्रेस में हमारी छिछालेदरी होती। हिन्दुस्तान टाइम्स के उस रिपोर्टर ने – क्या नाम है उसका?''

''सूरज जोशी।'' – टोकस बोला।

''हां। सूरज जोशी। उसने गरिमा सहाय को खोज निकाला था। अगर जाहिर होती तो यह हमारे लिए शर्म की बात होती कि इस केस में एक रिपोर्टर का ज्ञान हमसे कहीं ज्यादा था। कृष्ण भार्गव को गिरफ्तार करके हमने यह स्थापित किया है कि गरिमा सहाय की हमें खबर थी और उसके बयान के आधार पर कृष्ण भार्गव को गिरफ्तार करने का हमारा इरादा पहले से ही था।''

''लेकिन वो अपराधी नहीं है।''

''एक ही बात की रट बार-बार मत लगाओ, इन्सपेक्टर रवि शर्मा! तफतीश के जो तीर तुमने मारे हैं, उन पर आओ।''

''बेहतर। पहले मैं आपके सामने केस की मोटी-मोटी बातें रीव्यू करता हूं। पहले रामकुमार अग्रवाल को लीजिए। यह बात मेरी ही तफतीश से प्रकाश में आई थी कि उसके निशा से नाजायज ताल्लुकात की वजह से उसे ब्लैकमेल किया जा रहा था। गन्दी तस्वीरों के नेगेटिव क्योंकि उसी के फ्लैट से बरामद हुए थे इसलिए कहा जा सकता है कि शायद लड़की खुद ही अग्रवाल को ब्लैकमेल कर रही थी। इस बात को हत्या का उद्देश्य माना जा सकता है।''

''अग्रवाल के लिए?''

''जी हां। यह न भूलिए कि उसने अभी तक भी हत्या के समय की अपनी कोई एलीबाई पेश नहीं की है। इन दोनों बातों की बिना पर उसे मर्डर सस्पैक्ट माना जा सकता है लेकिन क्योंकि वह बड़ा आदमी है इसलिए हमने ऐसी कोई

कोशिश नहीं की है। उसके प्रभाव की पहुंच से यह महकमा भी तो बरी नहीं है!''

''मतलब?''

''मतलब साफ है। अगर वह कोई मामूली आदमी होता तो आपका हुक्म होता कि मैं पहाड़ की तरह उस पर टूट पड़ूं! लेकिन मुझे ऐसा कोई हुक्म नहीं हुआ। न सिर्फ हुक्म नहीं हुआ बल्कि कल जब वह यहां पेश हुआ तो मुझे उससे बात करने तक का मौका न दिया गया, जबकि आप ही ने मुझे कहा था कि उससे जो पूछताछ होगी मेरी मौजूदगी में होगी और जबकि मैं इसी वजह से निर्धारित वक्त पर यहां हाजिर था। कितने अफसोस की बात है कि मेरा आला अफसर खुद मेरे काम में अड़ंगे लगाता है और खुद मुझ पर यह इल्ज़ाम भी लगाता है कि मैं काम नहीं करता। मेरे अकेले काम करने की वजह यही है कि मैं नहीं चाहता कि मेरे काम में किसी की ऐसी दख्लअन्दाजी हो जो अपनी ड्यूटी भुगतने में मेरे रास्ते की रुकावट बने।''

ए.सी.पी. के चेहरे ने कई रंग बदले।

''वैसे मैं अग्रवाल को हत्यारा नहीं मानता!'' – ए.सी.पी. के मूड की परवाह किए बिना मैं आगे बढ़ा – ''मुझे पूरा विश्वास है कि उसके पास कोई वाटरप्रूफ एलीबाई है जिसे वह तब तक ज़ुबान पर नहीं लाना चाहता, जब तक पानी सिर से ऊंचा न हो जाए। ऐसा न होता तो वह कब का हमें एक नकली एलीबाई गढ़कर सुना चुका होता। उस जैसे साधनसम्पन्न आदमी के लिए किसी से यह झूठ बुलवा लेना, कि हत्या के समय वह उसके साथ था, क्या मुश्किल काम है?''

''जब तुम अग्रवाल को हत्यारा नहीं मानते तो फिर तुम्हें इससे क्या फर्क पड़ता है कि जब वह यहां आया था तो तुम्हारी उससे बात करवाई गई थी या नहीं करवाई गई थी?''

''वह दस्तूर की बात थी। उसका जिक्र इसलिए जरूरी था क्योंकि अभी आप दस्तूर और कायदे-कानून की अवहेलना के लिए मुझे फटकार कर हटे हैं।''

ए.सी.पी. ने बेचैनी से पहलू बदला।

''बहरहाल अब आप कृष्ण भार्गव पर आइए। उसके बारे में आप खुद ही

मानते हैं कि उसे आपने प्रेस में होने वाली महकमे की छीछालेदरी से बचने के लिए गिरफ्तार किया है। इस बात को आप झुठला नहीं सकते कि हकीकतन गरिमा सहाय का बयान कुछ भी साबित नहीं करता। उसकी गवाही मुहब्बत में खता खाई, एक जलीभुनी औरत की गवाही है। उसकी गवाही की बिना पर कृष्ण भार्गव पर केवल शक किया जा सकता है, उसके खिलाफ अदालत में कुछ साबित करके उसे सजा नहीं दिलाई जा सकती। भार्गव एक प्लेब्वाय है। दर्जनों औरतों से उसका वास्ता है। किसी एक औरत द्वारा ठुकरा दिए जाने पर वह उसका कत्ल करने पर आमादा हो जाए, यह हज़म होने वाली बात नहीं, एक 'तू नहीं और सही, और नहीं और सही' वाली नीयत के आदमी के खिलाफ हज़म होने वाली बात नहीं। आपको मेरी राय की अगर कद्र हो तो हमें भार्गव को फौरन रिहा कर देना चाहिए। उस शख्स को गिरफ्तार रखना हमारे महकमे के लिए ज्यादा छीछालेदरी की बात है। वह फाल्स अरैस्ट की दुहाई दे सकता है, महकमे पर मानहानि का केस तक कर सकता है।''

''उसने'' – टोकस बोला – ''पहली बार में गलत बयान दिया था। उस गलतबयानी के जेरेसाया वह मानहानि के मुकदमे जैसा कोई कदम उठाने का हौसला नहीं कर सकता।''

''लेकिन फाल्स अरैस्ट की बिना पर प्रेस में हमारी छीछालेदरी फिर भी करा सकता है।''

टोकस फिर न बोला। मैंने देखा कि ए.सी.पी. मेरी बात से प्रभावित दिखाई दे रहा था।

मुझे अपना काम बनने की पूरी उम्मीद हो गई। ए.सी.पी. को प्रेस में अपने इमेज की बेहद फिक्र जो रहती थी!

''अब आप एस. पी. श्रीवास्तव पर आइए।'' – मैं बोला – ''श्रीवास्तव लड़की का एजेण्ट है और उसे अपनी बेटी के समान मानता है। हत्या के समय की ठोस एलीबाई उसके पास भी नहीं है लेकिन साथ ही उसके पास हत्या का कोई उद्देश्य भी नहीं है। लड़की की मौत से उसे किसी भी तरह का कोई फायदा पहुंचता नहीं दिखाई देता।''

मैं अपने स्वार्थ के लिए हर किसी की पैरवी किए जा रहा था। विपिन इसी डर से मेरे से फंसा रह सकता था कि उसे हत्यारा साबित किया जा सकता था।

''तुमने तो सबको बरी कर दिया!'' – ए.सी.पी. बोला – ''फिर कल से तुम क्या कर रहे हो?''

''मैं विपिन कुमार को टटोल रहा था।'' – मैं बोला।

''विपिन कुमार को? उसे किसलिए? तुमने तो खुद मुझे कहा था कि वो हत्यारा नहीं हो सकता था?''

''जी हां। मैंने भी कहा था और आपने भी कहा था। आपने कहा था कि वह किसी चोर का काम नहीं था। मैं भूला नहीं हूं।''

''फिर?''

''साहब, पहली बार जब सरसरी तौर पर मैंने उसकी एलीबाई चैक की थी तो मुझे उसमें कोई नुक्स नहीं दिखाई दिया था लेकिन जब बाकी सब लोग मुझे निर्दोष लगने लगे थे तो मेरी तवज्जो फिर से उसकी तरफ गई थी। आखिर वो एक सजायाफ्ता मुजरिम है और जुर्म उसके लिए कोई नई बात नहीं। कहने का मतलब यह है कि मैंने जब उसकी एलीबाई को बारीकी से चैक किया तो वह वैसी एयर टाइट न निकली जैसी कि पहले लग रही थी।''

''अगर ऐसी बात थी तो तुम उसको पकड़कर यहां क्यों नहीं लाए?''

''लाऊंगा। जरूर लाऊंगा। लेकिन पहले मैं उसे थोड़ी-सी और ढील देना चाहता हूं। थोड़ा-सा और चैक करना चाहता हूं मैं उसे।''

''चलो, मान ली तुम्हारी बात। अब तुम यह बताओ कि इतनी मामूली बात को इतना छुपाकर रखने की क्या जरूरत थी? इस पर रहस्य के पर्दे क्यों डाले हुए थे तुमने?''

''मैंने कोई रहस्य का पर्दा नहीं डाला। बात सिर्फ इतनी है कि केस के इस ऐंगल पर मैं अकेला काम कर रहा था। टोकस बाकी लोगों को टटोलने में जो व्यस्त था। मैं खामोशी से विपिन के खिलाफ इसलिए केस बनाना चाहता था क्योंकि महकमे में और किसी को विपिन के अपराधी होने के मामले में मेरे से

इत्तफाक नहीं था, मुझ पर इल्ज़ाम आ सकता था कि मैं खामखाह वक्त बरबाद कर रहा था। विपिन का पीछा छोड़ देने का आप बाकायदा हुक्म दे सकते थे मुझे।''

''आई सी! आई सी!''

अब ए.सी.पी. के चेहरे पर से कठोरता और असहिष्णुता के भाव लगभग गायब हो चुके थे।

''मैंने'' – मैंने तपते लोहे पर चोट की – ''इस केस पर बहुत मेहनत की है। मैंने विपिन कुमार पर तो खास तौर से बहुत मेहनत की है। मेरी आपसे दरख्वास्त है कि कामयाबियों के मेरे पिछले रिकॉर्ड को मद्देनजर रखते हुए आप सिर्फ छत्तीस घण्टे की मोहलत मुझे और दें। इतने वक्त में मैं इस केस का मुकम्मल तौर से बाजा बजाकर दिखा दूंगा। विपिन अपराधी न भी निकला तो भी छत्तीस घण्टों में बाकी संदिग्ध व्यक्ति कहीं भाग नहीं जाएंगे।''

''ठीक है।'' – ए.सी.पी. निर्णायात्मक स्वर में बोला – ''तुम्हारी दरख्वास्त कबूल। समझ लो, परसों सुबह तक के लिए तुम्हें एकदम फ्री हैण्ड हासिल है।''

''थैंक्यू सर! थैंक्यू वैरी मच!''

''अब भार्गव का क्या करें हम?''

''फिलहाल उसे रिहा कर दीजिए और प्रेस को यह विज्ञप्ति भी दीजिए कि उसे कत्ल के इल्ज़ाम में गिरफ्तार नहीं किया था बल्कि फरदर क्वेश्चनिंग के लिए थाने में सिर्फ तलब किया गया था।''

''ठीक है। टोकस!''

''सर!'' – टोकस तत्पर स्वर में बोला।

''लड़के को छोड़ दो।''

''राइट, सर।''

मैंने चैन की सांस ली।

बात बिगड़ते-बिगड़ते बनी थी।

मैंने अपने घर फोन किया।

घण्टी बजने लगी।

मैं उकताकर सम्बन्ध-विच्छेद करने ही जा रहा था कि दूसरी तरफ से रिसीवर उठा लिया गया।

''हल्लो!'' – मुझे अपनी बीवी की आवाज सुनाई दी – ''कौन?''

मैंने लाइन काट दी।

मेरी बीवी घर पर मौजूद थी। फोन करने के पीछे मेरा मकसद यही जानना था।

फिर मैंने सुषमा का नम्बर डायल किया।

तुरन्त उत्तर मिला।

उसने फौरन मेरी आवाज पहचानी।

''मैं तुम्हें याद ही कर रही थी।'' – वह बोली।

''अच्छा!''

''हां। तुम्हें एक खुशखबरी सुनाऊं?''

''खुशखबरी?''

''हां।''

''सुनाओ।''

''तुम मुझे पसन्द आने लगे हो।''

''सच?''

''हां।''

''मेरे पुलिसिया होने के बावजूद?''

''हां।''

जरूर वह पिछली रात के अभिसार का असर था।

''सुबह तो तुम'' – वह बोली – ''बहुत चुपचाप खिसके!''

''ड्यूटी पर जो जाना था!'' – मैं बोला।

''फिर भी कोई राम-सलाम तो करके जाते!''

''राम-सलाम सारी रात जो करता रहा था!''

वह हंसी।

''अब कब मुलाकात होगी?'' – मैंने पूछा।

''जब तुम चाहो।'' – वह बोली।

''अभी आ जाऊं?''

''अरे नहीं, अभी नहीं। आज मेरी ब्यूटीशियन से अपॉइण्टमेंट है। जब तक वहां से फारिग होऊंगी, तब तक डिस्को जाने का टाइम हो जाएगा। तुम कल आओ न!''

''आधी रात के बाद?''

''घबरा गए?''

''घबरा नहीं गया लेकिन वो क्या है कि अकेले वक्त काटने की मुझे आदत नहीं।''

''ठीक है। कल सात बजे आना।''

''सात बजे! डिस्को की छुट्टी करोगी?''

''हां। तुम्हारी खातिर एक छुट्टी ही सही।''

''मेरी खातिर?''

''हां। तुम्हारी खातिर। अभी मैंने तुम्हें बताया नहीं था कि तुम मुझे पसन्द आने लगे हो!''

''जहेनसीब!''

''तो कल सात बजे आ रहे हो?''

''सिर के बल।''

''मैं तुम्हारा इन्तजार करूंगी।''

लाइन कट गई।

अब मुझे पूरी तसल्ली हो गई कि इस बार की मुलाकात में सुषमा से शीला अत्रे से सम्बन्धित वांछित जानकारी मुझे हासिल होकर रहनी थी।

वैसे अब वह जानकारी केवल मेरी उत्सुकता ही शान्त करती।

बीवी की मौत के बाद वह जानकारी मेरे किस काम आने वाली थी?

बहरहाल अच्छा था, सुषमा की सोहबत में मेरी बीवी के साथ होने वाली

ट्रेजेडी की तरफ से मेरी तवज्जो बंटी रहती।

मैं घर पहुंचा।

निशा मुझे ड्राइंगरूम में बैठी टेलीविजन देखती मिली।

उसने मुझपर एक निगाह डाली, फिर उसके मुंह से सिसकारी निकल गई।

''हे भगवान!'' – वह आतंकित स्वर में बोली – ''तुम्हारे चेहरे को क्या हुआ?''

''कुछ नहीं हुआ।'' – मैं रुखाई से बोला।

मेरी रुखाई पर वह बहुत हैरान हुई है। कोई वजह जो नहीं थी ऐसी रुखाई के इजहार की। उसने आहत भाव से मेरी तरफ देखा।

''रवि'' – वह वैसे ही आहत भाव से बोली – ''क्या बात है?''

''बात तो तुम्हें बेहतर मालूम है कि क्या है!''

''मुझे मालूम है?''

''हां।''

''क्या मालूम है मुझे?''

''यही कि बैंक के हमारे जायण्ट एकाउण्ट में ओवरड्राफ्ट की नौबत कैसे आ गई? दस हजार रुपये कहां उड़ गए?''

फौरन उसकी निगाह झुक गई।

उस घड़ी मेरे मन में क्रोध कुछ ऐसा उमड़ा कि मैं उसका जवाब सुनने तक भी खामोश न रह सका।

''क्या चक्कर चला रही हो तुम?'' – मैं क्रूर स्वर में बोला – ''पैसा सहेलियों पर उड़ा रही हो या . . . यारों पर?''

''यार!'' – वह होंठों में बुदबुदाई।

''हां, यार। मतलब तो समझती हो न यार का? यार उसे कहते हैं जो पति नहीं होता। पहले पति भी यार होता है लेकिन बाद में वह साला रिजक कमाकर लाने वाला मजदूर बनकर रह जाता है। फिर उसकी जगह कोई और ले लेता है। यूं जगह लेने वाले शख्स को यार कहते हैं। समझीं?''

उसके नेत्र डबडबा आए। उसने यूं मेरी तरफ देखा जैसे बकरी कसाई की तरफ देखती है।

साली! नौटंकीबाज!

''रवि'' – वह कम्पित स्वर में बोली – ''तुम इस वक्त अपने आपे में नहीं हो। तुम थके हुए हो और . . .''

''हां, मैं थका हुआ हूं।'' – मैं सांप की तरह फुंफकारा – ''थका हुआ और आजिज़ आया हुआ।''

''आजिज़ किससे आए हुए हो? क्या मेरे . . .''

''मैं आजिज़ आया हूं जिस्मफरोश वेश्याओं से! झूठी और धोखेबाज़ हर्राफाओं से!''

''यह सब तुम मुझे कह रहो हो?''

मैंने उत्तर न दिया। मैंने सिर्फ आग्नेय नेत्रों से उसकी तरफ देखा।

एकाएक वह उठकर खड़ी हो गई। उसकी गरदन तन गई। उसकी डबडबाई आंखों के आंसू सूख गए।

''रवि'' – वह धीमे किन्तु अत्यन्त कठोर स्वर में बोली – ''मैं तुम्हें और मर्दों से जुदा समझती थी लेकिन आखिर तुम भी वैसे ही निकले।''

''कैसा निकला मैं?''

''जैसे सारे मर्द होते हैं। कमीने! खुदगर्ज! पाखण्डी! बेगैरत! धोखेबाज! अन्यायी! अत्याचारी!''

उसके स्वर में तलवार जैसी काट थी।

''आजिज़ सिर्फ तुम ही नहीं हो'' – वह बोली – ''मैं भी आजिज़ हूं।''

''तुम किस बात से आजिज़ हो?''

''अपने पुलिसिए पति की मानसिक संकीर्णता से, उसके अभद्र व्यवहार से, दूसरे पर इल्ज़ाम लगाकर खुद को दूध से धुला साबित करने वाली उसकी मैली नीयत से।''

उसकी आवाज़ भर्रा गई। उसने यूं मेरी तरफ से गरदन फिराई जैसे अपनी

कमजोरी मुझ पर जाहिर न होने देना चाहती हो। फिर मुझे ऐसी आवाज आई जैसे उसने जोर की सुबकी भरी हो।

''निशा'' – मैं तीखे स्वर में बोला – ''मैं पूछता हूं . . .''

''क्यों पूछते हो?'' – उसने मेरी बात काटी – ''मत पूछो। मैं तुम्हारे किसी बेहूदा, बेमानी, ज़लील सवाल का जवाब देने के लिये बाध्य नहीं हूं। जो मैंने मुनासिब समझा, किया। जो तुम मुनासिब समझो, तुम कर लो।''

एकाएक वह वहां से कूच कर गई।

कुछ क्षण मुझे सीढ़ियों पर धम्म-धम्म पड़ते उसके कदमों की आवाज आई और फिर सन्नाटा छा गया।

''ऐसा ही करूंगा, साली'' – मैं दांत पीसता बोला – ''तेरी इस नापाक जिन्दगी को खतम कर देना ही मैंने मुनासिब समझा है। साली शीला अत्रे!''

उस रोज घर में खाना न बना।

उस रोज मैं ऊपर बैडरूम में भी न गया। मैं नीचे सोफे पर ही सो गया।

□□□

अगली रोज वह मुझे बहुत दीन-हीन लगी। उसकी आंखों से लगता था जैसे वह रात को सो नहीं पाई थी।

''पिछली रात'' – वह कातर भाव से बोली – ''मुझे गुस्सा चढ़ गया था। मैं अपने व्यवहार के लिए शर्मिन्दा हूं। मैं तुमसे माफी मांगती हूं।''

त्रिया चरित्र! – मैंने बड़ी नफरत के साथ मन में सोचा।

''नैवर माइण्ड।'' – प्रत्यक्षतः मैं बोला।

''मैं तुमसे कुछ कहना चाहती हूं।''

''मैं कुछ सुनना नहीं चाहता।''

''मैं तुम्हें कुछ बताना चाहती हूं।''

''मैं कुछ पूछना नहीं चाहता।''

''मैं तुम्हारी शंकाओं का समाधान करना चाहती हूं।''

''मुझे कोई शंका नहीं।''

''मैं तुम्हें बताना चाहती हूं कि बैंक से निकाले रुपये का मैंने क्या किया।''

''मैं नहीं जानना चाहता।''

''कल रात तो जानना चाहते थे?''

''कल की बात कल के साथ गई।''

''लेकिन . . .''

''रात भर में कोई बढ़िया-सी कहानी गढ़ ली होगी तुमने अपनी सफाई में। मैं कहानी नहीं सुनना चाहता।''

''मैं हकीकत बयान करना चाहती हूं।''

''तुम्हारी बयान की हकीकत भी कहानी होगी।''

''तुम उसको कहानी समझकर ही सुन लो।''

''मरी जा रही हो सुनाने को?''

''हां।''

''ठीक है। सुनूंगा लेकिन अभी नहीं। अभी मैं जा रहा हूं। मैं रात को ठीक साढ़े ग्यारह बजे लौटूंगा। जो सुनाना हो तब सुनाना।''

माहौल इतना तल्ख हो गया था कि उसे प्रेजेण्ट वाली बात कहने की गुंजायश नहीं रही थी लेकिन मेरा काम ऐसे भी बन रहा था।

अपनी सफाई देने के लिए साढ़े ग्यारह बजे वह शर्तिया घर होगी। मरी जो जा रही थी सफाई देने को।

मैं दरवाजे की तरफ बढ़ा।

''कुछ खा तो जाओ!'' – वह व्याकुल भाव से बोली – ''कल रात भी . . .''

''मुझे भूख नहीं है।''

मैं बाहर निकल गया।

घर से निकलकर मैं थाने नहीं गया।

मैं जामा मस्जिद के इलाके में पहुंचा।

वहां मुझे एक ऐसे शख्स की खबर थी जो कि गैरकानूनी ढंग से पिस्तौल-तमंचों की खरीद-फरोख्त करता था। उसे नहीं मालूम था कि मैं पुलिसिया था।

आठ सौ रुपये में मैंने उससे एक पिस्तौल और छः कारतूस खरीदे।

फिर मैं काका नगर पहुंचा।

विपिन कुमार घर पर मौजूद था।

अपने घर की किचन के दरवाजे वाली चाबी और पिस्तौल दोनों चीजें मैंने उसे सौंप दीं।

उसने पिस्तौल का घोड़ा और उसका तवाजन वगैरह चैक किया।

पिस्तौल को हैंडल करने का उसका तरीका ही बताता था कि उसे चलाना वह जानता था।

अन्त में उसने पिस्तौल एक ओर रख दी।

वह बहुत गम्भीर दिखाई दे रहा था।

''टिकट ले आए?'' – मैंने पूछा।

''हां।'' – वह बोला – ''कल ही ले आया था।''

''रात के लिए तैयार हो न?''

''हां।'' – वह एक क्षण ठिठका और फिर बोला – ''मैंने पहले कभी किसी का कत्ल नहीं किया।''

''पहले कभी तुम फांसी पर भी तो नहीं चढ़े!''

वह खामोश रहा।

''अब जरा एक बार दोहराओ कि तुमने क्या करना है!''

उसने दोहराया।

''गुड।'' – मैं सन्तुष्टिपूर्ण स्वर में बोला।

मैंने उसने विदा ली।

भविष्य में कभी अपनी कहानी कहने के लिए उसे जिन्दा छोड़ने का मेरा कोई इरादा नहीं था। मेरी बीवी का कत्ल करके जब वह काका नगर अपने घर पहुंचता

तो वहां मैं उसे शूट कर देता। मैं कहता, क्योंकि वह भागने की कोशिश कर रहा था इसलिए मुझे उस पर गोली चलानी पड़ी। फिर चोरी के जेवरात उसके घर से बरामद होते और हर कोई सहज ही विश्वास कर लेता कि वही हत्यारा था। कल अपने ए.सी.पी. के सामने विपिन के हत्यारा होने की सम्भावना और भूमिका मैंने तैयार कर ही दी थी। रही-सही कसर संतरा की गवाही पूरी कर देती। संतरा की गवाही को मुकम्मल तौर से झूठी नहीं कहा जा सकता था। सोमवार शाम को वह संतरा के फ्लैट से निकला तो था ही, मैंने तो संतरा को सिर्फ उसकी गैरहाजिरी का वक्फा बढ़ाकर बताने के लिए कहा था। संतरा यही सोचती कि जरूर विपिन अपनी थोड़ी गैरहाजिरी में ही निशा का खून कर आया था। उसको न जेवरात की खबर थी और न इस बात की कि विपिन को मैंने क्यों और कैसे फंसाया था?

जेवरात की खबर श्रीवास्तव को थी।

लेकिन वह खुद चोर था, इसलिए उन जेवरात की बाबत जुबान नहीं खोल सकता था।

न ही वह दावे से कह सकता था कि उसके होटल के कमरे में से जेवरात मैंने चुराए थे। ऐसा उसका सिर्फ अन्दाजा था लेकिन अन्दाजे से क्या होता था! बाद में जब जेवरात की विपिन के पास बरामदी की बात आम होती तो वह यही समझता कि चोर विपिन था।

मतलब यह था कि मैं एकदम सेफ था।

और बारह घण्टों में मेरी बीवी का पत्ता साफ और निशा मर्डर केस हल।

कल से मैं बेवफा बीवी से आजाद वही पुराना इन्सपेक्टर रवि शर्मा जिसे औरतजात से नफरत थी।

अभी काटने के लिए मेरे पास बहुत वक्त था।

मैं कनाट प्लेस पहुंचा।

सबसे पहले मैंने खाना खाया। आखिर मैं कल से भूखा था।

फिर अगले दो घण्टे मैंने कनाट प्लेस और वातानुकूलित पालिका बाजार में भटकते गुजारे।

तीन बजे मैं 'रीगल' में मैटिनी शो देखने घुस गया।

शो छूटने पर सबसे पहले मैंने पीटर स्कॉट की दो बोतलें खरीदीं, फिर एक थ्री-व्हीलर पर सवार होकर ग्रीन पार्क के लिए रवाना हो गया।

जिस वक्त मैं सुषमा के फ्लैट के दरवाजे पर पहुंचा, उस वक्त ठीक सात बजे थे।

सुषमा ने तत्काल दरवाजा खोला।

उस रोज वह एक फूलदार स्कर्ट और काली स्कीवी पहने थी और बहुत कमसिन, बहुत खूबसूरत लग रही थी।

उसने खामोशी से मुझे भीतर आ जाने दिया और मेरे पीछे फ्लैट का दरवाजा बन्द कर दिया।

फिर वह घूमी और मेरी गरदन पर झूल गई।

''बोतलें फूट जाएंगी।'' – मैं हड़बड़ाकर बोला।

वह हंसी। उसने मेरे कान की लौ को दांतों से चुभलाया। वह मेरे साथ लता की तरह लिपटी हुई थी। उसका उन्नत वक्ष मेरी छाती में जैसे छेद करने को आमादा था।

फिर उसने मुझे दीवान पर धकेल दिया और मेरे ऊपर सवार हो गई।

उसके मुंह से जिन की गन्ध आ रही थी।

पट्ठी बड़े रोमाण्टिक मूड में थी।

मैंने बोतलों को अपने हाथों से निकल जाने दिया और अपनी बांहें उसके गिर्द लपेट दीं।

मैंने उसके एक होंठ को जोर से काटा।

उसे कतई कोई ऐतराज न हुआ। उलटे जैसे उसने अपने जिस्म को मेरे जिस्म से रगड़ा, उससे लगा कि उसे मेरी वह तकलीफदेय हरकत भी पसन्द आई थी।

मेरे हाथ उसके जिस्म का जुगराफिया नापते यहां-वहां फिरते रहे।

मुझे एक खास इशारा देने के लिए वह कुनमुनाने लगी तो मैं उसके कान के पास मुंह ले जाकर धीरे से बोला – ''जल्दी क्या है? सारी रात अपनी है।''

वह तत्काल मुझसे अलग हुई। गनीमत थी कि उसके चेहरे पर रोष के भाव प्रकट न हुए। उसने सहमति में सिर हिलाया।

अगले पांच मिनटों में उसने ड्रिंक का सामान मेज पर सजा दिया।

उसी ने जाम तैयार किए।

''कल कैसी रही?'' – वह शरारतभरे स्वर में बोली।

''बढ़िया।'' – मैं बोला – ''जन्नत का नजारा हो गया। जिन्दा बच गया, यही करिश्मा है।''

एक घण्टे बाद एकाएक उसने हाथ का गिलास परे फेंका और फिर मुझ पर सवार हो गई।

तब अभिसार के पहले राउण्ड का समापन हुआ।

फिर और एक घण्टे बाद दूसरा राउण्ड।

''आज तुम'' – बाद में मैं बोला – ''कुछ ज्यादा ही मेहरबान हो मुझ पर!''

''वजह बताई तो थी मैंने तुम्हें!'' – वह हंसती हुई बोली – ''पसन्द जो आने लगे हो मुझे! दरअसल अव्वल तो मुझे कोई पसन्द आता नहीं। आता है तो मैं उस पर जी-जान से निसार हो जाती हूं।''

''शुक्रिया।''

''तुम पुलिस वालों में लाख नुक्स हों लेकिन एक खूबी तो होती है!''

''क्या?''

उसने मेरी उभरी छाती पर हाथ फेरा और बड़े कुत्सित भाव से हंसती हुई बोली – ''होते जवांमर्द हो!''

मैं हंसा।

''मैं पसन्द आई तुम्हें?'' – उसने पूछा।

''बहुत ज्यादा। हद से ज्यादा।''

''शुक्रिया।''

''लेकिन वो तुम्हारा दादा भाई मुझे पसन्द नहीं।''

''इसलिए क्योंकि उसने तुम्हारी पिटाई कर दी थी?''

''वह बात न भी होती तो मैं उसे नापसन्द ही करता। पुलिसिया जो ठहरा। गुंडे-बदमाशों को नापसन्द करना मेरा फर्ज है।''

''तुम मेरे भाई का अपमान कर रहे हो।'' – वह तमककर बोली – ''वह गुण्डा-बदमाश नहीं है।''

''तो क्या है?''

''बस, जरा नाकारा है। काम-धाम से कन्नी काटता है और ईजी मनी की और औरतों की फिराक में जरा ज्यादा ही रहता है। दरअसल औरतों से ही पैसा ऐंठता है वो।''

''कैसी औरतों से? मेरी बीवी जैसी औरतों से?''

''तुम्हारी बीवी!'' – वह सकपकाई – ''तुम शादीशुदा हो?''

''हां! और . . .''

''तुमने मुझे बताया नहीं!''

''मेरी बीवी का नाम निशा शर्मा है।''

उसके हाथ में थमा व्हिस्की का गिलास एकाएक उसके हाथ से फिसल गया। एकदम उसका चेहरा फक पड़ गया। वह भौंचक्की-सी मुझे देखने लगी।

मैं उसके चेहरे पर होने वाली हर प्रतिक्रिया को नोट कर रहा था।

''नि – निशा!'' – वह हकलाती हुई बोली – ''निशा शर्मा तुम्हारी बीवी है?''

''हां।'' – मैं बोला।

''तुम वो इन्सपेक्टर शर्मा हो? तुम वो पुलिसिए हो जिससे निशा ने शादी की थी?''

''हां। मैं इन्सपेक्टर रवि शर्मा हूं। निशा ने मुझसे शादी की थी और तुम्हारा भाई वो आदमी है जिससे उसकी आशनाई है। तुम्हारा कुमार नाम का भाई असल में फरार अपराधी राजेश कुमार पटेल है।''

''क्या!'' – वह अचकचाकर बोली।

''तुम इस बात से इनकार करती हो?''

''किस बात से?''

''इस बात से कि तुम्हारा भाई फरार अपराधी राजेश कुमार पटेल है?''

''अजीब अक्ल के अन्धे आदमी हो!'' – वह कहरभरे स्वर में बोली – ''जब मैं सोनी हूं तो मेरा सगा भाई पटेल कैसे हो जाएगा?''

''मुझे मालूम है तुम तलाकशुदा स्त्री हो। सोनी तुम्हारे पति का नाम रहा होगा। शादी की वजह से तुम पटेल से सोनी बन गई होगी।''

''नॉनसैंस। शादी मैंने किसी मल्होत्रा से की थी। तलाक के बाद मैंने फिर अपना असली नाम अख्तियार कर लिया था। सुषमा सोनी। मेरे भाई का नाम कुमार सेन सोनी है और वह कोई फरार अपराधी नहीं है।''

''और वह मेरी बीवी का यार भी नहीं है?'' – मैं व्यंग्यपूर्ण स्वर में बोला।

''नहीं है।''

''जानता भी नहीं होगा उसे?''

''जानता है। खूब जानता है। लेकिन उस वजह से नहीं जानता जो तुम्हारे जेहन में है।''

''तो और क्या वजह है?''

''अरे, मूर्ख आदमी, मेरे भाई की तुम्हारी बीवी में कोई जिन्सी दिलचस्पी नहीं। वह उसे ब्लैकमेल कर रहा है, सिर्फ ब्लैकमेल। पैसे की खातिर।''

''मेरी बीवी की उससे आशनाई नहीं?''

''हरगिज नहीं। तुम्हारी बीवी को मेरे भाई की जात से नफरत है। वह बेचारी फंसी हुई है। मुझे तो उस पर बहुत तरस आता है। मैं अपने भाई को कई बार समझा चुकी हूं कि तुम्हारी बीवी का पीछा छोड़ दे लेकिन वह नहीं मानता। नाकारा जो ठहरा, कम्बख्त। पैसा हासिल होने का कोई जरिया भला कैसे छोड़ दे!''

''वह किस बिना पर मेरी बीवी को ब्लैकमेल कर रहा है?''

''उसे तुम्हारी बीवी की पिछली जिन्दगी की जानकारी है। और इत्तफाक से वह यह जान गया था कि तुम्हारी बीवी ने, जो कि एक सजायाफ्ता मुजरिम

है, एक पुलिस अफसर से शादी कर ली थी। तुम्हारी बीवी नहीं चाहती थी कि उसकी पिछली जिन्दगी की तुम्हें खबर लगे। एक सजायाफ्ता मुजरिमा एक पुलिस अधिकारी की पत्नी थी, यह बात अगर जाहिर हो जाती तो तुम्हारी बड़ी जगहंसाई होती। तुम्हारी ही इज्जत की खातिर मेरे भाई की ज़ुबान बन्द रखने के लिए वह उसे पैसे देती रही।''

''ओह! ओह!''

तो परसों निशा के नाम वाला और उसके सैंट वाला जो लिफाफा मुझे यहां मिला था, उसमें निशा के ब्लैकमेलर भाई को देने के लिए रुपये थे? इसीलिए हमारे बैंक एकाउण्ट में पैसा नहीं बचा था और ओवरड्राफ्ट हो गया था। निशा यहां अपने यार से मिलने नहीं, एक ब्लैकमेलर को ब्लैकमेल की रकम अदा करने आई थी?

''मेरे भाई को अगर पता लग जाए कि परसों रात उसने यहां जिस आदमी पर हाथ उठाया था, वह उस औरत का पति था जिसे कि वह ब्लैकमेल कर रहा है तो उसके छक्के छूट जाएं।''

''तुम्हारा भाई मेरी बीवी को'' – एकाएक मैंने पूछा – ''मुनिया कहकर पुकारता था?''

''कुमार हर औरत को मुनिया कहकर पुकारता है। मुझे भी। अपनी बहन को भी। वह हर मर्द को मुन्ना और हर औरत को मुनिया कहता है।''

मैं चुप हो गया।

तो एक बार जो निशा की टेलीफोन कॉल मैंने सुन ली थी, वह उसके किसी यार की नहीं, सुषमा के ब्लैकमेलर भाई की थी जो कि उससे रुपया ऐंठने के लिए उसे बुला रहा था?

लेकिन वह बात निशा की समय-समय पर घर से गैरहाजिरी या बैंक के ओवरड्राफ्ट जैसे चन्द सवालों का ही जवाब थी, अभी तो बहुत सवाल अनुत्तरित बाकी थे।

सबसे अहम सवाल तो यही था कि राजेश कौन था जिसका नाम वह अभिसार के समय नाम भजती थी?

अगर सुषमा का भाई राजेश नहीं था तो कौन था राजेश?

''राजेश कौन है?'' – प्रत्यक्षतः मैं बोला – ''क्या वह भी तुम्हारा कोई भाई है? वह भी मेरी बीवी को ब्लैकमेल कर रहा होगा और तुमने उसे भी रोकने की कोशिश की होगी?''

''राजेश!'' – उसने नाम दोहराया।

''हां, राजेश!''

''वह मेरा भाई नहीं। मेरा एक ही भाई है।''

''तो कौन है वो? कोई पुराने वक्त का यार? तब का संगी-साथी जब मेरी बीवी शीला अत्रे हुआ करती थी?''

शीला अत्रे का नाम सुनते ही वह चौंकी।

''तुम तो सब कुछ जानते हो!'' – वह बोली।

''सब कुछ नहीं जानता। जानता होता तो तुम्हारी चौखट पर तलुवे न रगड़ रहा होता। मिसाल के तौर पर मैं यही नहीं जानता कि राजेश कौन है!''

वह खामोश रही।

''लेकिन तुम तो राजेश को जानती होगी। बोलो, कौन है राजेश?''

''है नहीं।'' – वह धीरे से बोली – ''था।''

''था?''

''हां। राजेश'' – वह एक क्षण ठिठकी और बोली – ''शीला उर्फ निशा का पति था।''

''पति!'' – मैंने उसे कन्धों से पकड़कर झिंझोड़ा – ''क्या बकती हो! उसका पति मैं हूं। मैं। रवि कुमार शर्मा। इन्सपेक्टर, दिल्ली पुलिस।''

''तुम हो।'' – वह जबरन मेरी पकड़ से मुक्त होती बोली – ''वह था।''

''पहलियां मत बुझाओ। साफ-साफ बोलो, कौन था राजेश?''

''तुम राजेश के बारे में वाकई कुछ नहीं जानते?''

''अरे, कहा न, नहीं जानता।''

''लेकिन उसके नाम से तो तुम वाकिफ हो!''

''नाम से भी हाल ही में वाकिफ हुआ हूं। उसका पूरा नाम राजेश कुमार पटेल है?''

''हां। शीला उर्फ निशा अभी नाबालिग थी, सत्रह साल की रही होगी, जबकि राजेश कुमार पटेल ने उससे पूना में शादी कर ली थी। तब निशा बहुत भोली-भाली थी और राजेश बहुत चालबाज था। उसने निशा को कभी भनक तक नहीं पड़ने दी थी कि वास्तव में वह एक अपराधी था, चोर था, डकैत था। शादी के कुछ अरसे बाद राजेश एक डकैती के इल्ज़ाम में गिरफ्तार हो गया था। तब पहली बार निशा को अपने पति की असलियत मालूम हुई थी। राजेश जमानत पर छूटा था और फरार हो गया था। पुलिस ने निशा को गिरफ्तार कर लिया था। उनकी धारणा थी कि निशा को अपने पति का अता-पता जरूर मालूम होगा जबकि निशा को कुछ भी मालूम नहीं था। बेचारी पुलिस के हाथों बहुत खराब हुई। उन कमीनों ने उसे अपराधी की सहयोगिनी करार दिया और इसी बिना पर उसे ढाई साल की सजा करवा दी। अपने एक निकम्मे, जलील, धोखेबाज, अपराधी पति की खातिर वह जेल चली गई। जेल में ही मेरी उससे मुलाकात हुई थी। वह मेरी सहेली बन गई थी और तभी मैंने उसके बारे में सब कुछ जाना था।''

''तुम्हार मतलब है कि निशा ने, मेरी बीवी ने, एक ऐसे अपराध की सजा काटी थी जो उसने नहीं किया था?''

''हां। तुम तीन साल से उसके पति हो, तुम बताओ, वह कहीं डकैती डालने में सक्षम लगती है?''

मैंने इनकार में सिर हिलाया।

''वो बेचारी तो डकैती के बारे में कुछ जानती तक नहीं थी। अपने पति की करतूत और उसकी असलियत की खबर उसे उसकी गिरफ्तारी के बाद ही लगी थी। तभी मालूम हुआ था उस अनाथ लड़की को कि जिस शख्स ने बहका-फुसलाकर उससे शादी कर ली थी, वह एक हिस्ट्रीशीटर था, नोन क्रिमिनल था। मिस्टर, मुझे अफसोस है कि तुम्हें अपनी अत्यन्त निष्ठावान बीवी की कद्र न हुई। इतनी भली और नेकनीयत लड़की खानदानी घरों में भी चिराग लेकर ढूंढ़े नहीं मिल सकती। और तुम . . .''

''राजेश!'' – मैं उतावले स्वर में बोला – ''राजेश कुमार पटेल अब कहां है?''

उसने छत की तरफ उंगली उठा दी।

''क्या मतलब?''

''भगवान के घर पहुंच गया है वो।''

''मर चुका है?''

''हां।''

''तुम कैसे जानती हो?''

''क्या?''

''कि राजेश मर चुका है?''

''वह मेरे भाई का दोस्त था और राजेश मेरे भाई की आंखों के सामने मरा था।''

''कहां?''

''गोवा में।''

''कैसे?''

''एक मोटरबोट के एक्सीडेंट में। मोटरबोट एक समुद्री चट्टान से टकराकर छिन्न-भिन्न हो गई थी। उसे तैरना नहीं आता था इसलिए डूब गया था। मेरा भाई तैरकर बाहर निकल आया था।''

''ओह, तो इसीलिए वह महाराष्ट्र की पुलिस को ढूंढ़ें नहीं मिल रहा था?''

''कैसे पुलसिए हो तुम!'' – वह कह रही थी – ''अपनी बीवी को तो तुम पहचान नहीं पाए, अपराधियों को कैसे पहचानते होवोगे? तुम तो . . .''

अब मुझे उसकी बातें सुनाई नहीं दे रही थीं। मेरे भीतर तूफान उठ रहा था।

कितना जुल्म ढाया था मैंने उस मासूम लड़की पर जो कि मेरी बीवी थी! उस पर शक करके कितना दिल दुखाया था मैंने उसका! जो कुछ उस वक्त मुझे सुषमा से सुनने को मिल रहा था, वही सब कुछ सुबह वह मुझे अपनी जुबानी सुनाने की कोशिश कर रही थी लेकिन मैंने उसकी बात तक सुनना गवारा नहीं किया था।

कितना कमीना था मैं!

मैं एक ऐसे आदमी से ईर्ष्या कर रहा था जो कि मर चुका था। जो जब जिन्दा

था तो मेरी बीवी के जिस्म का उतना ही हकदार था जितना कि मैं था।

राजेश उसके पहले पति का नाम था जो कि उसकी अचेतनावस्था में कभी-कभी किसी बुरे सपने की तरह उसकी जुबान पर आ जाता था।

मेरी बीवी ने कोई अपराध नहीं किया था लेकिन मैंने उस पर इल्ज़ाम लगाकर, बिना उसे अपनी सफाई का कोई मौका दिए, उसे उसकी सजा सुना दी थी।

मौत की सजा!

मैं उस पर यूं बेवफाई का इल्ज़ाम लगा रहा था जैसे खुद मैं दूध का धुला था।

अभी जो मैं अपने सामने बैठी औरत के साथ मुंह काला करके हटा था, उसे मैं ईमानदारी और सदाचार के कौन से गज से नापकर जायज ठहरा सकता था?

उसने ठीक कहा था, मैं कमीना था, खुदगर्ज था, पाखण्डी था, बेगैरत था, धोखेबाज था, अन्यायी था, अत्याचारी था और और भी वो सब कुछ था जो उसने मुझे नहीं कहा था।

पश्चाताप से मेरा रोम-रोम जल उठा।

उस वक्त अपनी बीवी पर मेरी बहुत मुहब्बत उमड़ी।

अब मुझे घर पहुंचना था और उसके कदमों पर सिर रखकर अपनी नीचता की माफी मांगनी थी।

घर!

नशे से जड़ हो रहे मेरे दिमाग को जैसे बिजली का करंट लगा।

घर पर तो उसका कोई और ही इन्तजार कर रहा होगा!

मैं जैसे नींद से जागा। एक झटके से मैं उठकर अपने पैरों पर खड़ा हुआ।

आतंकित भाव से मैंने अपनी कलाई पर बंधी घड़ी पर निगाह डाली।

साढ़े दस बज रहे थे।

और मैंने शहर के दूसरे सिरे पर स्थित अशोक विहार पहुंचना था।

एकाएक मैं बगूले की तरह वहां से भागा।

सुषमा मुझे पीछे से आवाजें ही देती रह गई।

आंधी-तूफान से बातें करता हुआ मैं नीचे सड़क पर पहुंचा।

मुझे सड़क पर एक टैक्सी आती दिखाई दी।

उसके द्वारा रौंद दिए जाने का जोखम उठाकर मैंने उसे रुकवाया। टैक्सी की पिछली सीट पर बैठी सवारी को मैंने घसीटकर बाहर निकाला। ड्राइवर ने ऐतराज किया तो मैंने उसे अपनी सर्विस रिवॉल्वर निकालकर दिखाई।

उसके छक्के छूट गए।

पीछे बैठने के स्थान पर मैं आगे उसके साथ बैठा।

''चलो।'' – मैं बोला।

उसने फौरन गाड़ी आगे बढ़ा दी।

''तेज चलाओ।'' – मैंने आदेश दिया।

''साहब'' – ड्राइवर हकलाया – ''चालान . . .''

''नहीं होगा। मैं पुलिस इन्सपेक्टर हूं।''

उसे मेरी बात पर रत्ती भर भी विश्वास न हुआ।

''साहब, जाना कहां है?''

''अशोक विहार। यह एक एमरजेन्सी है। गाड़ी और तेज चलाओ।''

उसने रफ्तार और बढ़ाई। टैक्सी हवा से बातें करने लगी थी लेकिन मुझे फिर भी यही लग रहा था कि वह छकड़े की तरह चल रही थी।

''हटो!'' – एकाएक मैं बोला।

चलती टैक्सी में ही मैंने उसे अपनी तरफ खींचा और स्वयं उसकी जगह ले ली।

गाड़ी सड़क पर बुरी तरह से लहराई, वह एक बस से टकराने से बाल-बाल बची।

मैंने स्टियरिंग को काबू में किया और टैक्सी को यूं सड़क पर भगाया जैसे तोप से गोला छूटा हो।

ड्राइवर ने आंखें बन्द कर लीं और बद्हवास-सा हनुमान चालीसा का पाठ करने लगा।

ग्यारह दस पर मैंने टैक्सी को अपनी कोठी के सामने ले जा खड़ा किया।

मैं टैक्सी से बाहर निकला।

ड्राइवर को भाड़ा चुकाने के लिए अभी मैंने अपनी जेब की तरफ हाथ ही बढ़ाया था कि टैक्सी यह जा, वह जा।

मैं अपने घर की तरफ आकर्षित हुआ।

इमारत अंधेरे में डूबी हुई थी। केवल गेट की बत्ती जल रही थी लेकिन उसका प्रकाश कम्पाउण्ड से पार इमारत तक नहीं पहुंच रहा था।

क्या विपिन वहां पहुंच चुका होगा – मैंने मन-ही-मन सोचा – और भीतर बाथरूम में पिस्तौल लिए बैठा मेरी बावी के लौटने का इन्तजार कर रहा होगा!

मैं गैरेज में पहुंचा।

गैरेज खाली था।

मेरी जान में जान आई।

गैरेज में कार की गैरमौजूदगी साबित कर रही थी कि मेरी बीवी अभी वापिस नहीं लौटी थी।

मैंने आगे बढ़कर किचन का दरवाजा ट्राई किया।

दरवाजा बन्द था।

इसका क्या मतलब हुआ? क्या विपिन भी अभी तक वहां नहीं पहुंचा था?

नहीं, नहीं। भीतर दाखिल हो चुकने के बाद उसने फिर दरवाजे को ताला लगा दिया होगा ताकि दरवाजा खुला देखकर मेरी बीवी को किसी तरह का शक न हो।

विपिन जरूर ऊपर बाथरूम में पहुंच चुका था।

अब मेरे सामने एक नई समस्या मुंह बाये खड़ी थी।

मैं भीतर कैसे दाखिल होऊं?

उस दरवाजे की अपनी चाबी तो मैंने विपिन को दे दी थी!

मैं बाहर खड़ा होकर अपनी बीवी के आगमन का इन्तजार कर सकता था लेकिन उस सूरत में मैं उससे भीतर विपिन की मौजूदगी कैसे छुपाता? मौजूदा हालात में विपिन की वहां मौजूदगी का कोई इशारा भी मेरी बीवी को मिलना

मेरे भविष्य के गृहस्थ जीवन को आग लगा सकता था।

मैंने विपिन को आवाज लगाने का खयाल किया लेकिन फौरन ही वह इरादा छोड़ दिया। वह तो पता नहीं सुनता या न सुनता, पड़ोसी जरूर मेरी पुकार सुनकर अपने-अपने घरों से निकल आते।

अगला कदम मैंने फौरन निर्धारित कर लिया। न केवल निर्धारित कर लिया बल्कि उस पर अमल भी कर डाला।

एक पाइप के रास्ते मैं पहली मंजिल तक चढ़ गया।

उस घड़ी मुझे हड़बड़ी न होती तो मुझे याद आ जाता कि विपिन ने नीचे की एक खिड़की को जबरन खोलकर भी छोड़ना था। मैं उसी खुली खिड़की के रास्ते इमारत में दाखिल हो सकता था।

पलक झपकते मैं पहली मंजिल के प्रोजेक्शन पर पहुंच गया। कई खिड़कियां ट्राई करने के बाद मुझे एक खुली खिड़की मिली।

मैंने भीतर कदम रखा।

अंधेरे में ही मैंने उस खिड़की वाले कमरे से निकलकर गलियारे में कदम रखा।

मैं बैडरूम के दरवाजे पर पहुंचा और उसे धकेलकर भीतर दाखिल हो गया।

उस वक्त मेरी अक्ल कितनी जड़ हो चुकी थी, यह इसी से साबित होता था कि मुझे न सूझा कि बैडरूम का दरवाजा खुलने पर बाथरूम में मौजूद विपिन मेरी बीवी को आया समझकर मुझे ही शूट कर सकता था।

बैडरूम क्रॉस करके मैं बाथरूम में पहुंचा।

बाथरूम खाली था।

विपिन वहां नहीं था।

लेकिन इस वक्त तक तो उसे वहीं होना चाहिए था!

कहां मर गया था हरामजादा!

मैंने फिर अपनी रेडियम डायल वाली घड़ी पर निगाह डाली।

ग्यारह बीस हुए थे।

आया नहीं था तो आता ही होगा।

फिर मुझे अपनी घड़ी के टाइम पर विश्वास भी नहीं था। वह अक्सर आगे-पीछे जो हो जाती थी! क्या पता अभी विपिन के आने का टाइम ही न हुआ हो! क्या पता मेरी घड़ी आगे हो गई हो और अभी ग्यारह ही बजे हों!

मैंने बाथरूम के दरवाजे और चौखट में कोई एक इंच की झिर्री पैदा की और उसमें निगाह लगाए विपिन के वहां पहुंचने की प्रतीक्षा करने लगा।

बत्ती मैंने जानबूझकर नहीं जलाई थी। भीतर रोशनी देखकर विपिन वहां कदम रखने में गुरेज कर सकता था।

मैं प्रतीक्षा करता रहा। एक-एक पल एक-एक घण्टे की तरह गुजर रहा था।

कहां मर गया था विपिन?

धोखा तो वह दे नहीं सकता था!

जरूर मेरी घड़ी ही गलत टाइम दे रही थी।

उसी क्षण मुझे एक हल्की-सी आहट मिली। मैं कान लगाकर सुनने लगा। वह बाहर गलियारे में पड़ते किसी के कदमों की आहट थी।

विपिन आ गया था।

मैंने दरवाजा थोड़ा-सा और खोलकर झिर्री को और चौड़ा कर लिया और रिवॉल्वर संभाल ली।

मेरा इरादा विपिन को शूट कर देने का था। वह एक मामूली चोर था और शायद वही निशा का हत्यारा भी था। अपने भविष्य की सुख-शान्ति पर मैं उसको बलिदान कर देने का पूरा इरादा कर चुका था। उसका जिन्दा रहना वैसे भी मेरे लिए खतरनाक था। वह कभी भी मेरी पोल खोल सकता था।

मुझे बैडरूम का हैंडल घुमाए जाने की और फिर दरवाजा खुलने की आवाज आई।

किसी ने खुले दरवाजे के भीतर कदम रखा।

मैंने दो फायर किए।

दरवाजे पर खड़ी आकृति हवा में लहराई और फिर निशब्द बैडरूम के

कालीन बिछे फर्श पर धराशायी हो गई।

मैंने बाथरूम से बाहर कदम रखा।

मैंने बिजली का स्विच ऑन किया।

बैडरूम ट्यूब लाइट के प्रकाश में नहा गया।

मेरी दरवाजे के पास पड़ी आकृति पर निगाह पड़ी।

तुरन्त मुझे अपनी सांस रुकती महसूस हुई। यही करिश्मा था कि मेरा हार्टफेल न हो गया।

फर्श पर निशा पड़ी दम तोड़ रही थी।

विपिन के धोखे में मैंने अपनी बीवी को शूट कर दिया था। मेरे हाथ से रिवॉल्वर निकलकर फर्श पर जा गिरी। मैं दौड़कर अपनी बीवी के करीब पहुंचा।

नीचे झुककर मैंने उसे अपनी बांहों में भर लिया।

''रवि! – वह फुसफुसाई – ''रवि!''

उसके मुंह से निकले वे आखिरी शब्द थे। उसके बाद उसने एक खून की उल्टी की और मेरी बांहों में दम तोड़ दिया।

मैं विक्षिप्तों की तरह चिल्लाने लगा।

बाद में मुझे बताया गया कि चार आदमियों ने मिलकर बड़ी मुश्किल से मुझे अपने बीवी की लाश से नोचकर अलग किया था और डॉक्टर द्वारा बेहोशी की दवा का इन्जेक्शन दिए जाने के बाद भी मैं चिल्ला रहा था, अपने ही हाथों परलोक सिधार चुकी अपनी बीवी का नाम ले-लेकर पुकार रहा था, रो रहा था, बिलख रहा था और उसी क्षण अपनी मौत की कामना कर रहा था।

उपसंहार

मैं फांसी कोठी में बन्द था।

और कुछ देर बाद मुझे फांसी पर चढ़ाया जाने वाला था।

आज दो जनों को फांसी मिलने वाली थी।

एक मैं था।

और दूसरा भी मेरे जैसा ही एक अभागा व्यक्ति था। मेरी तरह उसने भी उसी चीज को अपने हाथों नष्ट किया था जिससे कि वह बेहद प्यार करता था।

एक दृष्टिकोण से हम दोनों निर्दोष थे, दूसरे से दोनों गुनहगार। हम दोनों कातिल थे। लेकिन क्या हम कत्ल करना चाहते थे? नहीं। फिर भी हमने कत्ल किए। हम हालात के हाथों मजबूर थे। हम दोनों ने अपने सबसे प्यारे खिलौने को खुद छिन्न-भिन्न कर दिया था।

अपनी तरफ से गोलियां मैंने अपनी बीवी पर नहीं चलाई थीं। वे गोलियां तो मैंने विपिन कुमार पर चलाई थीं जिसको कि मैंने अपनी बीवी का कत्ल करने के लिए तैयार किया था। अपनी बीवी की तो प्राणरक्षा के लिए मैं वहां आया था। जो हाथ उसकी रक्षा करना चाहते थे, उन्होंने ही उसकी जान ले ली।

मेरी बीवी को मरे एक साल हो चुका है। अब तक हर कोई जान चुका है कि वास्तव में क्या हुआ था। सब कुछ सविस्तार अखबारों में छप चुका है।

वास्तव में उस रोज थाने में कतई कदम न रखना मेरी गलती थी। मेरा जोड़ीदार, मेरा दोस्त, रमेश टोकस मेरे लिए फिक्रमन्द हो उठा था। जब मैं शाम तक भी थाने न पहुंचा तो वह मेरी तलाश में निकल पड़ा। मेरी तलाश ही उसे फिर विपिन के यहां ले गई। इस बार उसने विपिन को सहज ही न छोड़ दिया। अपनी व्ययसाय-सुलभ कठोरता और दुर्दान्तता के साथ जब उसने विपिन से सवाल पूछने आरम्भ

किए तो विपिन की हिम्मत दगा दे गई। उसकी खामखाह की घबराहट ने टोकस को और भी शक में डाल दिया।

फिर उसने उसके पास में से एक पिस्तौल बरामद की जो कि मैंने उसे अपनी बीवी की हत्या करने के लिए दी थी।

उसने विपिन को गिरफ्तार कर लिया।

अगर मैंने थाने से सम्पर्क रखा होता – जैसा कि मेरा ए.सी.पी. भी चाहता था – तो मुझे विपिन की गिरफ्तारी की खबर लग जाती और फिर बेहद धुआंधार तरीके से उस रात जो कुछ मैंने किया था, वह गैरजरूरी हो जाता। विपिन गिरफ्तार था तो मेरी बीवी को उससे अपनी जान का कोई खतरा नहीं था। मेरी खामखाह की ढिठाई और होशियारी ही मेरे सर्वनाश का कारण बनी थी।

मेरी घड़ी भरोसे के काबिल नहीं थी इसलिए उस रात टाइम का मुझे कोई सही अंदाज़ा नहीं था। मेरी योजना के अनुसार विपिन ने पहले मेरे घर में पहुंचना था और निशा ने बाद में। इसीलिए उस रात जब बैडरूम का दरवाजा खुला था तो मैंने निसंकोच समझ लिया था कि विपिन आया था।

लेकिन विपिन नहीं, मेरी बीवी आई थी।

विपिन कैसे आ सकता था? वह तो लॉकअप में बन्द था!

काश, मुझे इस बात की खबर होती।

काश, मैं उतना नशे में न होता जितना कि मैं उस रात था।

विपिन के धोखे में मैं उस औरत पर गोली चला बैठा था जिसे मैं दिलोजान से चाहता था।

मैं अपने हाथों निशा का खून कर बैठा था।

मैं अपनी बीवी का हत्यारा था।

एक तरह से देखा जाए तो वह महज एक दुर्घटना थी। मेरे वकील ने अदालत में यही साबित करने की कोशिश की थी कि मेरी बीवी दुर्घटनावश मारी गई थी। मैंने घर में कोई चोर घुस आया समझकर उस पर गोली चलाई थी।

मेरा वकील अपनी वाकपटुता से कानून को धोखा दे सकता था और मुझे

छुड़वा सकता था, छुड़वा नहीं सकता था तो बहुत हल्की सजा दिलवा सकता था लेकिन ऐसा न हुआ। इसलिए न हुआ क्योंकि अपने वकील के, अपने दोस्त टोकस के भरपूर विरोध के बावजूद मैंने चिल्ला-चिल्लाकर अदालत में कहा कि मैं हत्यारा था, मैंने जानबूझकर, सोच-विचारकर, अपनी बीवी की हत्या की थी और इसलिए सख्त-से-सख्त सजा का हकदार था।

मुझे सख्त-से-सख्त सजा मिली।

फांसी की सजा।

मैंने भारी संतुष्टि का अनुभव किया।

जो गुनाह मैंने किया था, यही उसकी तलाफी थी।

मौत की सजा तो मैं खुद ही अपने-आपको दे चुका था। अदालत ने तो सिर्फ उसकी तसदीक की थी।

गोली चलाने वाला हाथ विपिन का होता तो भी अपनी बीवी का, अपनी बेगुनाह बीवी का, हत्यारा मैं था। अदालत मुझ पर रहम खा सकती थी लेकिन मैं अपने आप पर रहम खाने को तैयार नहीं था। अदालत मुझे प्राणदण्ड न देती तो मैं खुद अपनी जान ले लेता।

फांसी की सजा पाकर ही पश्चाताप से जलते हुए मेरे मन को चैन मिला था।

आज मेरे बाद जिस आदमी को फांसी लगने वाली थी, वह निशा नामक कैब्रे डांसर का हत्यारा था।

वह एस. पी. श्रीवास्तव था।

हम दोनों ने ही अपनी-अपनी निशा का खून किया था, जब कि हम दोनों ही अपनी-अपनी निशा को दिलोजान से चाहते थे।

ईर्ष्या ही इंसान के संहारक प्रवृति की जननी होती है।

अविश्वास और अनास्था ही इंसानी रिश्तों को दीमक लगाती है।

वह मोटा, गंजा आदमी–शान्तिप्रसाद श्रीवास्तव–जो मुंह से निशा को अपनी बेटी के समान बताता था, वास्तव में उस पर दिल रखता था। निशा उसे हासिल न भी होती तो भी वह उससे प्यार करता रहता। ऐसी ही लग्न और आस्था थी

उसके प्यार में। उसे तो निशा के तलुवे चाटने वाले कुत्ते का भी दर्जा कबूल था। इसीलिए अग्रवाल को ब्लैकमेल करने की स्कीम में वह निशा के कहते ही शामिल हो गया था, इसीलिए उसने अग्रवाल से ऐंठी रकम में से एक काला पैसा भी अपने पास रखने की कोशिश नहीं की थी। श्रीवास्तव को जो बात गवारा नहीं हुई थी, वह यह थी कि जो प्यार उसे हासिल नहीं हो रहा था, वह निशा जिस-तिस पर जी भरकर लुटा रही थी। उसने निशा को समझाने की कोशिश की थी तो निशा ने उसकी खिल्ली उड़ानी शुरू कर दी थी। उससे वह तौहीन बर्दाश्त नहीं हुई थी।

उसने निशा का खून कर दिया था।

अब जो चीज उसे हासिल नहीं थी, वो किसी को भी हासिल नहीं थी।

मुझे उस पर केस की शुरूआत में ही तब शक होना चाहिए था जब कि वह बिना पूछे ही बताने लगा था कि निशा उसकी बेटी के समान थी। उसका गिल्ट कम्पलैक्स ही उसे बार-बार ऐसा कहने पर मजबूर कर रहा था।

उसने जेवरात क्यों चुराए?

वे जेवरात वास्तव में उसी ने निशा को समय-समय पर उपहारस्वरूप दिए थे। कत्ल के बाद एक तो इसलिए उसने वे जेवरात निशा के फ्लैट में से उठा लिए थे और दूसरे, वह उन्हें निशा की यादगार के तौर पर अपने पास रखना चाहता था। आखिर वे निशा के शरीर को छूते थे। उस शरीर को छूते थे जिसे छूने का उसका अरमान कभी पूरा नहीं हो सका था।

मेरे से पन्द्रह मिनट बाद आज श्रीवास्तव को भी फांसी लगने वाली थी।

एक ही जल्लाद के हाथों। एक ही जगह। एक ही तरीके से।

दिल के हाथों मजबूर दो व्यक्तियों का एक जैसा अंजाम।

असली कहानी मैंने किसी को नहीं बताई थी।

टोकस को भी नहीं।

उसने मुझसे बहुत पूछा था कि वास्तव में क्या हुआ था लेकिन मैंने उसकी किसी बात का जवाब नहीं दिया था। वह मेरा हित चाहता था लेकिन नहीं जानता

था कि मेरा हित तो मौत की सजा पाने में था। अपने अपराध की सजा भुगते बिना मेरी संतप्त आत्मा को शान्ति नहीं मिलने वाली थी।

विपिन कुमार से टोकस को असली कहानी का काफी हद तक अन्दाजा हो सकता था लेकिन विपिन इस मामले में बहुत सयाना निकला। जब उसने देखा कि मैं अपनी ज़ुबान नहीं खोल रहा था तो वह भी होंठ सीकर बैठ गया।

टोकस ने बीच में मुझसे मिलकर केस से सम्बन्धित कुछ और बातें भी स्पष्ट कीं।

जैसे :

सोमवार शाम को रामकुमार अग्रवाल वाकई फरीदाबाद के नीलम सिनेमा में फिल्म देख रहा था। नीलम के बुकिंग क्लर्क और उशर दोनों ने अग्रवाल को पहचाना था। वह कत्ल के इल्ज़ाम से तो बरी हो गया लेकिन हिन्दुस्तान टाइम्स के रिपोर्टर सूरज जोशी ने तस्वीरों की वजह से उसकी बहुत दुर्गति की। मेरा महकमा लाख कोशिश करने पर भी उन गन्दी तस्वीरों के अस्तित्व को जनता से छुपाए न रख सका। अग्रवाल पर खूब थू-थू हुई।

जेल में एक बार सूरज जोशी भी मुझसे मिलने आया। मैंने उसे किसी प्रकार का कोई इंटरव्यू देने से साफ इनकार कर दिया।

उसने मुझे बताया कि वह जान चुका था कि अग्रवाल की गन्दी तस्वीरों के बारे में उसे गुमनाम टिप देने वाला पुलिसिया मेरे सिवाय और कोई नहीं हो सकता था लेकिन अब मुझे इस बात से क्या फर्क पड़ता था!

जेल में ही एक और सुखद समाचार मुझे यह मिला कि अपने चाचा की भरपूर मुखालफत के बावजूद कृष्ण भार्गव ने गरिमा सहाय से विधिवत् ब्याह कर लिया था। अपनी फांसी की हाइकोर्ट से तसदीक होने के एक दिन बाद मैंने एक वकील को जेल में बुलवाकर अपनी सारी चल-अचल सम्पति टोकस के नाम कर दी थी। वकील को मैंने खास हिदायत दी थी कि मुझे फांसी हो चुकने से पहले टोकस को मेरी उस वसीयत की बाबत न बताया जाए।

मेरी दिली ख्वाहिश थी कि ब्लैकमेलिंग के इल्ज़ाम में सुषमा सोनी के भाई

कुमार को कोई सजा हो पाती लेकिन ऐसा तभी हो सकता था जबकि असली कहानी सामने आती और यह मैं नहीं चाहता था।

आज मैं शान्त हूं।

आज मेरे मन में कोई तूफान नहीं उठ रहा।

आज मैं निर्मल मन से, सम्पूर्ण आत्मसंतोष का अनुभव करते हुए, फांसी चढ़ जाने वाला हूं।

अगर वाकई भगवान है तो शायद इसी वजह से वह मेरी खता माफ कर दे और मुझे मेरी निशा से फिर मिला दे।

और कुछ देर बाद जो फानी दुनिया मैं अपने पीछे छोड़ जाने वाला था, उसमें एक बात कोई नहीं समझ सकता था।

निशा का खून उसके प्रति मेरी अविश्वास और अनास्था की भावना ने किया था।

अपनी पत्नी में मेरी अनास्था ने मेरा सर्वनाश किया था।

काश, मैं समय रहते समझ पाता कि आस्था प्रमाणों पर आधारित विश्वास नहीं, बल्कि अबाध समर्पण का नाम ही आस्था है।

यह बात मेरी बीवी समझती थी, मैं नहीं समझता था।

मैं अच्छा पुलिसिया था लेकिन अच्छा इनसान न निकला।

मैं औरत के प्यार को न समझ सका।

मैं औरत को ही न समझ सका।

समाप्त